«Ein Kriminalpsychologe, der – wie Mankells Kurt Wallander – als äußerst komplexe Person gezeichnet ist.» *Mainpost*

«Der erste deutsche Kriminalroman, der sich mit vergleichbaren Büchern aus Skandinavien oder den USA messen kann.»
Nürnberger Nachrichten über «Und ewig seid ihr mein»

Roman Rausch, 1961 in Würzburg geboren, arbeitete nach dem Studium der Betriebswirtschaft lange Zeit im Medienbereich und als Journalist. 2002 gründete er die Schreibakademie storials (www.storials.com). «Code Freebird» ist nach «Und ewig seid ihr mein» (rororo 24106) der zweite Thriller aus der Reihe mit dem Profiler Balthasar Levy. Für seine Trilogie «Tiepolos Fehler» (rororo 23486), «Wolfs Brut» (rororo 23651) sowie «Die Zeit ist nahe» (rororo 23837) mit dem Würzburger Kriminalhauptkommissar Johannes Kilian wurde er 2002 mit dem Book on Demand Award ausgezeichnet. Aus der Reihe um Kommissar Kilian und seinen Kollegen Heinlein liegt weiterhin vor: «Der Gesang der Hölle» (rororo 23890).

Mehr über den Autor und sein Werk:
www.Roman-Rausch.de

ROMAN RAUSCH

CODE FREEBIRD

Thriller

Rowohlt
Taschenbuch
Verlag

Originalausgabe
Veröffentlicht im Rowohlt Taschenbuch Verlag,
Reinbek bei Hamburg, Dezember 2006

Redaktion Andreas Feßer
Umschlaggestaltung any.way, Andreas Pufal
(Foto: Guy Motil/CORBIS)
Satz aus der Foundry Old Style PostScript (InDesign)
bei Pinkuin Satz und Datentechnik, Berlin
Druck und Bindung Clausen & Bosse, Leck
Printed in Germany
ISBN 13: 978 3 499 24395 0
ISBN 10: 3 499 24395 4

DANKSAGUNG

Dem Terrorismus- und Sprengstoffexperten Hauptmann Nico Schönfeld, der mir schauerliche Einblicke in die Welt des Bombenbaus ermöglicht und das Skript mitbetreut hat.

KHK Bernd Schabel, Hans Strecker und Dr. Thomas Tatschner – meinen treuen Helfern bei der Recherche.

Blanka – wie immer –, der kritischen Stimme bei der Überarbeitung.

Amy Goodman, Evan Wright und Danny Schechter, deren Arbeiten Grundlage für dieses Buch waren.

Schließlich: Philip K. Dick. Sein *Blade Runner* war meine Inspiration.

PROLOG

«Sie sagten, die Menschen werden es uns danken.
Sie sagten, dass wir einen gerechten Krieg führen.
Sie sagten, Gott selbst habe uns den Auftrag erteilt.
Moto.

Sie haben vergessen, dass es im Krieg ums Töten geht.
Sie haben uns eingeredet, dass es heldenhaft sei, für die Freiheit zu sterben.
Sie haben den Krieg zur Show gemacht.
Get some!

Einen Menschen sterben zu sehen ist keine schöne Sache.
Und wir beide, mein Freund, sind dem Tod oft begegnet.
Furcht ist der Bruder des Todes, hast du mir einmal gesagt.
Wenn man in Furcht lebt, sei man schon zur Hälfte tot.
Ich werde dein Bruder bleiben. Du als der Tod, ich als die Furcht.»

Er steckte die Pistole tief in den Wüstensand, der das Grab bedeckte, und sprach das Gebet.
«Ich habe Dinge gesehen, die ihr Menschen niemals glauben würdet. Gigantische Schiffe, die brannten, draußen vor der Schulter des Orion. Und ich habe C-Beams gesehen, glitzernd im Dunkeln, nah dem Tannhäuser Tor. All diese Momente werden verloren sein in der Zeit, so wie Tränen im Regen ... Zeit zu sterben.»

Dann machte er sich auf den Weg.

«Ihr fürchtet den Tod. Wir aber fürchten das Leben.»
Terroristen der Madrider Bombenanschläge 2004

«Eine beachtliche Erfahrung, in Furcht leben zu müssen, nicht wahr?»
Der Blade Runner

1

Hamburg glich einer besetzten Stadt.

Nie zuvor hatte Levy eine größere Ansammlung von Sicherheitskräften der Polizei und überraschenderweise auch der Bundeswehr gesehen. Letztere für die innere Sicherheit einzusetzen war seit dem 11. September oft und ausgiebig diskutiert worden. Bisher hatten sich die Kritiker gegen deren Einsatz durchsetzen können, doch wie sich nun zeigte, waren diese Bedenken nicht mehr zu rechtfertigen.

Als er vom Bahnsteig in die Wandelhalle gekommen war, hatte er bewaffnete Polizisten, die nach verdächtigen Personen Ausschau hielten, bemerkt. Hoch oben an der Decke verfolgten Überwachungskameras seine Schritte, und an den Ausgängen waren Soldaten positioniert, Spürhunde hielten ihre Nasen in die Menge. Diese Präsenz machte Eindruck, die geschulterten Waffen und das beklemmende Gefühl, stets im Fokus einer Ordnungskraft zu stehen.

Levy ging an ihnen vorbei und stieg in ein Taxi.

«Seit wann ist das Militär in der Stadt?», fragte er den Taxifahrer.

«Begonnen hat es vor vier Wochen mit dem ersten Anschlag», antwortete der Fahrer, ein junger Mann Anfang zwanzig.

«Wo hat er stattgefunden?»

«In einer Einkaufspassage im Hanseviertel.»

«Gab es Tote?»

«Ja, einen. Wie durch ein Wunder hat es nicht mehr erwischt. Dafür war der Sachschaden enorm. Überall flogen die Schaufensterscheiben heraus, und die Scherben surrten wie Sicheln durch die Luft. Hat mir ein Kollege erzählt, der dort geparkt hatte.»

«Wer war das Opfer?»

«Ein Ami, glaube ich.»

Der Taxifahrer ging vom Gas. Vor ihm hatte sich ein Stau gebildet. Rund zwanzig Meter entfernt winkten Polizisten die Fahrzeuge durch eine Absperrung.

«Was ist da vorne los?», fragte Levy.

«Ein Kontrollpunkt. Sie machen Stichproben. Keine Ahnung, wonach die suchen. Wenn die glauben, auf diese Weise Terroristen zu fangen, dann sind sie auf dem falschen Dampfer.»

«Es handelt sich also um eine Gruppe?»

«Was?»

«Sie sagten ‹Terroristen›. Mehrzahl.»

«Egal, ob einer oder eine Gruppe. Ich weiß es nicht, niemand weiß das. Ich dachte nur ...»

Der Wagen war auf Höhe des Kontrollpunktes angekommen. Er fuhr im Schritttempo, vorbei an den Mündungsläufen von Schnellfeuerwaffen und gepanzerten Einsatzfahrzeugen.

Levy gefiel diese Perspektive ganz und gar nicht. Es ist eine Sache, von Maschinenpistolen zu hören, eine andere, nur durch dünnes Glas getrennt und keinen Meter entfernt in den Lauf einer solchen Waffe zu blicken. Dabei hatte der Beamte auch noch den Finger gefährlich nahe am Abzug. Levy konnte nur hoffen, dass er nicht schreckhaft und die Waffe gesichert war.

Ein kurzer, prüfender Blick auf Chauffeur und Fahrgast, dann wurden sie durchgewinkt.

«Wie lange geht das jetzt schon so?», fragte Levy, während der Wagen beschleunigte.

«Es ist der zehnte Tag, und seit gestern haben sie noch einen draufgelegt.»

«Was meinen Sie damit?»

«Gestern Nachmittag ging auf dem Kiez wieder eine Bombe hoch. Diesmal in einem Kino. Seitdem haben sie die Kontrollen verdoppelt. Weitere Bundeswehreinheiten sind über Nacht angerückt und unterstützen die Polizei. Wenn das so weitergeht, dann komm ich mir langsam vor wie in Jerusalem.»

«Wie kommen Sie gerade auf Jerusalem?»

«Ich bin dort geboren.»

«Sie sind Israeli?»

«Nein, Deutscher. Mein Vater war an der Uni tätig. Ich habe die ersten sechs Jahre meines Lebens dort verbracht. Dann sind wir Gott sei Dank weg. Auf die Dauer ist das nicht auszuhalten. Du weißt nie, wann es dich erwischt. Und jetzt fängt die gleiche Scheiße hier an. Man weiß langsam gar nicht mehr, wo man noch sicher ist.»

«Fidschi, Grönland ...», scherzte Levy.

Der Taxifahrer schüttelte den Kopf. «Grönland ist dänisch. Und Fidschi hat am Irakkrieg teilgenommen. Sind dort nicht auch amerikanische Einheiten stationiert?»

«Glauben Sie, dass die Anschläge in Hamburg gegen Amerika gerichtet waren?»

Der Taxifahrer blickte in den Rückspiegel, er zögerte mit der Antwort. Doch dann: «Hinter allem stecken die Amis.»

Der letzte Teil der Fahrt verlief wortlos. Keiner der beiden wollte sich auf politisch brisantem Terrain weiter vorwagen.

Vor dem mächtigen, sternförmigen Polizeipräsidium am Bruno-Georges-Platz angekommen, stieg Levy aus.

Dieses Ungetüm von einem Gebäude konnte einem auf den ersten Blick Angst machen, so martialisch thronte es inmitten des weitläufigen Geländes. Unwillkürlich dachte Levy an ein riesiges Raumschiff in Form eines Zahnrads, das von Außerirdischen zurückgelassen worden war.

Er verbannte diese Gedanken aus seinem Bewusstsein und trat ein.

Eine halbe Stunde musste Levy auf dem Gang warten, bis sich die Tür vor ihm öffnete. Heraus traten Hortensia Michaelis, Sven Demandt und der Innensenator. Obwohl er Levy vorher noch nicht begegnet war, erkannte er ihn sofort. Er reichte ihm die Hand.

«Herr Levy, schön, dass Sie endlich da sind», begrüßte er ihn. «Kommen Sie, lassen Sie uns das Wichtigste gleich besprechen.»

Der Innensenator ging weiter, Levy folgte ihm an dessen Seite, Michaelis und Demandt im Schlepptau.

Er konnte sehen, dass Demandt über sein Erscheinen keineswegs erfreut war, im Gegensatz zu Michaelis, die ihm ein gewinnendes Lächeln schenkte.

«Wie Sie bereits wissen», begann der Innensenator, «ist Hamburg erneut ins Visier von Terroristen geraten. Sie geben sich nicht mehr damit zufrieden, von hier aus Anschläge zu planen, sondern wir stehen auf deren Liste der feindlichen Länder.»

«Ist denn schon sicher, dass es sich um Terroristen handelt?», unterbrach Levy. «Ich meine, könnte nicht ein Täter oder eine Tätergruppe mit anderen Motiven dahinterstecken?»

«So wie es nach aktuellem Kenntnisstand aussieht, nein. Aber behalten Sie diese Möglichkeit dennoch im Hinterkopf.

Nach dem ersten Anschlag in Hamburg und dem zweiten in Frankfurt, bei dem ein Angehöriger der US-Streitkräfte ums Leben gekommen ist, weisen alle Indizien auf einen

Täter oder eine Gruppe aus dem radikal-islamistischen Bereich hin. Auch der in beiden Fällen verwendete Sprengstoff stützt diese These. Lassen Sie sich dazu von meinen Mitarbeitern informieren ...»

Levys Blick ging kurz zurück zu Michaelis und Demandt. Seit wann war der BKA-Mann Demandt *Mitarbeiter* der Ermittlungsbehörden in Hamburg?, fragte er sich.

Der Innensenator fuhr fort. «Wir haben weiterhin Erkenntnisse der Nachrichtendienste, dass sich eine Gruppe von gewaltbereiten und arabisch sprechenden Personen gebildet hat, die sich Shamal nennt. Zu Shamal ist uns und den Nachrichtendiensten nichts weiter bekannt. Sie ist neu auf der internationalen Terrorbühne. Woher sie kommt und was genau ihre Ziele sind, ist unbekannt.»

«Es liegen keine Bekennerschreiben oder Forderungen vor?», fragte Levy.

«Nein, es herrscht absolute Funkstille.»

«Ist das nicht untypisch? Ich meine, solchen Anschlägen liegt doch meist die erwünschte Außenwirkung zugrunde? Je mehr ...»

«*Außenwirkung* hat er ja durchaus erreicht», platzte Demandt dazwischen.

Levy wandte sich zu ihm um. Es schien Demandt nicht leichtzufallen, seine Verärgerung zurückzuhalten. Ihre Blicke trafen sich nur kurz.

Der Innensenator versuchte zu beschwichtigen. «Wie Sie sehen, ist die Stimmung etwas aufgeheizt. Herr Demandt teilt zwar meine Meinung nicht, Sie auf Empfehlung von Frau Michaelis in diesem Fall hinzuzuziehen, aber sie hat mir glaubhaft versichert, dass Sie für das Ermittlungsgebiet, für das ich verantwortlich bin, der geeignete Mann sind.»

«Und das ist ausschließlich Hamburg und nicht das Bundesgebiet», legte Demandt nach. «Außerdem befindet sich Herr Levy noch am Beginn seiner körperlichen und seelischen Rehabilitation. Darüber hinaus erscheint er mir vom Umfang dieser Angelegenheit doch deutlich überfordert.»

Levy blieb abrupt stehen. Was sagte da Sven, sein Freund, Ziehvater und Ausbilder, über ihn? Unverständnis stieg ihn ihm hoch.

Der Innensenator zog ihn weiter. «Sehen Sie es ihm nach, Herr Levy. An seiner Stelle würde ich wahrscheinlich genauso reagieren. Aber es bleibt dabei. Ich verlasse mich auf das Urteil meiner bewährten Mitarbeiter.» Damit meinte er eindeutig Michaelis. Levy blickte über die Schulter zurück. Sie trug ein stolzes Lächeln im Gesicht.

«Sie hat alle anderen Kriminalpsychologen abgelehnt», fuhr er fort. «Sie wissen, was das für Sie bedeutet. Enttäuschen Sie sie und vor allem mich nicht.»

Vor dem Raum, in dem der Krisenstab arbeitete, angekommen, reichte er Levy die Hand. «Ich wünsche Ihnen viel Erfolg. Wenn es Probleme gibt, zögern Sie nicht, mich anzurufen.»

Der Innensenator ging weiter und machte Platz für Michaelis, die resolut die Führung übernahm. Die Hand an der Klinke, forderte sie die beiden auf, ihr zu folgen.

Demandt schritt an Levy vorbei, nicht ohne die Positionen eindeutig zu klären. «Du weißt nicht, worauf du dich hier einlässt.»

Levy nahm es unwidersprochen hin und trat ein.

Der Krisenstab zählte rund fünfzig Männer und Frauen. Telefone klingelten, Drucker spuckten Listen aus, und eine Melange von unterschiedlichen Stimmen und Sprachen erstreckte sich bis zur Stirnseite des Raumes, auf die Michaelis zuhielt. Dort hielt sich der engere Kreis um die Einsatzleiterin auf. Levy erkannte die Gesichter sofort.

Erfreut über sein Kommen erhoben sie sich und schüttelten ihm die Hand. Als sie die Wunden in seiner linken Gesichtshälfte sahen, mischte sich eine gewisse Besorgnis in ihre Mienen.

«Schön, dass du wieder bei uns bist», sagte Naima Hassiri, eine Deutsch-Libanesin, die vor einem Jahr von der Kripo Berlin nach Hamburg gekommen war. Sie küsste ihn vorsichtig auf die Wange.

«Danke, Naima», erwiderte Levy leicht verlegen. Dieses warme Willkommen hatte er nicht erwartet, erst recht nicht nach dem Verhalten, das Demandt auf dem Gang an den Tag gelegt hatte.

«Schalom», sagte Falk Gudmann, der Verhörspezialist von der Kripo Tel Aviv. Eigentlich war er nur für ein Jahr zum Austausch in Hamburg. Es schien ihm hier zu gefallen.

«Mach endlich Platz», protestierte Luansi Benguela. Er war der Älteste und Erfahrenste in Michaelis' Team. Er wirkte als ihr Stellvertreter, führte das Einsatztagebuch und koordinierte die Abläufe im Team. Aus Angola stammend, wurde er noch unter Honecker deutscher Staatsbürger und in den Polizeidienst übernommen. Er nahm Levy in den Arm, klopfte ihm vorsichtig auf die Schulter. «Es freut mich, ehrlich.»

Der blonde Schopf, der sich hinter Luansi aufbaute, war Alexej Naumov, ein Wolga-Deutscher und der Computerfreak der Truppe. Seine wasserblauen Augen hatten nichts von ihrer jugendlichen Strahlkraft verloren. Vorsichtig nahm er Levys Hand und schüttelte sie stumm. Sein Lächeln zeigte, wie sehr auch er sich freute.

Als Letzter begrüßte ihn Dragan Milanovic, der Gerichtsmediziner, der aus dem ehemaligen Jugoslawien stammte und während des Studiums eingebürgert worden war. Sein medizinisch geschulter Blick legte sich prüfend auf Levys Gesicht. «Gute Arbeit», konstatierte er. «Transplantate?»

Levy nickte.

«Genug, genug», beendete Michaelis die Begrüßung. «Es ist Zeit, mit der Arbeit fortzufahren.»

Wie es ihre Art war, sammelte sie, für Levys Geschmack etwas zu bedeutungsschwanger, die Unterlagen auf ihrem Tisch zu einem Bündel zusammen, stieß sie auf und legte sie beiseite.

«Jetzt, wo die Truppe wieder beisammen ist, bin ich guten Mutes, dass wir unseren Mann zur Strecke bringen.»

«Wieso *Mann*?», ging Demandt dazwischen. Er hatte an einem der Schreibtische Platz genommen. «Wer sagt, dass wir es hier mit einem Mann und nicht mit einer Frau oder beidem oder gleich einer ganzen Bande zu tun haben?»

Sein Ton war für alle überraschend scharf. Sie blickten ihn fragend an.

Michaelis ließ sich davon nicht beeindrucken. «Insoweit gebe ich Sven recht. Wir wissen nicht sicher, um wen es sich bei den Anschlägen im Einzelnen handelt. Doch lasst mich euch zuerst mitteilen, wie die zukünftige Marschrichtung aussieht. Der Innensenator ist mit dem Chef des LKA Hessen, dem Präsidenten des BKA und weiteren beteiligten Stellen, auf die ich später noch eingehen werde, übereingekommen, dass wir für das Ermittlungsgebiet Hamburg und Umgebung auf operativer Ebene federführend sind.»

Zustimmendes, spontanes Klopfen auf die Tische. Alle hatten diese Entscheidung erhofft. Alle, bis auf einen.

Demandt hielt dagegen. «So ein Irrsinn. Ihr habt nicht die leiseste Ahnung, worauf ihr euch da einlasst.»

Die Toleranzschwelle von Michaelis schien allmählich erreicht. Sie schlug einen formellen, fast schon bissigen Ton an. «Nun, Herr Demandt, dann klären Sie uns doch bitte auf, wieso nur das BKA imstande sein sollte, diesen Fall zu lösen?»

Demandt verwies auf die enormen technischen Möglichkeiten, die notwendig seien, um eine Terroristengruppe zu fassen. Erschwerend käme die Beteiligung weiterer Dienste hinzu, nicht zuletzt des CIC, des Criminal Investigation Command, einer Art FBI der US-Armee, das sich aufgrund des getöteten US-Soldaten in Frankfurt in die Ermittlungen eingeschaltet hatte.

Unnützes Kompetenzgerangel, dachte Levy. Während sie hier stritten, würde die Terrorgruppe Shamal das nächste Ziel auswählen, eine neue Bombe bauen, Ort und Zeitpunkt des Anschlages festlegen.

Aber noch hatte er keine Informationen in der Hand, um einen derartigen Rückschluss ziehen zu können. Lediglich die Statistik und die Erfahrungswerte lehrten ihn, dass Bombenleger von sich aus nicht mit den Anschlägen aufhörten. Sie bastelten so lange an ihren Höllenmaschinen, bis sie geschnappt wurden. Insoweit waren die bisherigen Anschläge möglicherweise nur die ersten Glieder einer Kette, die sehr, sehr lang werden konnte.

Opfer, Art der Bombe und der Tatort mussten schnellstens überprüft werden, stattdessen hackten sich Michaelis und Demandt die Augen aus.

Levy hörte nicht zu, sondern betrachtete die beiden, die er schon einige Zeit nicht mehr gesehen hatte.

Demandt war Mitte fünfzig, bei der Arbeit ergraut, hatte gut zehn Kilo zu viel auf den Rippen, seine Haut war ungesund blass, seine Augen schauten müde drein. Nach der Aufbauarbeit der Abteilung Operative Fallanalyse beim BKA hätte er einen mehrmonatigen Urlaub fern von geistig gestörten Serientätern und dem Erwartungsdruck von Vorgesetzten und Öffentlichkeit dringend nötig gehabt. Seine

Ehe war in die Brüche gegangen, sein Sohn wurde ohne ihn erwachsen.

Ihm gegenüber Michaelis, Ende dreißig, noch immer voller Schaffensdrang. Wenn sie in diesem Tempo weitermachte, würde ihr der Job als Sonderermittlerin bald nicht mehr genügen. Auch sie hatte Mann und Kind für die Karriere geopfert. Lediglich ihre kranke Schwester bildete eine Brücke hinüber in eine private Welt.

Ihre schulterlangen, blonden Haare waren seit ihrem gemeinsamen Rettungssprung durch das Feuer auf einen rasanten Kurzhaarschnitt gestutzt, den sie meist stachlig aufgelte, was gut zu ihrem Charakter passte.

«... und dann auch noch Levy», hörte Levy an sein Ohr dringen. Es holte ihn aus seinen Gedanken.

«Was ist mit mir?», fragte er unbedarft, ohne die Vorrede und die Zusammenhänge zu kennen.

Als habe er auf diese Reaktion gewartet, breitete Demandt die Arme aus. «Seht ihr? Er ist noch nicht einmal hier wirklich anwesend. Er gehört zurück in die Rehabilitation. Die schweren Verletzungen, die er sich beim Sprung durch den Feuerring zugezogen hat, sind noch nicht verheilt, ganz zu schweigen von den psychischen. Der Mann ist krank und für den Dienst untauglich. Hortensia, nimm ihn raus. Es ist unverantwortlich, was du hier tust.»

Michaelis blickte zu Levy. Sie ging mit ihm ein großes Risiko ein, das hatte sie gewusst, bevor sie ihn angerufen und um seine Mitarbeit gebeten hatte.

Statt ihrer antwortete Levy. «Welches Problem hast du mit mir, Sven? Okay, ich gebe zu, ich habe schon bessere Tage gesehen, und ein paar Wochen Entspannung würden mir durchaus guttun, doch ich bin gesund, auch wenn es auf den ersten Anschein nicht so aussieht. Und was deine Befürchtungen angeht, ich sei psychisch nicht ausgeglichen, kann ich dir nur eins dazu sagen: Unser Täter – ob Frau oder Gruppe – muss in einer ähnlichen Situation sein, um diese Anschläge zu begehen. Wer wäre also besser für den Job geeignet als ich?»

«Wie viele Bombenleger hast du schon bearbeitet?», fragte Demandt.

Levy zögerte. «Noch keinen.»

«Siehst du, Hortensia? Er ist eindeutig die falsche Wahl. Nimm einen Mann aus meinem Team. Wir kennen uns mit ...»

«Wie viele radikal-islamistische Bombenleger habt ihr schon überführt?», schlug Levy zurück.

Demandt stockte. «Was soll das? Einige. Zum Beispiel den geplanten Anschlag in Straßburg ...»

«Ich meine aktive Bombenleger, und zwar vermutlich aus dem arabischen Kulturraum», schnitt Levy ihm den Satz ab. «Keine Schläfer, sondern aktive, die bereits zwei, drei Anschläge in Deutschland verübt haben und sich auf die nächsten vorbereiten?»

«In Afghanistan haben wir ...»

«In Deutschland! Afghanistan ist weit weg. Die Umstände dort sind doch völlig andere als hier, nicht zu vergleichen. Also, wie viele?»

Demandt wich der provokanten Frage aus. «Meine Leute haben die Ausbildung und den Apparat hinter sich, den sie für die Aufklärung der Anschläge benötigen. Beides fehlt dir.»

«Ich habe die Befürchtung», sagte Levy, «dass es hier – und besonders dir – um etwas ganz anderes geht als um die Frage, ob ich der richtige Mann für die kriminalpsychologischen Ermittlungen bin oder nicht.»

2

Drei Tatorte, drei Explosionen, ein Täter.

Für diese Theorie sprachen nicht nur der verwendete Sprengstoff Triacetontriperoxid, kurz TATP und wegen seiner Unberechenbarkeit in Kreisen arabischer Bombenbauer auch die *Mutter des Satans* genannt, sondern auch unverbrannte Teile ein und desselben Klebebandes, das an allen drei Orten aufgefunden wurde. Die Wahrscheinlichkeit, dass verschiedene Täter das gleiche Band benutzten, war nach den Erfahrungen der Bombenexperten gering.

Die Spurenanalytik vor Ort und die späteren Laboranalysen der an den Tatorten aufgefundenen Rückstände legten den Schluss nahe, dass aus einer einmal angefertigten Tranche drei Sprengsätze gebaut worden waren. Die Bestandteile mussten dabei aufs Gramm genau abgestimmt sein, um ein derart hohes Maß an Effizienz zu erzielen.

Wer so vorging, sagte sich Levy, fertigt keine Überproduktion an. Sie hatten es also mit einem genau planenden Täter zu tun, der obendrein in der lebensgefährlichen Kunst des Baus von Bomben ausgesprochen versiert war.

TATP war ein derart reaktionsfreudiger Stoff, hieß es im Bericht weiter, dass der Fall aus Schreibtischhöhe bereits ausreichte, um ihn zur Detonation zu bringen. Der oder die Täter mussten daher entweder lebensmüde Hobbychemiker oder eiskalte Profis sein, so lautete eine kurze Bewertung.

Extreme dieser Art schätzte Levy gar nicht. Sie verlagerten alle weiteren Überlegungen in das eine oder das andere Feld, ohne eine Zwischenlösung zu berücksichtigen. In der grauen Mitte waren oft die schrecklichsten und niederträchtigsten Verbrechen zu finden.

Levy rieb sich die müden Augen. Es war mittlerweile nach zweiundzwanzig Uhr. In den vergangenen Stunden hatte er sich auf den aktuellen Ermittlungsstand gebracht. Alexej hatte ihm die Datei mit allen eingescannten Dokumenten zur Verfügung gestellt, die von Belang waren. Darunter waren die Gutachten der chemischen Untersuchungsstelle des Landeskriminalamtes, für die es schwierig gewesen war, das TATP überhaupt nachzuweisen, da es nahezu rückstandslos detonierte, Tatortfotos, Berichte der Spurensicherung und der Tatortgruppe Sprengstoff/Brand, schließlich Zeugenaussagen und die Obduktionsprotokolle der Gerichtsmediziner.

Die Opfer, drei an der Zahl, waren von der Wucht der Detonation mehr oder minder zerrissen worden. Es fiel nicht leicht, die Namen der ersten beiden festzustellen, da sowohl die Gesichter als auch die Oberkörper durch die Wucht der Explosionen zerfetzt waren. Die Identität des dritten Opfers war zu diesem Zeitpunkt noch ungeklärt. Ein Mann, so viel konnten die Gerichtsmediziner immerhin sagen.

Etwaige Ausweisdokumente, die die Opfer in den Brusttaschen mit sich geführt hatten, mussten in mühevoller Kleinarbeit vom Boden aufgesammelt und im Labor zusammengesetzt werden. Der Abgleich der Fingerabdrücke hatte in allen drei Fällen nichts erbracht, da die Opfer offensichtlich bisher nicht straffällig geworden waren.

So dauerte es mehrere Tage, bis die Identitäten der ersten beiden gesichert waren. Opfer Nummer eins hieß Steve Pratchett, Amerikaner und PR-Fachmann, der für einen Kurzbesuch in Hamburg war. Er hatte an einem Symposion für Kommunikationsstrategien teilgenommen.

Nach Aussage eines seiner Kollegen hatte er sich für einen Kaffee im nahegelegenen Hanseviertel verabredet. Fest stand, wäre er nur dreißig Sekunden früher oder später losgegangen, so hätte ihm nicht einer der insgesamt fünf Sprengsätze das Leben genommen.

Fünf Sprengsätze. Was wollte der Täter damit erreichen?, fragte sich Levy. Hätte nicht einer vollauf genügt, um Entsetzen und Panik in der Bevölkerung zu verbreiten?

Das Video eines schwedischen Touristen, der zu diesem Zeitpunkt in der Nähe war, hatte den Vorfall dokumentiert.

Es war ein schöner und sonniger Tag. Elf Uhr zweiunddreißig. In einer halben Stunde würden sich Cafés und Restaurants zur Mittagszeit füllen. Leichter Wind beugte Blumen und bauschte Haare auf. In der für Handkameras typischen, etwas wackligen Aufnahme war eine Gruppe gutgelaunter Touristen zu sehen. Sie machten Späße, tranken Bier und sprachen mit dem Amateurfilmer.

Die erste Explosion erschütterte das Bild. Dann die zweite. Ruckhaft suchte das Kameraauge die Quelle des Lärms. Im Hintergrund hörte man Glasscheiben bersten und wenig später Scherben auf den Boden prasseln, gefolgt von ersten Schreien. Das Bild wurde unscharf, der Autofokus konzentrierte sich auf eine Fassade. Im Bildanschnitt verschwanden Menschen, duckten oder warfen sich zu Boden. Dann, in einer Reihe, explodierten die Sprengsätze drei, vier und fünf kurz hintereinander. Jetzt begriff der Schwede, dass auch er sich in Lebensgefahr befand. Das Bild wackelte und fiel zu Boden. Aus ungewohnter Perspektive nahm die Kamera weiter die Bilder des Schreckens auf. Wie Hagel regneten Glasscherben und Steinsplitter auf die Menschen herab. Die meisten kauerten oder lagen am Boden, die Hände schützend über den Kopf. Ein Kind, vielleicht drei Jahre alt, stand weinend zwischen ihnen. Im Off war lautes Schreien zu hören.

Ergebnis: ein Toter, sechsunddreißig zum Teil schwer

Verletzte. Ein Wunder, dass nicht mehr verletzt oder getötet wurden.

Fall Nummer zwei, fünfzehn Tage später. Tatort Frankfurt. Die Einkaufsstraße Zeil, neunzehn Uhr fünfzig. Bericht des Augenzeugen Wolfram Kleinert, eines Versicherungsangestellten, der ein Geschenk für seine Frau kaufen wollte und kurz vor Ladenschluss ein Geschäft betrat.

«Ich sah diesen Mann unter einer der Straßenlampen stehen. Er versuchte händeringend, jemandem etwas zu erklären. Ich glaubte, es war ein Tourist, erkennen konnte ich ihn nicht. Unsere Blicke traf sich für einen Moment. Ich vermutete, dass er Hilfe suchte. Durch die große Fensterscheibe im Geschäft konnte ich dann sehen, dass der Mann mit seinem Handy telefonierte und dabei zwischen den Sitzbänken, die rund um die Bäume angebracht sind, hin und her ging.

Ich kümmerte mich nicht weiter darum. Kaum war er aus meinem Blickfeld verschwunden, krachte es auch schon. Ich spürte die Druckwelle bis ins Geschäft hinein. Alles um mich herum wackelte und erzitterte. Dann drückte es die Scheiben herein. Ich kann von Glück sprechen, dass ich hinter der Wand stand. Ein paar Splitter habe ich mir am Bein eingefangen.»

Das Opfer war Robert Townsend, US-Offizier im Rang eines Majors aus einem der in Frankfurt und Umgebung zahlreichen Stützpunkte der amerikanischen Streitkräfte. Der Sprengsatz war unter einer Sitzbank direkt am Baumstamm festgemacht. Dadurch erhielt die Explosion eine Richtung, sie strahlte nach vorne weg, direkt in die Fußgängerzone. Lediglich vier Personen wurden verletzt, eine schwer, die anderen leicht. Dass nicht mehr Passanten betroffen waren, lag an einem Transporter, der kurz vorher in der Nähe des Baumes geparkt worden war und damit eine weitere tödliche Ausbreitung verhindert hatte.

Die schwierigen Laboranalysen erbrachten eine Verbindung zum Hamburger Sprengsatz. Auch der Zünder und die verwendeten Materialien, darunter Reste desselben Klebebandes, stützten die These.

Townsend war lediglich anhand der Zeugenaussage Kleinerts und einer später durchgeführten DNA-Analyse zu identifizieren. Sein Körper war durch die Explosion fast völlig unkenntlich.

Die Stellungnahme eines hessischen Kollegen schilderte die Vorgehensweise während der Ermittlungen.

«Erschwert wurde die Identifikation durch die amerikanischen Militärbehörden, besser gesagt, durch deren mangelnde Informationsbereitschaft.»

Levy schaute sich den Bericht genauer an. Was war da los? Da das Land Hessen und die Stadt Frankfurt sich jahrzehntelang unter Besatzungsstatut befanden, hatte sich eine seltsame Art der Kooperation zwischen den hessischen und den amerikanischen Ermittlungsbehörden entwickelt. Kaum war der Tatort von der Streifenpolizei gesichert und von den Spezialisten des LKA aufgenommen, übernahm die CID, die örtliche Kriminalpolizei der US-Armee, das Kommando.

Die hessischen Ermittler traten beiseite, da «die Interessen des Landes» gegenüber den amerikanischen zurückstehen mussten – das sei eine gängige Vorgehensweise, wenn ein US-Soldat auf deutschem Boden zu Tode kam.

Levy schüttelte über so viel sonderbare Verbundenheit den Kopf. Mehr noch, als erst eine Woche nach dem Anschlag in einer deutschen Fußgängerzone nur ein kurzes Statement zur Identifikation Townsends über das US-Kommando verlautbart wurde. Weitergehende Hinweise, wie etwa zum Aufbau dieser sogenannten Unkonventionellen Spreng- und Brandvorrichtung (USBV), zum Zünder oder zum Opfer, blieben aus. Einzig was die deutschen Beamten selbst sichergestellt hatten, konnte den Ermittlungen dienen.

Dass in diesem Fall die bisher etablierte Vorgehensweise der Amerikaner nicht ohne Folgen blieb, ließ sich nur aus dem Anschlag in Hamburg ableiten.

Der gleiche Sprengstoff, vermutlich der gleiche Täter oder Täterkreis, Reste eines bestimmten Klebebandes. Ein lokaler Journalist, der über die Jahre gute Kontakte zu beiden Seiten aufgebaut hatte, brachte die Fakten ans Licht.

Bombenkrater Deutschland hieß die Schlagzeile. Eine Kopie des Artikels lag den Unterlagen bei. *Amerikanisches Militär verweigert Zusammenarbeit bei der Aufklärung des zweiten Bombenanschlags in Deutschland, der mit radikal-islamistischen Gruppen in Verbindung gebracht wird.*

Eine mutige These, dachte Levy. Wobei der Sprengstoff TATP die bevorzugte Waffe islamistischer Terroristen war. Die Anschläge in London und viele in Israel wurden damit verübt.

Aber gerade das Beispiel London hatte auch gezeigt, dass TATP nicht zwangsläufig eine Verwicklung von arabischen Terroristen bedeuten musste, da die dortigen Täter als Einheimische, sprich Engländer, einzustufen waren. Zudem handelte es sich bei TATP um einen mit einfachen Mitteln herzustellenden und äußerst effektiven Sprengstoff, dessen Detonationsgeschwindigkeit an militärischen Sprengstoff heranreichte. Die Zutaten fanden sich in Nagellack, Haarfärbemittel und Salzsäure, die in jeder Drogerie beschafft werden konnten. Eine attraktive Waffe sowohl für naiv-unbedarfte Amateure als auch für kaltblütige Profis.

Was jedoch noch immer fehlte, war ein Bekennerschreiben. Nach vier Wochen, beziehungsweise zehn Tagen, war es an der Zeit, dass sich die verantwortliche Gruppe zu Wort meldete. Doch nichts Ernstzunehmendes tat sich –

ausgenommen die Trittbrettfahrer, denen jedoch die entscheidenden Informationen fehlten: Um welche Art Sprengstoff handelte es sich? Womit wurde er gezündet? Welche Komponenten wurden verwendet?

Das konnte nur der wirkliche Täter wissen.

Obgleich bei den ersten beiden Anschlägen kein deutscher Staatsbürger getötet worden war, war die Wirkung enorm. Levy hatte sie bis in das Kaff an der Ostsee gespürt. *Die Welt steht in Flammen* hatte sein Therapeut gesagt. In dem kleinen Wirtshaus, wo er zu Abend aß, war die Stimmung zuerst von Entrüstung, dann von Betroffenheit geprägt, schließlich schlug sie in eine Art Selbstverteidigung um.

Die allgemeine wirtschaftliche Misere im Osten, das noch immer lähmende Gefühl der Benachteiligung nach bald zwei Jahrzehnten der Wiedervereinigung, die anhaltende Landflucht der Jungen und schließlich auch noch Muslime, die sich daranmachten, das Grundgesetz gegen die Scharia auszutauschen – all dies war der Nährboden einer um sich greifenden Verunsicherung.

Nie zuvor hatte man den Beschwichtigungen der Politiker weniger Glauben geschenkt. Es schien fast so, als ob sie wider besseres Wissen die Bevölkerung vorsätzlich und anhaltend belogen.

Nicht anders konnte Levy die Zeitungsartikel und Fernsehbeiträge bewerten, die ihm Alexej an die Protokolle und Berichte angehängt hatte. Die heimischen Verantwortlichen gerieten immer mehr ins Visier der öffentlichen Meinung. Was gedachte der Staat gegen die Gefahren zu tun? Konnte man sich im eigenen Land noch sicher fühlen? Welche Maßnahmen mussten konkret ergriffen werden, damit Sicherheit und Ordnung wieder gewährleistet werden konnten?

Einer Antwort darauf hatte Levy an diesem Tag ins Auge geschaut. Dem Lauf einer Heckler & Koch, der Maschinenpistole eines deutschen Polizisten. Daneben, zum Landesschutz verpflichtet und das Schnellfeuergewehr geschultert, ein Bundeswehrsoldat. Sicherheit war nicht mehr länger unterteilt in außen und innen, ab jetzt war der Schutz oberstes Staatsziel, dem sich Recht und Freiheit des Einzelnen unterzuordnen hatten.

Wann endlich, fragte sich Levy, fangt ihr an, einer Bedrohung nicht mit Abschottung, sondern mit Offenheit zu begegnen, um einer möglichen Eskalation Einhalt zu gebieten?

Stattdessen verbarrikadieren sie sich und wetzen die Messer.

Levy gähnte und schaute dabei auf die Computeruhr. Sie meldete zwanzig vor elf. Eigentlich war es noch nicht Zeit fürs Bett, aber der Tag hatte ihn viel Kraft gekostet. Nicht zuletzt wegen der Auseinandersetzungen mit Demandt. Der bestand weiterhin darauf, dass die Hamburger Ermittlungen in die landesweiten, sprich die hessischen des BKA einfließen sollten. Alles andere wäre eine Verschwendung von Ressourcen, und schließlich würde Michaelis mit ihrem Team den Fall ohnehin nicht stemmen können.

Nachdem Levy und Michaelis ihn in diesem Glauben beließen, wurden die anstehenden Aufgaben verteilt. Levy musste sich schnellstens einarbeiten. Unterstützung würde er von Demandt und seinen Leuten wohl kaum zu erwarten haben, selbst wenn er sich beim Innensenator beschweren würde. In diesem Fall schien Demandt ganz auf amerikanischer Linie zu sein. Er spielte sein Spiel, und Levy gehörte zur gegnerischen Mannschaft.

Die Maske der elektronischen Telefonanlage zeigte einen eingehenden Anruf auf dem Bildschirm. Levy las die Nummer. Sie war ihm unbekannt. Wer rief so spät bei ihm an?, fragte er sich.

«Levy», sprach er müde ins Mikrofon und schickte ein Gähnen hinterher.

Eine Frauenstimme meldete sich. Sie war ihm unbekannt. Auch woher sie anrief, konnte er nicht genau verstehen. Im Hintergrund sprachen noch andere Personen. Er verstand nur zwei Wörter: *Klinik* und *besorgniserregend.*

«*Wer* sind Sie?», wiederholte er die Frage.

«Mein Name ist Hingsen», antwortete sie. «Ich rufe im Auftrag von Dr. Felsenberg an.»

«Wer ist Dr. Felsenberg?»

«Der behandelnde Arzt von Frank de Meer, Ihrem Bruder. Sie sind doch Balthasar Levy?»

Levy schluckte. Mit einem Schlag hatte ihn seine Vergangenheit eingeholt. So wie ein Tropfen Wellen schlägt, so breitete sich Unruhe in ihm aus. Er fühlte, wie seine Fingerspitzen kribbelten und sich seine Zehen verkrampften. Für ein Gespräch über seinen Bruder war es eindeutig noch zu früh.

«Was wollen Sie?», fragte er barsch.

«Dr. Felsenberg bittet um ein Gespräch mit Ihnen.»

«Wieso? Was will er von mir?»

«Wie gesagt, es geht um Ihren Bruder. Sein Zustand gibt Anlass zur Sorge. Dr. Felsenberg möchte ...»

«Kein Interesse», unterbrach Levy sie.

«Wie bitte?»

«Ich sagte, ich habe kein Interesse, mit wem auch immer über Frank de Meer zu sprechen.»

«Meinen Unterlagen zufolge sind Sie der einzig lebende Familienangehörige. Sie können doch nicht ...»

«Und ob ich kann. Rufen Sie hier nie wieder an.»

Levy klickte das Gespräch weg. Es gelang ihm nicht sofort. Seine Hand zitterte, und der Mauszeiger schlug Haken wie ein Hase auf der Flucht.

«Hören Sie, wir benötigen Ihre Einwilligung, was im Falle ...», hörte er die Frau noch sagen, bevor die Verbindung ganz abbrach.

«Zum Teufel mit ihm», schickte Levy hinterher.

Er stand auf. Sein Körper fühlte sich an, als hätte er in die Steckdose gefasst, seine Gedanken überschlugen sich. Bilder von brennenden Körpern schossen ihm durch den Kopf. Verzweifelte Schreie drangen aus dem dunklen Keller seiner Erinnerungen nach oben. Das Gesicht seines Bruders in der Maske des Anubis tauchte vor ihm auf. Er meinte, den Geruch von Benzin und verkohltem Fleisch zu riechen.

Dieser verdammte Geruch. Er musste raus aus seinem Körper, aus seinem Gehirn, aus seinem Leben.

Wo war die Flasche? Er blickte sich um. Nichts vorhanden, was ihm Erleichterung verschaffen könnte. Demandt hatte die Wohnung nach seiner Einlieferung ins Krankenhaus gesäubert. Hatte er noch die Reserve für den Notfall? Die hatte Demandt bestimmt nicht gefunden. Dafür war das Versteck zu gut.

Levy ging ins Badezimmer. Die Wanne war in einem gefliesten Sockel eingelassen. Eine Kachel ließ sich entfernen, um Zugang zum Abfluss zu bekommen. Er drückte die Kachel nach hinten weg und streckte den Arm hinein. Dort, wo der Abfluss im Mauerwerk verschwindet, hatte er die Flasche deponiert. Sie musste mittlerweile zur Köstlichkeit gereift sein.

Während er blind im finsteren Loch Reste von Dichtungsmitteln, verwaiste Spinnennetze und tote Käfer ertastete, brannte es ihm heiß in Mund, Kehle und Brust.

Verdammt, wo war das Ding nur? Er hatte die Flasche eigenhändig an die Krümmung des Rohrs gelegt, damit er sie schnell zur Hand hatte, wenn er sie brauchte.

Doch da war nichts außer Schmutz und Friedhof.

Er zog den Arm heraus und blickte hinein. Das einfallende Licht reichte nicht aus, um die Schatzhöhle zu erhellen.

Eine Taschenlampe. Er hatte noch eine. Irgendwo. Er brach die Suche ab, nahm stattdessen die Streichhölzer.

Auf dem Rücken liegend, hielt er den Arm und die Flamme ins dunkle Versteck. Irgendwoher kam hier Zugluft. Die dünne Flamme erlosch schnell. Dem nächsten Streichholz erging es nicht besser. Eins ums andere verbrannte am roten Schwefelkopf.

Klopapier. Das war die Lösung. Er rupfte ein, zwei Meter ab, zerknüllte es zu einem Ball und zündete ihn an. Mit der Eleganz eines Fußballanfängers kickte er ihn ins Loch.

Auf den Knien verfolgte er wie zum Freitagsgebet gebeugt den Gang der Dinge. Die Flammen ließen die verstaubten Spinnennetze schmoren und die dürren Käferbeine zucken. Ein hohler Panzer poppte wie ein Maiskorn im heißen Topf zur Seite.

Er sah wirr hüpfende Schatten, hörte panisch flüchtende Mitbewohner auf dünnen Beinchen und roch ätzendes Chitin. Der Geruch war so intensiv, dass Levy augenblicklich zurückzuckte.

Er schnäuzte aus, um diesen beißenden Gestank aus Nase und Hirn zu bekommen; er hatte eine ekelerregende Spur auf seinen Schleimhäuten hinterlassen.

Levy setzte sich auf den Klodeckel und wartete ab, bis das Feuer unter seiner Badewanne erloschen war. Von der Flasche Wodka war nichts zu sehen. Er verfluchte Demandt, er wünschte, er würde brennen wie das Viehzeugs.

Doch wie der Gestank in seiner Nase allmählich verschwand, so ließ auch der Druck in seinem Inneren nach. Es war ein kurzer, aber heftiger Anfall gewesen. Beinahe wäre er wieder in sein altes Schema verfallen.

Levy hatte für diesen Tag genug. Er ging zurück an den Computer. Mit zwei Klicks fuhr er die Anlage auf Stand-by. Noch immer stand sie inmitten des großen Lofts, das er erst einmal seit seinem Krankenhausaufenthalt betreten hatte. Die wenigen Kleidungsstücke, die er für die Reha an der Ostsee gebraucht hatte, waren aus dem ohnehin knappen Bestand des Schranks schnell zusammengewühlt. Nur den großen Kühlschrank galt es abzustellen. Ansonsten stellte die karge Möblierung – ein Bücherregal, ein Bett, ein Tisch, zwei Stühle – keine Ansprüche.

Auf dem Weg zurück ins Badezimmer entledigte er sich seiner Sachen und stopfte sie in die Waschmaschine. Das Kurzprogramm sollte genügen. Ohnehin ging es ihm bei dieser Routine nur um das monotone und beruhigende Drehen der Trommel, das ihn bei seinem allabendlichen Bad sanft auf den Schlaf vorbereiten sollte.

Während das Badewasser einlief, riskierte er einen Blick in den Spiegel.

Er hatte zugenommen. Gottlob, er sah halbwegs gesund aus. Die Brandmale an seiner linken Körperseite, die sich bis zum Scheitel hinaufzogen, waren leidlich mit den Transplantaten verheilt. Noch ein paar Monate, und er würde sich wieder in Badehosen sehen lassen können.

Was würde eine Frau sagen, wenn sie ihn so sähe, fragte er sich. Würde sie sich erschrocken abwenden?

Dr. Frankenstein und seine Kreatur. Der Vergleich war nicht ohne. Sein Leib und seine Seele waren von zu vielen Toten gezeichnet.

3

Die Wirkung des Heroins ließ nach. Stufe um Stufe stieg er hinab in den Keller seiner Erinnerungen. Jeder Schritt schmerzte. Seine blutunterlaufenen Augen sahen im speckigen Grau an der Decke einen Film, wie immer, wenn die Droge ihn allein in der Welt zurückließ.

Die Nacht war schwarz und klebrig.

Leuchtspurmunition tackerte Morse-Codes über die Dächer der einst so stolzen Stadt rund fünfzig Kilometer westlich von Bagdad. Eine Antwort ließ nicht lange auf sich warten.

Binnen kurzem war die Luft erfüllt von Detonationen. In diesem Gefecht gab es keine Zuschauer, die sicher wie bei einer Talk-Show das Treiben auf der Bühne beobachten konnten. Hier war jeder mitten im Geschehen. Jeder war Teil einer Inszenierung von Macht – sowohl jene, die Demokratie und westliche Zivilisation ins Zweistromland brachten, als auch jene Teile der Bevölkerung, die sich verzweifelt dagegen zur Wehr setzten.

Für sie war ihre Heimat die Wiege der westlichen Kultur. Beide Parteien waren der festen Überzeugung, jeweils in Gottes eigenem Land zu leben, während die Gegenseite ihr Leben und ihre Kultur aus niederträchtigen Gründen zerstören wollte.

So ging es viele Tage und Nächte lang. Da sich die Bürger dieser Stadt nicht so schnell wie gewünscht überzeugen ließen, griffen die Befreier in ihrer Verzweiflung zu den äußersten Mitteln. So kamen die Waffen doch noch zum Einsatz, deren angeblicher Besitz den Krieg hatte rechtfertigen sollen.

Der Tod kam mit viel Getöse aus der Luft. Er war wunderschön anzusehen, wie er sich am Himmel in bunten Spuren verlöschender Sterne zeigte.

Muhammed, so hieß der Prophet ihres Gottes.

Auch er war eine Art Prophet, und nicht der einzige. Dieser Gott verfügte über viele Propheten, die seine Botschaft in die Welt trugen. All diese Propheten glaubten an dessen Macht. Dieser Gott war kein Hirngespinst, keine Überlieferung aus antiken Zeiten, sondern ein mächtiger Streitherr der Gegenwart. Die Zukunft gehörte ihm, und er war sein Prophet.

Doch in dieser Nacht war sein Gott unbarmherzig. Er sandte Feuer und Schwefel vom Himmel, und er machte keinen Unterschied zwischen Kämpfern und Kindern, Männern und Frauen.

In dieser Nacht war ein blutrotes Kreuz über jeden Türeingang dieser Stadt gezeichnet, und ein jeder würde seinen Glauben im Feuer büßen.

Muhammed erhob sich mit einem Ruck von der Pritsche, seine Hand zitterte zum Tisch. In einem Brillenetui bewahrte er das Besteck und das braune Pulver auf. Er ließ eine Portion auf den Löffel rieseln und gab Zitronensäure und Wasser dazu. Während die Flamme einer Kerze das Gemisch erhitzte, legte er den Stauschlauch um seinen Oberarm und zog ihn mit zusammengekniffenen Zähnen fest. Er fand eine Vene, zog zur Sicherheit ein paar Tropfen Blut in der Spritze hoch, und dann drückte er zu. Das Heroin überflutete Geist und Körper.

Roter Mohn war eine gewöhnliche Blume am Wegesrand. Sie blühte in aller Pracht im Paradies, unter Allahs wohlwollendem Auge.

Auf dem Notebook kam eine Meldung herein. Die Nachrichten eines TV-Senders sprachen von verschärften Sicherheitsvorkehrungen und einer um sich greifenden Verunsicherung in der Bevölkerung. Der Terror habe das Land erfasst, doch man werde sich mit aller Macht dagegen wehren. Namenlose Gesichter auf der Straße schienen es zu bestätigen.

Man wollte ihnen nicht so recht glauben. Die Beklemmung, die stumpfe Angst und ein Gefühl der Mitschuld schwangen in jedem Wort der Selbstermutigung mit. Hinter jeder Ecke ihres beschützten Lebens konnte nun der Tod auf sie lauern – in Form einer achtlos abgestellten Tasche, beim Warten an einer Bushaltestelle oder in Gestalt des netten Studenten aus Nahost, der stets hilfsbereit und ein ruhiger und anständiger Nachbar war.

Ein bemerkenswertes Gefühl, diese Furcht, nicht wahr?, hatte der Replikant zum Blade Runner gesagt.

4

Levy hatte die Nacht fest durchgeschlafen. Ein gutes Zeichen. Seine Gesundung machte Fortschritte, wenngleich ihm der Beinahe-Rückfall der vergangenen Nacht noch in den Knochen steckte.

Bei einer Tasse frischgebrühten Kaffees, schwarz, mit einem Löffel Zucker, erweckte er den Computer aus dem Stand-by-Modus. Das E-Mail-Programm übersäte den Bildschirm mit einer nicht endenden Liste eingegangener Nachrichten aus den letzten fünf Monaten. Es war ihm unmöglich, auch nur einen Teil einer genaueren Prüfung zu unterziehen. Nach kurzem Abwägen entschloss er sich, eine Nachrichtensperre zu verhängen, die Mailbox zu leeren und auf unbestimmte Zeit zu deaktivieren. Tagesgeschäft war das Letzte, mit dem er sich zurzeit beschäftigen wollte.

Stattdessen rief er eine Nachrichtenseite auf. *Untersuchungsausschuss zur BND-Affäre rückt näher – US-Regierung veröffentlicht Namensliste von Guantánamo-Häftlingen – Iran besteht auf das Recht der Urananreicherung im eigenen Land – Vizepräsident Cheney droht Iran mit ernsthaften Konsequenzen – Identität des Terroropfers in Hamburger Kino noch immer ungeklärt.*

Levy klickte die letzte Meldung an.

Der Artikel berichtete von den Schwierigkeiten der Ermittlungsbehörden, aus dem völlig zerstörten Körper des Mannes nach Hinweisen auf dessen Identität zu schließen. Brust- und Kopfbereich seien durch die Wucht der Bombe (die gleiche wie bei den vorangegangenen Anschlägen im Hanseviertel und in Frankfurt) zerfetzt worden und nur in mühevoller Kleinarbeit von Spezialisten zu rekonstruieren. Des Weiteren standen keine Fingerabdrücke zur Verfügung. Etwaige Ausweispapiere wurden vor Ort nicht gefunden.

Durch diesen Anschlag seien die Behörden aufgerufen, die bestehenden Schutz- und Sicherheitsmaßnahmen auszuweiten. Ein entsprechender Antrag würde im Senat bereits diskutiert. Öffentlichen Einrichtungen wie Museen, Theatern oder Fußballstadien drohe damit die vorübergehende Schließung, bis sich die Sicherheitslage wieder normalisiere.

Levy klickte weiter. Andere Seiten wiederholten den Sachverhalt. Gesichert war bisher nur eines: Ein Mann unbekannter Identität war bei einer Bombenexplosion ums Leben gekommen. Der verwendete Sprengstoff war der gleiche wie bei den anderen Vorfällen. So viel hatten die Laboranalysen bereits ergeben.

Was er gestern nicht mehr geschafft hatte, diesen dritten

Anschlag nach vorliegender Aktenlage einer genauen Prüfung zu unterziehen, würde er heute in Angriff nehmen.

Sicher war aber auch, dass sich dieser Anschlag von den vorhergehenden unterschied: Er fand nicht in freiem Gelände, also in der Öffentlichkeit, statt, sondern in einem von außen abgegrenzten Raum.

Psychologisch gesehen machte das einen großen Unterschied.

Da die Wahl der Waffen ein Teil des psychologischen Unterbaus war – er hätte ja auch die lautlosen Varianten Messer oder Gift wählen können –, sagte es bereits etwas über den Täter oder die Gruppe aus.

Sie legten Wert darauf, ihre Taten nicht zu verschleiern oder zu verbergen, so wie es ein normaler Krimineller tut, um der Strafverfolgung zu entgehen. Stattdessen machten sie die Öffentlichkeit auf sich und die Tat aufmerksam.

Doch wo blieben die Bekennerschreiben oder Forderungen?

Das Klingeln der Türglocke unterbrach Levy abrupt in seinem Gedankenfluss. Mürrisch betätigte er die Gegensprechanlage, die wie nahezu alles in seiner Wohnung über den Computer gesteuert wurde.

«Wer stört?», fragte er.

«Hortensia hier. Kann ich raufkommen?»

Levy überlegte. Eigentlich wollte er in Ruhe arbeiten. Aber seine Chefin konnte er nicht abweisen. Er betätigte den Öffner. «Elfter Stock. Nimm den Aufzug.»

Wenig später stand sie in der Tür, in der Hand eine Tüte mit frischen Brötchen.

«Ich dachte, ich schau mal vorbei und versorge dich mit Frühstück», sagte sie, trat ein und hauchte einen Kuss auf seine Wange.

Levy zuckte zurück. Nicht, weil ihm seine verletzte Gesichtshälfte noch Schmerzen bereitete, sondern wegen der plötzlichen Nähe, die die sonst so bestimmt und forsch auftretende Michaelis seit seinem Krankenhausaufenthalt ihm gegenüber herzustellen versuchte. Er konnte sich nicht erklären, wieso gerade er, den sie in ihrem ersten gemeinsamen Fall nach allen Regeln der Kunst heruntergemacht hatte, nun Ziel ihrer Zuneigung war. War es nur Dank, dass er sie vor dem sicheren Feuertod und dem Ritual Anubis' gerettet hatte, oder drang ihre verborgene Seite durch, Schwachen und Verletzten zu helfen? Er hatte einmal beobachtet, wie sie sich aufopfernd um ihre kranke Schwester gekümmert hatte, die an Mukoviszidose litt. Gehörte er nun auch zu ihrer Familie?

«Kaffee?», fragte er.

«Gerne. Mit Milch und Zucker, bitte.»

Während Levy eine Tasse füllte, schaute Michaelis sich in der Wohnung um. Sie war das erste Mal bei ihm zu Besuch. «Spartanisch», resümierte sie, «nicht viel, was auf einen sesshaften Geist schließen ließe.»

«Ich bin noch nicht angekommen», antwortete er und reichte ihr die Tasse.

«Aber du lebst doch schon seit ein paar Jahren in Hamburg. Oder hab ich da was falsch verstanden?»

«Das mit dem angekommen ist auch eher mental gemeint.»

Die kryptische Antwort ließ sie rätseln. «Muss ich das jetzt verstehen?»

«Nein», schmunzelte er, «es ist nur so ein Gefühl, das ich nicht loswerde.»

Michaelis zeigte sich besorgt. «Hast du noch Schmerzen?»

Levy verneinte. «Es verheilt gut. Das ist nicht das Problem.»

Sie fragte nicht nach, wartete, bis er von selbst begann zu erzählen. Levy registrierte es, war sich aber nicht sicher, ob er darauf eingehen sollte.

«Es geht um deinen Bruder», sagte sie schließlich. «Frank ist das Problem. Hast du ihn nochmal gesehen, seit ... du weißt schon.»

Es war eindeutig zu früh, dieses Thema zu besprechen. Er hatte es ja noch nicht mal geschafft, mit seinem Therapeuten eine halbwegs passable Ausgangsbasis für das Problem Frank zu definieren.

«Er liegt noch im Koma», antwortete er. «Wenn's nach mir ginge, dann könnte er auch ewig in diesem Zustand bleiben.»

«Aber er wird es nicht bleiben. Eines Tages ...»

«Ich weiß», antwortete er knapp und heftig.

Sie zuckte angesichts der barschen Abfuhr zusammen.

«Tut mir leid», entschuldigte er sich.

«Nein, mir tut es leid», sagte sie und ging auf ihn zu. Sie berührte vorsichtig seine Wangen.

Er hielt still. Wenn sie aber noch einen Schritt weiter ging, dann würde er auf mehr Distanz in dieser einseitigen Beziehung bestehen. Nicht, dass sie in irgendeiner Art unattraktiv war, im Gegenteil, der blonde Wildschopf und die grünen Augen waren umso anziehender, je näher sie ihm kam, doch das Letzte, was er wollte, war, zu ihrem zweiten Pflegefall zu werden.

«Habt ihr was Neues?», fragte er und beendete damit den kurzen Moment der Nähe.

Sie verstand und verbarg die Enttäuschung hinter einem gezwungenen Lächeln. Dann drehte sie sich weg, ging zur Fensterfront, die sich über die ganze Breite des Lofts erstreckte. Während sie hinunter auf die Straße blickte, räusperte sie sich und versuchte, in die Rolle der Chefin zurückzufinden. Es gelang ihr gewohnt schnell, und ihre Aufmerksamkeit wandte sich wieder dem Fall zu.

«Dragan arbeitet mit Hochdruck daran, aus der Phantomzeichnung, die nach den Aussagen der Kassiererin des Kinos erstellt wurde, und aus den Resten vom Tatort das Gesicht des Mannes zu rekonstruieren. Papiere, persönlicher Schmuck, Handy oder sonstige private Gegenstände hatte das Opfer nicht dabei, oder sie sind bei der Explosion restlos zerstört worden. Die DNA jagen wir derzeit durch alle Datenbanken. Bisher aber ohne Ergebnis. Das Einzige, was wir sicher sagen können, ist, dass es sich bei dem Getöteten nicht um einen Araber oder einen Menschen aus der Region östlich des Balkans handelt. Sein Gensatz entspricht dem eines reinrassigen Mitteleuropäers.»

«Es könnte also ein Deutscher sein.»

«Möglich. Aber auch ein Schweizer, Österreicher, Holländer, Däne ...»

«Schweizer verüben keine Bombenanschläge.»

Michaelis schmunzelte. «Wer weiß, wie so einer reagiert, wenn er von seiner Alm vertrieben wird.»

Sie hatte wieder zur alten Gelassenheit zurückgefunden. Levy war erstaunt und irgendwie auch über die Normalisierung dankbar. «Dann haben wir es vermutlich nicht mit einem Täter zu tun, der sich und andere in die Luft sprengen wollte, sondern mit einem Opfer, das gezielt getötet wurde.»

«Noch ist nichts bewiesen. Beide Varianten sind denkbar. Wie weit bist du mit dem Studium der Akten gekommen?»

«Über einen ersten Blick bin ich nicht hinausgekommen. Es ist noch zu früh, etwas zu sagen.»

«Das kommt mir bekannt vor. Hast du nicht damals bei Anubis ...»

Sie stockte, als ihr klar wurde, was sie gesagt hatte. Wieder hatte sie das Gespräch auf seinen Bruder gebracht, der unter dem Namen Anubis mehrere Menschen brutal ermordet und zu Schaufensterpuppen ausstaffiert hatte. Damals, als Levy gegen Michaelis' Willen, aber durch die Fürsprache Demandts den Fall bekommen hatte, hatte er sich ähnlich geäußert. Nun waren die Vorzeichen vertauscht. Michaelis wollte ihn unter allen Umständen dabeihaben, Demandt schoss quer.

«Was ist eigentlich mit Sven los?», fragte Levy. «Hat er inzwischen eingelenkt?»

«Kein Stück», antwortete sie. «Irgendwas läuft da hinter meinem Rücken ab. Der Innensenator hat mich zwar gewarnt, dass ich mit allerlei Gegenwind zu rechnen habe, aber dass Sven sich mir so offenkundig in den Weg stellt, verblüfft mich sehr. Hat er dir gegenüber etwas erwähnt?»

«Nein, du hast ihn ja gestern erlebt. Er tut fast so, als ob ich völlig inkompetent sei.»

«Das kommt mir bekannt vor», erwiderte sie schmunzelnd. «Mach dir keine Sorgen, ich und das Team stehen hinter dir.»

«Sven könnte aber recht behalten. Du gehst ein Risiko mit mir ein.»

Dieses Déjà-vu ersparte sie sich. «Wer hat gesagt, dass unser Job ohne Risiko ist? Das war der Grund, wieso ich überhaupt in den Dienst eingetreten bin.»

Sie strahlte, und Levy sah in ihren Augen ehrliche Begeisterung. Oder war es etwas anderes?

«Komm», sagte sie, «lass uns zum Kino fahren.»

5

Der umstrittene Film *Tal der Wölfe* stand für die Abendvorstellung auf dem Programm. Die türkische Produktion zeigte in bester Rambo-Manier, wie es aussehen kann, wenn die Amis einmal die Schurken waren. Der Film stieß in der Türkei und großen Teilen der islamischen Welt auf Begeisterung.

Levy überlegte, wann er das letzte Mal im Kino gewesen war. Das musste Jahre her sein. Wieso auch, fragte er sich, sein Leben war aufregend genug. Leichen, Blut und Mordinstrumente gehörten zu seinem Alltag.

Michaelis durchtrennte das Siegel der Kripo an der Eingangstür und schloss auf. Nachdem die Spurensicherung tags zuvor mit ihrer Arbeit fertig geworden war, blieb das kleine Haus bis auf weiteres geschlossen; so lange, bis die Ermittlungsleiterin es wieder freigeben würde. Und Michaelis wollte, dass sich Levy ebenfalls den Tatort ansah.

Mit der Ermittlungsakte in den Händen ging sie voraus. Was nun folgte, war die übliche Tatortbegehung. Levy hatte nicht darum gebeten, eigentlich kam sie einen Tag zu früh. Gern hätte er die Tatortfotos, Zeugenaussagen und die anderen Protokolle im Vorfeld studiert, damit er später am Tatort wusste, worauf er genauer eingehen wollte.

Doch ganz ungelegen kam es für ihn dann doch nicht. Wie er bereits in den Morgenstunden festgestellt hatte, unterschied sich dieser Tatort von den vorangegangenen. Mal sehen, ob es noch weitere Anhaltspunkte gab.

Während eine Glühbirne an der Decke ein gelbliches Licht auf den mit rotem Samt ausgelegten Gang warf, schlug Michaelis die Akte auf und begann, die bisher ermittelten Ergebnisse vorzutragen.

«Die Kassiererin Emma Wieczorek», begann sie und zeigte dabei auf ein kleines Kabuff zur Rechten, das rund einen halben Meter erhöht und mit einer ungepflegten Glasscheibe vom Gang abgetrennt war, «verkaufte an jenem Nachmittag gerade mal fünf Eintrittskarten. An eine Frau, zwei Jugendliche und zwei Männer. Einer von ihnen ist das noch unbekannte Opfer. Die Identitäten der anderen wurden bisher alle ermittelt und ihre Aussagen aufgenommen. Da sie auf den Film konzentriert waren und es im Kinosaal dunkel war, geben ihre Auskünfte nichts her. Eine genaue Beschreibung des Opfers konnte keiner geben.»

«Und das Phantombild ...?», fragte Levy.

«... entstand auf Basis der Angaben dieser Frau Wieczorek», antwortete Michaelis.

«Sie hat ihn wahrscheinlich nur aus diesem kleinen Schalter heraus gesehen.»

«Ist anzunehmen. Die Eintrittskarten werden gleich beim Kauf abgerissen, eine zusätzliche Kontrolle an der Tür zum Saal gibt es nicht.»

Levy suchte nach dem Zugang in den kleinen Raum. Er fand ihn drei Schritte weiter. Vier Stufen führten zu einer Tür, die er öffnete. Der Lichtschalter pendelte in Form einer Schnur von der Decke. Er zog daran.

Hier wurde an vielem gespart, am Platz wie an der Einrichtung. Zu seiner Linken ein Regal mit Süßigkeiten und Knabberkram, an der Stirnseite ein kleiner Campingkühlschrank und direkt vor ihm ein Stuhl, von wo aus die Kassiererin alles in Griffweite hatte.

Levy setzte sich auf den Stuhl und blickte durch die Glasscheibe hinaus in den spärlich erhellten Gang. Wie vermutet saß er erhöht, sodass er Michaelis mindestens um eine Kopfhöhe überragte. Diese Perspektive war sicherlich dazu geeignet, etwaige Mitbringsel, wie Kameras oder andere Aufnahmegeräte, schneller zu erkennen, aber keinesfalls, um der Kundschaft direkt ins Gesicht zu sehen.

«Hältst du das Phantombild mal vor dein Gesicht?», bat Levy.

Michaelis tat es. Selbst wenn der Mann sehr groß gewesen war, die Augenzeugin hatte ein perspektivisch verzerrtes Bild von ihm erhalten. Mit dieser Zeichnung war nicht viel anzufangen. Levy erhob sich und ging in den Gang zurück.

Vor dem Eingang in den Kinosaal war links in der Wand ein Kasten eingelassen, so las Michaelis aus der Akte. Sie öffnete ihn, suchte den zweiten Schalter in der dritten Reihe und betätigte ihn.

Zusammen betraten sie den Kinosaal. Das Licht war hell genug, um zu erkennen, dass in der Mitte ein Gang und auf beiden Seiten rund zwanzig Reihen mit ebenso vielen Sitzplätzen vorhanden waren.

Der Saal machte einen auffallend sauberen Eindruck. Von der erwarteten Verwüstung, die von einem Bombenanschlag zu erwarten war, gab es keine offensichtlichen Spuren. Selbst der Boden schien wie geleckt – ein Ergebnis der Spurensicherung, die den Tatort besenrein verlassen hatte, um nicht die winzigste Spur zu verlieren.

Doch wo war die Explosionsstelle?

Der oder die Täter hatten die Sprengstoffmenge und deren Wirkung anscheinend sehr gut abgeschätzt und wollten nur gezielt eine Person ausschalten. Levy hatte aus den Protokollen entnommen, dass die Wirkung von Sprengstoff nur äußerst schwer genau vorauszusagen ist. Der Täter oder die Täter schienen folglich zu wissen, was sie taten.

Erst als sich Levy auf Höhe der Sitzreihe befand, in der die Detonation stattgefunden hatte, erkannte er schwere Beschädigungen an den Sitzen. Der weiche Bodenbelag war aufgewellt, und die Sitzbezüge waren durch herumfliegende Splitter eingerissen.

Ein paar Schritte weiter erkannte er das Zentrum der Detonation. Der Boden wies eine leichte Eindellung und eine schwarze Einfärbung auf. Der Kinositz, auf dem sich das Opfer befunden hatte, und die Sitze links und rechts davon fehlten, sie wurden im Labor untersucht.

Die Sitze vor dem Sprengzentrum waren in einem verhältnismäßig guten Zustand. Teile der Polsterung waren auch hier weggerissen worden, und der Bezug war von der Explosion und getrocknetem Blut verfärbt.

Levy nahm eine Taschenlampe und leuchtete über den Boden. Die Bezeichnung Sprengtrichter hatte diese leichte Vertiefung kaum verdient, und vermutlich hatten die Kollegen der Spurensicherung noch darin herumgekratzt, um Restteile der technischen Vorrichtung oder gar unverbrannten Sprengstoff zu finden. Da die Ausbeulung so gering war, war der Explosionspunkt vermutlich nicht auf dem Boden gewesen.

Auffälliger als die schwarze Verfärbung war die Menge an getrocknetem Blut. Die Ränder einer Lache waren am Boden zu erkennen, ebenso auf den umliegenden Sitzen.

Das Opfer hatte stark geblutet. Das passte zu den Bildern vom Tatort, die Levy gesehen hatte. Der vorläufige Obduktionsbericht hatte als Todesursache Verbluten «bei fast kompletter Zerstörung der Bauch- und Beckenregion nach massivem Explosionstrauma» festgestellt.

«Gibst du mir mal die Tatortfotos?», bat Levy Michaelis.

«Die mit dem Opfer?»

Levy bejahte. Die Hände des Opfers waren bis auf Hautfetzen nicht mehr vorhanden und die Arme bis oberhalb der Ellbogengelenke stark versehrt. Der Bauchraum war schwarz verbrannt, und die meisten inneren Organe waren ausgetreten. Ober- und Unterkörper wurden nur noch durch das Rückgrat und Teile der Rückenmuskulatur des Opfers zusammengehalten.

Das Opfer musste die Vorrichtung also auf dem Schoß in den Händen gehalten und sie dann vorsätzlich oder unbeabsichtigt ausgelöst haben.

Die sitzende Haltung des Opfers und der Kinositz hatten zu einer leicht gerichteten Sprengwirkung nach oben geführt, wodurch Brust, Hals, Kiefer und Gesichtsbereich ebenfalls starke Verletzungen aufwiesen. Rücken und Hinterkopf des Opfers waren nahezu unversehrt.

«Es wurde niemand sonst verletzt?», fragte Levy.

Michaelis nickte und zeigte ihm eine Graphik. Darauf waren die Sitzpositionen der anderen vier Gäste verzeichnet. Am nächsten saßen dem Opfer zwei Jugendliche, schräg versetzt, nur drei Reihen hinter ihm. Levy begab sich dorthin. Die Kopfteile der Sitze waren mit Blutspritzern gesprenkelt, hier und da befand sich ein kleines Loch im Material, wahrscheinlich durch herumfliegende Splitter. Die Jungs hätten sehr gute Chancen gehabt, die Explosion zu überleben, wenn sie sich zum Zeitpunkt der Zündung noch im Raum befunden hätten.

«Die Sprengladung ging etwa vier Minuten nach dem Ende des Films hoch», entnahm Michaelis der Aussage der Kassiererin. «Sie war nicht gleich in den Saal gegangen, um sauberzumachen, sondern unterhielt sich noch mit dem Filmvorführer. Er ist Sportstudent und wurde bereits vernommen.»

«Wieso so spät?», fragte Levy. «Der Täter hätte doch damit rechnen müssen, dass sich zu diesem Zeitpunkt niemand mehr im Kino aufhalten würde?»

«Vielleicht war das auch seine Absicht? Er wollte niemanden verletzen und ... Okay, klingt unwahrscheinlich, dann hätte er es ja gleich bleibenlassen können. Oder vielleicht hatte er ja was gegen den Film oder das Kino?»

Michaelis schmunzelte. Levy wusste nicht so recht, woher an diesem Ort des Schreckens dieser seltsame Humor rührte.

«Was sagen die Kollegen vom Labor?», fragte Levy.

Michaelis blätterte zur entsprechenden Seite. «Es handelt sich mit großer Wahrscheinlichkeit um TATP, rund achtzig bis hundert Gramm. Das Opfer muss die Bombe in der Hand gehalten haben, etwa auf Höhe des Bauches oder der Brust.»

«Ist vom Zünder etwas übriggeblieben?»

Sie verneinte. «Es wird noch ein paar Tage dauern, bis alle Fundstücke asserviert und ausgewertet sind. Als Energiequelle vermuten sie eine Knopfbatterie, genauer gesagt, drei Stück. Reste davon sind sichergestellt worden. Sie waren mit einem Heißkleber an einem Stromkabel befestigt.»

«Sonst nichts?»

«In der kurzen Zeit konnten sie nicht mehr zuordnen. Sie haben Dutzende blauer Säcke mit Kleinteilen hier rausgeschleppt, und in der Dienststelle wird jetzt erst mal fleißig gepuzzelt und ausgewertet.»

Levy setzte sich in einen der Kinositze und schloss die Augen. Er kannte die Vorgehensweise an einem Explosionsort. Aufgrund der komplexen Spurenlage war der Tatort in Sektoren unterteilt worden. Innerhalb dieser Sektoren wurde alles bis aufs letzte Staubkorn mitgenommen, und erst später im Labor ergab sich nach und nach eine Rekonstruktion der Sprengvorrichtung. Das würde dauern.

In der Zwischenzeit versuchte er, sich in die Situation hineinzuversetzen, wie sie durch die Berichte gesichert war.

Vor ihm auf der Leinwand läuft ein Film, wahrscheinlich neunzig oder hundertzwanzig Minuten lang.

Ich bin einer von fünf Gästen, ich habe genügend Platz, mich zu strecken, niemand stört meinen Blick und meine Aufmerksamkeit. Ich habe mich auf diesen Film gefreut, sonst wäre ich zu dieser Uhrzeit nicht hier. Schließlich ist es Nachmittag, ein Werktag, und wenn ich nicht gerade Urlaub habe, arbeitslos oder vermögend bin, muss ich für mein Auskommen arbeiten. Ich sitze also hier und genieße den Film. Zwei Stunden vergehen, es war ein toller Film, vielleicht sogar mein neuer Lieblingsfilm. Ich schau ihn mir bis zum letzten Bild an. Der Abspann ist bereits vorüber, ich sitze noch immer hier, bin ganz beeindruckt von dem Erlebnis, lasse die schönsten Szenen nochmals vor meinem geistigen Auge vorbeiziehen. Dann, etwa ein bis zwei Minuten später, nehme ich die Sprengladung heraus.

Woraus? Wo war sie die ganze Zeit gewesen? Achtzig bis hundert Gramm war sie schwer, bei diesem Gewicht wahrscheinlich nicht sonderlich groß. Sie steckte vielleicht in meiner Jackentasche.

Ich nehme sie also in beide Hände, halte sie hoch, etwa in Höhe des Bauches, atme nochmals tief durch. Gleich werde ich tot sein.

Die, die an diesen Ort meines Todes kommen werden, wird ein fürchterliches Bild erwarten. Alles, was meinem Körper Persönlichkeit gegeben hat, ist verschwunden. Ich bin nur noch eine plumpe, dumpfe Masse aus Fleisch, Gedärm und Knochen, verformt und entstellt.

Sie werden durch mein Blut waten, Gehirnmasse und innere Organe werden sich in das Profil ihrer Schuhsohlen quetschen. Später dann, zu Hause, wenn sie diesen Tag so schnell wie möglich vergessen möchten, werde ich noch immer da sein. In den Ritzen ihrer Schuhe, im Geruch ihrer Kleidung und in jeder Pore ihrer Haut. Sie werden duschen wollen, um meinen Gestank von ihren erschöpften Körpern zu waschen. Auch wenn ihnen das gelingen sollte, werde ich das letzte Bild sein, das sie in den Schlaf hinübernehmen. Und sie werden mich so schnell nicht vergessen.

«Bist du eingeschlafen?», hörte er Michaelis neben ihm sagen.

Er öffnete die Augen. «Nein, ich versuche mir gerade vorzustellen, wie die letzten Momente vor der Explosion ausgesehen haben könnten. Und etwas finde ich seltsam: Wenn ich mir um diese Uhrzeit, irgendwann am Nachmittag, einen Film im Kino anschaue, dann muss ich mich darauf gefreut haben. Ich sitze also hier, zwei Stunden lang ...»

Levy schaute sich um. «Ich nehme an, die Spurensicherung hat alles mitgenommen, was sie in die Hände bekommen hat.»

«Sicher», bestätigte sie.

«Hast du mal zwei Stunden im Kino gesessen, ohne etwas zu trinken oder zu essen?»

«Natürlich.»

«Okay, aber außer dir gibt es bestimmt auch noch Menschen, wie mich zum Beispiel, die sich was zu trinken oder zu knabbern mitnehmen.»

«Wenn ich nur an das Rascheln und Kauen um einen herum denke, dann könnte ich in die Luft gehen.»

«Gut, also nehmen wir mal an, unser Mann hatte sich am Kassenhäuschen etwas gekauft. Eine Cola oder ein paar Chips.»

Michaelis blätterte in den Unterlagen. «Davon steht nichts in der Zeugenaussage.»

«Wie erklärst du dir dann diese seltsame Explosionsrichtung in Höhe des Bauchs und Brustbereichs?»

«Du meinst, er hat etwas gegessen?»

«Ja, Gummibärchen, Chips, Popcorn, was auch immer.

Schau, die Tüte halte ich mit einer Hand ungefähr in Höhe der Brust, während ich mit der anderen hineingreife.»

«Dann hätte er die Bombe in einer Tüte transportiert.»

«Oder die Kassiererin hat sie ihm verkauft.»

«Dann wäre sie präpariert gewesen. Nur, wie konnte die Kassiererin wissen, wenn sie es nicht selbst war, was ich ausschließe, welche Tüte für den Mann bestimmt war?»

«Vielleicht wusste sie es nicht, oder die Bombe war nicht für ihn bestimmt, sondern für irgendeinen Pechvogel, der ...»

«Warte», unterbrach Michaelis. Sie blätterte in der Akte, suchte eine Stelle, an die sie sich erinnerte. «Hier, hier ist es. Die Zeugin Wieczorek hat ausgesagt, dass da noch jemand war. Ein Promoter. Du weißt schon, die dir in Kneipen Zigaretten anbieten und dich zu 'nem Preisausschreiben verleiten wollen, um an deine Adresse zu kommen.»

«Was ist mit ihm?»

«Nichts weiter, sie hat ihn in einem Zwischensatz erwähnt. Ich nehme an, dass diese Promoter fünfmal am Tag bei ihr auftauchen, und deswegen hat sie ihm keine große Bedeutung zugemessen.»

«Fahndet ihr nach ihm?»

«Noch nicht.»

Michaelis griff nach dem Handy. «Luansi, nimm bitte Kontakt zur Zeugin Wieczorek auf. Am besten schick Naima bei ihr vorbei. Es geht um den Promoter, den sie in ihrer Aussage erwähnt hat. Wir müssen wissen, wer er ist und wo wir ihn erreichen können.»

Sie beendete das Gespräch. Ihr Gesichtsausdruck ließ darauf schließen, dass sie ihren Fehler bereute. «Sorry», sagte sie, «ich weiß auch nicht, wieso ich das übersehen konnte.»

«Und der Kollege, der die Aussage aufgenommen hat, hat auch nicht nachgefragt?»

«Ich nehme es an, sonst stünde was in der Akte. So was darf nicht nochmal passieren.»

«Ihr steht alle ziemlich unter Druck. Da kann so etwas schon passieren.»

«Verdammt ja, und verdammt nein», entgegnete sie verärgert. «Verfahrensfehler gleich zu Beginn lassen sich später kaum noch aufholen. Ich hoffe nur, Sven hat davon nichts mitbekommen.»

«Hat er sich was anmerken lassen?»

«Nein, bisher nicht.»

«Siehst du, alles halb so schlimm, wenn es selbst unserem großen Meister nicht aufgefallen ist.»

Michaelis dachte darüber nach. «Es hat sich jetzt schon gelohnt, dich in den Fall einzubinden. Danke.»

Er antwortete mit einem Lächeln. «Schön, wenn ich deinen Ansprüchen genüge.»

Ihre gute Laune kehrte prompt zurück, für einen Augenblick zumindest. «Das werden wir noch sehen.»

Levy wollte sich schnell aus der sich erneut anbahnenden Nähe befreien. «Welcher Film ist eigentlich gelaufen?»

Sie zuckte mit den Schultern. «Keine Ahnung.»

Aus dem Halbdunkel bei der Eingangstür kam die Antwort: «Der *Blade Runner.* Mit Harrison Ford und Rutger Hauer in den Hauptrollen.»

Michaelis reagierte sofort. «Kommen Sie näher. Wer sind Sie?»

Eine Frau kam auf sie zu, halblange, dunkle Haare, einen Schal um die Schultern, ein schlichtes Kleid bis zu den Fußknöcheln, Sandalen.

Als sie vor Levy und Michaelis stehenblieb, erkannte er eine etwa dreißigjährige Frau mutmaßlich arabischer Herkunft, darauf ließen zumindest ihr Teint und die so typischen mandelförmigen, braunen Augen schließen.

Sie reichte Levy zuerst die Hand: «Aaliyah Roshan, Reporterin von Masdar Mawthouk, einem Nachrichtensender aus Dubai. Vielleicht haben Sie schon von uns gehört.»

«In der Art von Al-Dschasira?», fragte Michaelis.

«Eher wie Spiegel-TV in Deutschland. Wir produzieren Hintergrundberichte und politische Analysen für den arabischen Raum.»

«Darf ich Ihren Presseausweis sehen?», hakte Michaelis nach.

«Sicher, hier bitte. Wer sind Sie, wenn ich fragen darf?»

«Kriminalhauptkommissarin Michaelis. Was tun Sie hier? Das Kino ist geschlossen. Haben Sie das Siegel an der Tür nicht gesehen?»

«Siegel?», fragte sie erstaunt. «Nein, tut mir leid. Muss ich wohl übersehen haben.»

«Sie befinden sich an einem Tatort. Er ist noch nicht freigegeben. Auch für die Presse nicht. Gehen Sie jetzt, bitte.»

So schnell ließ sie sich nicht abwimmeln. «Sie ermitteln im Zuge der Sprengstoffanschläge, nicht wahr?»

«Richten Sie eine offizielle Anfrage an die Pressestelle. Nun, bitte», befahl Michaelis und verwies sie zum Ausgang.

Aaliyah nahm ihren Ausweis an sich, nicht ohne eine weitere Frage zu stellen. «Er hat wieder TATP verwendet, nicht wahr? Ein Mann, eine Bombe, eine Idee.»

«Wie kommen Sie darauf, dass es ein Mann ist?», fragte Levy. «Und welche Idee könnte er verfolgen?»

«Das ist allerdings die entscheidende Frage. Schönen Tag noch.»

Sie kehrte ihnen den Rücken zu und ging zum Ausgang. «Ach, noch etwas», sagte sie. «Wie lautet Rutger Hauers berühmter Satz nochmal?»

Levy und Michaelis schauten sich an.

Keine Ahnung.

6

Der Mann hieß Dennis Massall, ein ehemaliger DDR-Grenzsoldat. Er war in der Nachwendezeit vom Vorwurf der gezielten Tötung zweier Republikflüchtlinge freigesprochen worden. Der Befehlsnotstand, auf den er sich in seiner Verteidigung berufen hatte, konnte nicht widerlegt werden. Gleich nach dem Urteil verließ er Deutschland. Seine Spuren verloren sich in den neunziger Jahren auf blutigen Kriegsschauplätzen.

Im Sommer 2004 tauchte er an der Seite eines amerikanischen Geschäftsmannes wieder auf, der zu Beratungsgesprächen in Bagdad weilte. Die Aufnahme zeigte Massall, in der einen Hand eine kurzläufige Schnellfeuerwaffe, mit der anderen den Weg für seine Schutzperson an Fotografen und Journalisten vorbeibahnend.

Auf seiner schusssicheren Weste prangte ein Emblem, das auf den ersten Blick nicht zu entschlüsseln war. Doch Insider wussten, welches Unternehmen sich dahinter verbarg. *CW* – Clearwater war ein amerikanisches Unternehmen der Sicherheitsbranche und hatte sich in den letzten Jahren prächtig entwickelt.

Nun hatte es den Sprung nach Europa gewagt. Sicherheit war ein hohes Gut und die Voraussetzung, dass Politiker und Geschäftsleute auch im Ausland arbeiten konnten, ohne permanent um ihr Leben fürchten zu müssen. Die europäische Unit von Clearwater hatte sich strategisch günstig in Mannheim aufgestellt. Von dort aus waren Frankfurt, Ramstein und Stuttgart schnell zu erreichen. Die Nähe zu den Auftraggebern war entscheidend für den Erfolg.

Muhammed kannte Dennis Massall nicht persönlich. Vier

Angestellte von Clearwater waren im Irak von der aufgebrachten Menge durch die Straßen geschleift, verstümmelt und verbrannt worden. Einer der verkohlten Leiber hing zur Abschreckung von einer Brücke. Massall hatte sich zu diesem Zeitpunkt zwar in der Stadt, aber an einem anderen Ort aufgehalten und war deshalb einem solchen Schicksal entkommen. Er stand weit oben auf der Liste der zu eliminierenden Ziele.

Massall hatte im Vergleich zu seinen überwiegend amerikanischen Kollegen einen Vorteil: Er sprach Deutsch. Mit seiner langjährigen Erfahrung in Krisengebieten war er der ideale Kandidat, um die Unit für deutsche Geschäftspartner aufzubauen.

Muhammed hatte sich am Telefon als außenwirtschaftlicher Berater eines deutschen Anlagenbauers ausgegeben und um ein Beratungsgespräch gebeten. Nein, er könne nicht im Büro vorbeikommen, ein Termin folge auf den anderen, hatte er sich entschuldigt und um ein Treffen in einem Hotel nicht weit entfernt gebeten. Außerdem seien noch weitere potenzielle Kunden anwesend. Diskretion sei eine Grundvoraussetzung für das Treffen.

Diese Vorgehensweise war Massall nicht fremd. Hotellobbys waren für ein erstes Kennenlerngespräch durchaus üblich.

Muhammed verband das letzte Kabel der elektronischen Zündvorrichtung mit dem Zahlenschloss am Aktenkoffer – darin vier Packungen Nitropenta. Dann drückte er den Zünder in die Masse.

Vorsichtig schloss er den Deckel, bis das Schloss einrastete. Noch war die Bombe nicht scharf, sondern nur betriebsbereit. Erst wenn er den richtigen Zahlencode eingab, würde dieser kleine Satan darauf warten, seine zerstörerische Kraft entfalten zu dürfen.

Muhammed stellte den Koffer beiseite und ging ins Badezimmer. Er hatte genügend Zeit für eine ausgiebige Dusche und eine gründliche Rasur. An diesem Tag würde er den Geschäftsmann mimen, der für die anstehenden Konsultationen im Irak sein Sicherheitsbedürfnis befriedigen wollte. Muhammed wusste, dass dieser Köder unwiderstehlich für die Forelle sein würde.

Er schaltete das kleine Radio an, das er neben die Handtücher im Regal gestellt hatte. Gleich müsste es Nachrichten geben. Er fragte sich, was sie heute bringen würden. Noch war wenig über den Anschlag im Kino bekannt geworden. Schliefen die Journalisten in diesem Land?, fragte er sich, oder hatten die Ermittlungsbehörden tatsächlich nichts Konkretes vorzuweisen?

Das würde sich bald ändern, schwor er. Seine nächste Arbeit würde alles bisher Dagewesene in den Schatten stellen. Das Zeichen, das er damit setzte, wäre unübersehbar.

Während das Wasser der Dusche über seinen Körper lief, begleitete er die Musik mit einem Summen. Die Melodie war ihm bekannt, doch er konnte sich nicht mehr an den Text erinnern. Verdammt, sein Gedächtnis verabschiedete sich zusehends. Dabei erkannte er doch früher jedes Musikstück nach den ersten Tönen, wusste, wer es komponiert und gesungen hatte. Oft erinnerte er sich sogar noch, an welcher Stelle der Titel auf der CD zu finden war. All das war ihm früher leichtgefallen. Er hatte Spaß daran gefunden, die Kollegen kurz nach Start des Titels mit den dazugehörigen Daten zu überraschen. Jukebox war sein Spitzname gewesen.

Und jetzt konnte er noch nicht einmal den Refrain mehr mitsingen, nachdem er ihn mehrmals gehört hatte. All das war verloren.

Muhammed schob den Unmut beiseite und konzentrierte

sich wieder auf sein bevorstehendes Date. Die gute Laune kehrte zurück. Mit der Seife in der Hand schäumte er seinen Körper ein. Es überraschte ihn, wie gut er gelaunt war.

Noch drei Minuten bis zu den Nachrichten, hörte er den Moderator sagen. Ein *Golden Oldie* sollte bis dahin die Zeit überbrücken. Elvis.

Die ersten Takte der Musik gingen im Geprassel des Wassers unter – eine Gitarre und ein Bass, getrieben von der Hitze auf dem Highway.

Und dann sang Elvis die ersten Worte dieses Songs, die ihm unauslöschbar in die Seele gebrannt worden waren: *Train I ride.*

Sie waren auf dem Weg zum Stützpunkt gewesen. Er lag rund zwanzig Kilometer außerhalb der Stadt. Es war früher Sonntagmorgen, und auch dieser Tag würde die Vierzig-Grad-Grenze übersteigen. Sie fuhren durch eine begrünte Allee eines Vorortes. Die gutbürgerliche Mittelschicht lebte hier, die sich unter Saddam keine Sorgen um ihr Auskommen machen musste. Auch wenn der Krieg gewonnen war, konnte man nie sicher sein, ob nicht irgendwo ein Heckenschütze lauerte. Vorsicht war geboten. Trotzdem, sie waren in Bewegung, und dieser Morgen war viel zu schön, um an die Gefahr zu denken.

Der Patrouillenführer Sergeant Boyle hatte es sogar ausnahmsweise gestattet, Musik im Humvee zu hören. Das sei eine Entschädigung für den Kirchgang, bei dem er zu dieser Zeit in seiner Heimat sein würde. Nur an Kirchenmusik war hier nicht zu denken, also musste Elvis aushelfen.

Die Truppe war gut drauf. Die letzte Nacht hatten sie den Sieg gefeiert. Viel getrunken, viel gesungen, viel getanzt. Dennoch war niemand müde, obwohl es jeder nach drei Wochen Überlebenskampf hätte sein müssen.

Cromley, der am Steuer saß, sah sie als Erster. Sie kam

gerade aus dem Haus, vor dem ein weißer Mercedes stand. Zwei Männer nahmen die Braut in Empfang und ließen sie im Fond Platz nehmen.

Obwohl es ihnen streng untersagt war, hielt Cromley auf Höhe der Braut an. Boyle wollte ihr alles Gute im neuen Leben wünschen. Wider Erwarten schlug ihm keine Feindseligkeit entgegen, sondern Dank, dass ihre selbsternannten Befreier ihnen Glück wünschten.

Der ältere Mann, offensichtlich der Brautvater, schien Boyle einzuladen. Doch der lehnte dankend ab und ging zurück zum Humvee. Er sah sie noch davonfahren.

Siebzehn Jahre, sagte er kopfschüttelnd, soll die Braut alt gewesen sein. Siebzehn Jahre, und schon begann der Ernst des Lebens für sie. Boyle, der Familienmensch und sechsfache Vater, wusste, wovon er sprach. Erst seitdem er vor vier Jahren in die Army eingetreten war, hatte seine Familie ein sicheres Auskommen. In seinem alten Beruf als Schweißer hatte er keine Zukunft mehr gesehen.

Cromley fuhr weiter. Ein ziviler Jeep amerikanischer Bauart kam ihnen entgegen. Er fiel ihnen auf, weil er ein bekanntes Emblem auf der Motorhaube trug. Sie hatten diese Forelle schon mehrfach gesehen und wenig Rühmliches über ihre Mitarbeiter gehört. Boyle wünschte sie zum Teufel. Doch das interessierte den Rest der Truppe nicht. Solange jeder auf seiner Seite blieb, sahen sie kein Problem.

Cromley drehte die Musik wieder lauter, und alle stimmten in den nächsten Song mit ein. Doch keine Musik kann laut genug sein, um das Stakkato einer AK-47 zu übertönen, die nicht weit entfernt Salven abfeuerte. Woher kamen sie? Cromley ging vom Gas, Boyle wandte den Kopf nach allen Seiten, und der Rest der Truppe entsicherte die Waffen.

Der Blade Runner, der oben am Dachbügel das MG entsicherte, sah sie zuerst.

Mit dem Fernglas vor Augen schrie er herunter: «Sechs Uhr. In fünfhundert Entfernung.»

Cromley wendete den Wagen und drückte aufs Gas. Noch immer hörten sie die AK-47 feuern. Unterstützt wurde sie durch die Drei-Schuss-Automatik einer M-16. Ta-ta-ta. Abgehackt, kurz hintereinander, sich wiederholend.

Das Funkgerät knackte. Kameraden waren in ein Feuergefecht verwickelt worden. Auf derselben Straße, auf der sie sich befanden. Sie riefen um Unterstützung.

Cromley ging erst vom Gas, als zwei Projektile in die Haube einschlugen. Es klang wie kleine Steine, die von Metall verschluckt wurden.

Er lenkte den Humvee hinter eine Häuserecke.

«Diese verdammten Idioten!», brüllte Boyle.

Doch anstatt das Feuer zu erwidern, wartete er ab – was die anderen ganz und gar nicht verstanden. Sie wollten unbedingt beweisen, wer die Macht auf der Straße hatte.

Es dauerte noch zwei Magazine lang, bis sich die Aufregung gelegt hatte. Boyle marschierte mit seinem Trupp zum Tatort.

Auf amerikanischer Seite war ein Soldat angeschossen worden. Die Windschutzscheibe ihres Humvee war durchlöchert. Sein Kamerad war mit dem Schrecken davongekommen. Rund zweihundert Meter weiter stand der Jeep mit dem Forellen-Emblem. Hinter den gepanzerten Türen hatten sich zwei Hünen aufgebaut. Sonnenbrille und Piratenkopftuch schützten sie gegen Hitze und neugierige Blicke. Aus dem Lauf einer AK-47 verflüchtigte sich noch der Rauch. Die Hintertür öffnete sich. Heraus stieg ein Mann im dunkelblauen Anzug mit gelber Krawatte. Er schien die Schießerei unbeschadet überstanden zu haben.

In der Mitte der beiden amerikanischen Fahrzeuge stand noch ein weißer Mercedes. Die Beifahrertür stand offen. Ein alter Mann hing mit dem Kopf vornüber halb heraus. Der junge Fahrer stand mit erhobenen Händen auf der anderen Seite.

Als Boyle auf die Rückbank des Mercedes blickte, erfasste ihn das Entsetzen, dann der kalte Zorn.

Wäre nicht in diesem Moment eine Streife der MP aufgetaucht und hätte nicht ein erfahrener Polizeioffizier Boyle zurückgehalten, so hätte es an diesem heiligen Sonntagmorgen einen weiteren Toten gegeben.

Später sollte im Bericht des Polizeioffiziers Major Nimrod der Vorfall als eine eklatante Verletzung der Gewalthoheit amerikanischer Militärbehörden beschrieben werden.

Zivile Sicherheitsdienstleister hätten zu keinem Zeitpunkt das Recht, das Feuer auf Zivilisten zu eröffnen, auch wenn sie glaubten, von ihnen verfolgt zu werden.

Er hatte eine gleichlautende Beschwerde auch ans Verteidigungsministerium geschickt, da Vorfälle dieser Art keine Seltenheit waren.

Auf diese und alle folgenden Beschwerden hatte er niemals eine Antwort erhalten, geschweige denn, dass eine Strafverfolgung eingeleitet worden wäre.

Die junge Braut auf dem Rücksitz hatte mit siebzehn Jahren ihr Leben verloren. Ihr Bruder, der den Wagen gelenkt hatte, schwor allen Amerikanern bittere Rache.

7

Die Einsatzgruppe Sprengstoff/Brand arbeitete in einem hellen und mit zahlreichen Instrumenten vollgestopften Chemielabor. Computer und kleine Versuchsanordnungen gehörten hier genauso zum gewohnten Bild wie Mitarbeiter mit Schutzbrillen und Handschuhen. Niemand schien irgendwie besorgt.

«Aus dem, was wir am Tatort gefunden haben», sagte Lennart Pawlow und führte sie ein paar Schritte weiter zu einer Wand, an der eine Tafel mit diversen Skizzen und physikalischen Formeln hing, «und dem, wie das Opfer nach der Detonation ausgesehen hat, haben wir versucht, die Sprengvorrichtung nachzubauen, oder sagen wir, wie sie am ehesten ausgesehen haben könnte.»

«Es gibt also mehrere Möglichkeiten?», fragte Michaelis.

«Sicher, aber nur wenige sind auch wahrscheinlich. In diesem Fall glauben meine Mitarbeiter und ich, dass es sich um eine Vorrichtung gehandelt hat, die nur diese eine Person töten sollte. Ansonsten hätte unser Mann weitaus Schlimmeres anstellen können, ohne den dafür notwendigen Aufwand sonderlich zu erhöhen.»

«Damit unterscheidet sich dieser dritte Anschlag grundlegend von den zwei bisherigen in Hamburg und Frankfurt?», fügte Levy hinzu.

«Richtig. Die Fälle Hanseviertel und Zeil waren auf eine möglichst große Außenwirkung angelegt, fast schon ein Show-Effekt, möchte man meinen. Hier jedoch hat sich unser Mann mit einer sehr begrenzten Wirkung zufriedengegeben. Entweder ist er bescheiden geworden, oder er hat sein Ziel auch mit kleineren Mitteln erreicht.

Auszugehen ist von einem Behältnis in etwa der Größe eines Plastikbechers, den er in der Hand gehalten hat ...»

Pawlow zeigte auf eine der Skizzen. «Am Boden des Bechers befindet sich die Sprengladung. Bei den festgestellten Zerstörungen an Mobiliar und Opfer gehen wir von rund neunzig Gramm TATP aus. Rußpartikel weisen darauf hin, dass es mit Diesel versetzt war ...»

«Wieso Diesel?», unterbrach Michaelis.

«TATP ist ein äußerst umsetzungsfreudiger Sprengstoff, der unter anderem auch auf Erschütterung reagiert. Im Nahen Osten, wo oft damit gearbeitet wird, sind viele der Eigenbauer bereits auf dem Weg zu ihren Zielen in die Luft geflogen. Diesel hemmt die vorzeitige Reaktion. Nachteil der Methode ist jedoch der verräterische Geruch. Also wird der so behandelte Stoff ummantelt, am besten mit Plastik. Inmitten dieses Pakets befindet sich ein Zünder mit gängigem Schwarzpulver aus Feuerwerkskörpern, der eine Stichflamme erzeugt. Reste der Zündvorrichtung konnten wir sicherstellen. Nichts Auffälliges, Marke Eigenbau, wie alles andere, aber vollauf genügend.

Um diese Masse zur Reaktion zu bringen, wird ein Stromkreis gelegt. Energie erhält er über Knopfbatterien, die wir sichergestellt haben. Und nun wird es interessant ...»

Pawlow stellte den nun folgenden Ablauf mit Hilfe seiner Hände nach. Die linke Faust diente als Sprengladung, die rechte Hand nahm aus dem imaginären Behältnis etwas heraus. «Der Stromkreis verläuft nahe der Oberkante der Sprengladung und ist nicht geschlossen. Um ihn zu schließen und die gewünschte Reaktion herbeizuführen, bedarf es der unfreiwilligen Mithilfe des Opfers. Und das stelle ich mir ungefähr so vor ... Neben der Sprengladung, ungefähr in Größe eines Golfballs, war der Rest des Bechers gefüllt mit ... sagen wir Popcorn oder etwas Ähnlichem. Es muss auf jeden Fall Volumen besessen haben, damit unbemerkt ein kleiner Magnet daran befestigt werden konnte.

Popcorn und Magnet lagen am Boden der Füllung, oberhalb der Sprengladung. Wird nun das Popcorn-Stück angehoben, löst sich ein Metallplättchen im Inneren der Sprengladung, fällt nach unten und schließt den Stromkreis.

Was danach geschieht, folgt dem logischen Weg von

Physik und Chemie. Der Zünder reagiert, eine Stichflamme setzt das TATP in Gang ... Bumm!»

Um seine These zu untermauern, ging Pawlow an einen Computer. Levy und Michaelis folgten ihm.

«Was Sie gleich sehen werden, ist eine Versuchsanordnung, die wir auf dem Sprengplatz aufgebaut haben.»

Pawlow startete ein Video. Zu sehen war ein Dummy, wie sie bei Crashtests der Automobilindustrie verwendet werden. Er saß auf einem Sessel, vergleichbar mit dem aus dem Kino. An den Seiten waren weiße Wände arrangiert, die die Ausweitung der Druckwelle dokumentieren sollten. In beiden Händen hielt der Dummy einen Becher aus einem Kaffeeautomaten.

«Wir haben die Sprengung aus verschiedenen Blickwinkeln mit Hochgeschwindigkeitskameras aufgezeichnet», sagte Pawlow. «Anstatt eigenhändig den Magneten zu lösen, haben wir die Stromzufuhr zu dem Magneten, der sich im Becher oberhalb der Sprengladung befindet, unterbrochen. Alles Weitere sehen Sie selbst.»

Das TATP explodierte in einem hellen Lichtball, gefolgt von einer schwarzen Rußwolke und einem gedämpften Knall aus den Lautsprechern, der die weißen Wände erzittern ließ. Nach weniger als einer Zehntelsekunde war alles vorbei.

Nachdem sich der Rauch verzogen hatte, erkannten Levy und Michaelis den Dummy kaum noch. Es war von der Bauchmitte aufwärts bis zum Kinn zerfetzt, die Hände waren bis zur Armbeuge abgerissen. Diese infernalische Wucht, die unbarmherzige Demonstration von Macht, die Knochen bersten ließ, Fleisch zerriss und Blutbahnen zerfetzte, übte einen nachhaltigen Eindruck auf sie aus.

«Nun nochmals in Zeitlupe», sagte Pawlow und startete den Film.

Nun in langsam aufeinanderfolgende Einzelbilder zerlegt, konnte man die Reaktion des Sprengsatzes und seine Auswirkungen genau verfolgen. Erneut die Explosion, dann die Druckwelle, die sich zielgerichtet und durch die vordere Sitzlehne gestaut auf den Dummy ausrichtet. Zuerst reagiert aber nicht die träge Masse des Körpers, sondern auf die weißen Wände werden Sprengsplitter gestreut. Jetzt drückt es den Körper in den Sitz, der Schädel wird nach hinten geworfen, und Bauch- und Brustbereich platzen auf. Der Dummy sackt in sich zusammen, und der nachfolgende Rauch hüllt die Szene in dunkles Grau.

Michaelis war von der Demonstration beeindruckt. Sie schluckte, räusperte sich. «Vielen Dank, Herr Pawlow, für diese detailreiche Vorführung. Welche Erkenntnisse können wir daraus für unsere Ermittlungen gewinnen?»

«Bombe und Bauart verweisen auf radikal-islamistischen Hintergrund. Unter anderem die Anschläge in London und der Schuhbomber, der noch rechtzeitig gefasst werden konnte, legen dies nahe. TATP ist der bevorzugte Sprengstoff im Nahen Osten. Grund: Die Bestandteile sind relativ leicht zu besorgen, ohne Aufmerksamkeit zu erregen. Wenn Sie wissen, in welchen freiverkäuflichen Produkten diese vorkommen, ist die Beschaffung kein Problem.

Doch das ist nur der erste Schritt. Weitaus schwieriger gestaltet sich die Aufbereitung zu TATP. Hier trennt sich die Spreu vom Weizen, anders ausgedrückt: der ambitionierte Möchtegern vom Profi. Schätzungsweise sind mehr Menschen beim Anmischen ums Leben gekommen als später bei der direkten Exposition der Bombe.»

«Was macht TATP so gefährlich?», fragte Levy.

«Allein das Labor oder der Ort, an dem der Bombenbauer arbeitet, muss zahlreiche Voraussetzungen erfüllen. Zum Beispiel eine gute Luftzufuhr beziehungsweise -abfuhr, gute Gummihandschuhe, Schutzbrille, eine nichtleitende Arbeitsplatte, am besten Marmor, und ...»

«Also in Heimarbeit, in der Küche, ist das nicht möglich?», unterbrach Michaelis.

«Theoretisch schon, wenn die genannten Punkte zutreffen. Ansonsten tut es jeder trockene Raum, in dem sie ungestört arbeiten können. Aber entscheidend ist eine ruhige Hand. Sie arbeiten bei einer TATP-Bombe im Gramm-Bereich. Einmal vergriffen, verrechnet oder verschüttet ... bumm.»

«Mit dem kleinen Chemiebaukasten ist das also nicht machbar?», fragte Levy.

«Auch hier: theoretisch schon. Kenntnisse aus einem Chemie-Studium können aber auch nicht schaden.»

«Sind die uns bekannten Attentäter aus dem Nahen Osten zuvor auf eine Uni gegangen?», schickte Michaelis ungläubig hinterher.

«Die meisten nicht. Doch berücksichtigen Sie, wie viele Tote eine einzige Bombe gefordert hat, bis sie einsatzfähig war. Soweit mir bekannt ist, gibt es dort drüben ja kaum Probleme mit dem Nachwuchs.»

«Dennoch legen Sie sich bei dem Täter auf den Nahen Osten fest?», wollte Levy wissen.

«Nach allen mir vorliegenden Informationen ist die Wahrscheinlichkeit dafür gegeben. Natürlich kann es aber auch eine Falle sein, und jemand will uns hinters Licht führen, sprich, uns glauben machen, es handle sich um einen radikalen Islamisten.»

«Bombenaufbau und Machart sind Ihrer Erfahrung nach aber radikal-islamistisch?», wollte Michaelis wissen.

«Ich kann nur vergleichen. Und alles Bisherige, also der Anschlag im Hanseviertel, dieser hier im Kino und das, was mir die Kollegen aus Frankfurt mitgeteilt haben, deutet auf den gleichen Mann hin, der offensichtlich sein Geschäft in Palästina, Afghanistan, Irak oder Pakistan erlernt hat ...»

Pawlow stockte. Etwas störte seine Theorie. Es lag in der Zündverzögerung, in der Art, wie die Bomben gezündet wurden. «Die Sprengladungen im Hanseviertel und in Frankfurt sind ferngezündet worden, nach allem, was wir bis jetzt wissen, über ein Handy. Die Kinosache jedoch war etwas gewitzter. Hier hat er die Zündung der Bombe aus der Hand gegeben, also dem ahnungslosen Opfer überlassen. Das birgt ein gewisses Risiko in sich. Das Opfer hätte bemerken können, dass etwas an dem Gefäß, das es in der Hand hielt, nicht stimmte. Das höhere Gewicht, der Geruch des Diesels.

Und noch etwas. Man hätte erwarten können, dass der Zündmechanismus über Zug ausgeführt wird, also das Plättchen wäre mit einem Faden am Popcorn befestigt gewesen. In diesem Fall ist der Vorgang natürlich umgekehrt, das heißt, das Plättchen wäre nichtleitend und diente als Pfropfen. Wenn das Opfer das Popcorn aus dem Gefäß nimmt, reißt es daran, der Kreis schließt sich – und bumm.

Das Opfer hätte diesen Widerstand spüren und in der Bewegung innehalten können. Diese Gefahr hat der Täter mit dem kleinen Magneten umgangen. Nicht dumm. Das traue ich einem Mustafa eigentlich nicht zu.»

«Dass es sich in allen drei Fällen aber um den gleichen Täter handelt, ist für Sie zweifelsfrei?», hakte Michaelis nach.

«Was den verwendeten Sprengstoff und die notwendigen Bestandteile angeht, ja. Hier hat unser Mann oder unsere Frau eine Visitenkarte hinterlassen. Bei allen drei Anschlägen ist das gleiche Klebeband verwendet worden. Es handelt sich um eine Marke, die meiner Kenntnis nach nicht in Deutschland vertrieben wird. Woher es stammt, kann ich allerdings noch nicht beantworten.

Wir sollten aber Folgendes unterscheiden: Bombenbauer und Bombenleger müssen nicht identisch sein. Es könnte sich um Arbeitsteilung handeln, einer baut die Bombe, der andere platziert sie. Entscheidend ist die Intention, die dahinter steckt.

Wie Sie gesehen haben, richteten sich die ersten beiden Anschläge gegen eine Vielzahl von Menschen, wenngleich jeweils nur ein Einzelner getötet wurde. Zufall? Beim dritten Fall ist davon auszugehen, dass nur dieser eine Mensch getötet werden sollte, was unserem Täter auch gelang. Je länger ich darüber nachdenke, desto interessanter wird seine exakte Vorgehensweise und die präzise Planung.»

«Sie meinen», griff Levy den Gedanken auf, «die Anschläge Nummer eins und zwei könnten auch nur auf eine Person gerichtet gewesen sein, allerdings mit bedeutend mehr Tamtam?»

«Durchaus. Aber diese Frage zu beantworten, fällt in Ihren Fachbereich. Was ist die Psychologie der Bombe, was die des Bombenbauers und Bombenlegers? Wieso kommt bei den Anschlägen im Hanseviertel und in Frankfurt jeweils nur eine Person ums Leben? Zufall? Glück? Ich weiß nicht.

Wieso entwickelt er eine chirurgisch genaue Waffe im Kino? Für mich sind diese Überlegungen nicht von der Hand zu weisen.»

Michaelis wollte den kühnen Gedanken nicht so recht folgen. «Moment. Das würde bedeuten, dass die Opfer nicht zufällig, sondern gezielt ausgesucht waren. Okay, bei der Kinosache kann ich Ihnen folgen, doch bei den anderen ...?»

«Es ist eine Hypothese», widersprach Levy. «Um sie zu verifizieren oder zu verwerfen, müssten wir die Hintergründe der Opfer näher beleuchten, soweit noch nicht geschehen. Was machte sie zu einem möglichen Ziel?»

Bevor Michaelis antworten konnte, klingelte das Telefon.

Pawlow nahm das Gespräch entgegen, reichte den Hörer aber gleich weiter.

«Michaelis ...»

Das Gespräch war kurz, ihre Mitteilung an Levy und Pawlow auch. «Wir haben das Kinoopfer identifiziert.»

8

«Unser Kinomann heißt Kevin Raab.»

Luansi verkündete nicht ohne Stolz die überraschend schnelle Identifizierung des dritten Opfers. Der Applaus des Teams blieb jedoch aus. Stattdessen spiegelte sich eine abwartende Haltung in den Gesichtern.

«Wie hat Dragan das so schnell geschafft?», fragte Michaelis. «Eine Gesichtsrekonstruktion dauert doch sonst mehrere Tage, wenn nicht Wochen.»

Levy spürte an der Stimmung im Team, dass es offensichtlich einen anderen Weg gegeben hat. Einen nicht zufriedenstellenden.

«Dragan hat damit auch nichts zu tun», antwortete Luansi. «Er ist noch dabei, die Schädelfragmente zuzuordnen.»

«Dann raus mit der Sprache ...»

«Wir haben Kevin Raab anhand seiner DNA identifiziert», griff Alexej ein. «Sie wurde im Zuge einer Ermittlung in Sachen Kunstraub beziehungsweise Handel mit gestohlenen Kunstgegenständen gewonnen.»

«Wie kam es dazu?», fragte Michaelis.

«Raab wurde verdächtigt, illegal aus dem Irak entwendete Kunstgegenstände auf den deutschen Markt gebracht zu haben», berichtete Falk. «Es handelte sich unter anderem um eine Figur, die bei Ausgrabungen gefunden wurde, dann verschwand und schließlich wieder in Deutschland auftauchte. Die Kollegen haben einen Tipp aus der Szene erhalten und zugeschlagen. Allerdings ohne den Hehler dingfest zu machen. An der Figur fand die Spurensicherung menschliches Sekret. Da Raab bereits unter Beobachtung stand, wurde ihm zum Vergleich DNA-fähiges Material abgenommen. Das war unser Glück.»

«Bravo, gute Arbeit», entgegnete Michaelis. Doch ihr Lob schien keinen Adressaten zu finden.

Luansi ließ die Katze aus dem Sack. «Nun zur schlechten Nachricht. Alle Ermittlungen in Sachen Kevin Raab sind eingestellt.»

Levy ahnte, worum es hier ging. «Jemand hält schützend die Hand über ihn.»

Luansi nickte.

«Wie weit seid ihr vorgestoßen?», fragte Michaelis.

«Alles endet beim BKA.»

«Was sagt Demandt?»

«Nichts.»

«Was, *nichts*?»

«Er äußert sich nicht dazu. Die Sache scheint noch weiter oben, über dem BKA, aufgehängt zu sein, so viel war aus seiner Reaktion herauszuhören.»

War es das, was Demandt mit *Du weißt nicht, worauf du dich da einlässt?* gemeint hatte, fragte sich Levy. Wer oder was stand über dem BKA, einer nationalen Behörde? Eigentlich nur noch das Bundesinnenministerium.

Die Antwort sollte nicht lange auf sich warten lassen. Der Innensenator ließ Michaelis zu sich rufen.

Entschlossen machte sie sich auf den Weg. Levy meinte Kampfeslust in ihren Augen zu erkennen. Naima kam ihr entgegen, wollte gleich Bericht erstatten. Doch Michaelis winkte sie durch. Sie hatte einen Weg durch die Instanzen vor sich.

«Was ist los?», fragte Naima.

Es gehörte nicht viel Sensibilität dazu, Michaelis' Stimmung und die des Teams zu erspüren.

«Die Politik macht uns wieder einen Strich durch die Rechnung», antwortete Luansi lakonisch. Als zweiter Mann in der Befehlskette übernahm er nun die Führung. «Was hast du herausgefunden?»

«Die Zeugin Wieczorek konnte diesen Mann, der sich als Promoter eines Herstellers für Süßigkeiten ausgab, etwas genauer beschreiben.»

Das würde mich wundern, dachte Levy. Wie er im Kino festgestellt hatte, konnte sie eine Person, die direkt vor dem Kassenhäuschen stand, nur aus einer recht ungünstigen Position von oben sehen. Dennoch, er war gespannt.

Naima fuhr fort. «Es soll sich um einen Mann handeln, etwa dreißig bis fünfzig Jahre alt ...»

Ein Raunen ging durchs Team. Wenn Personenbeschreibungen bereits mit einer derart breiten Spanne bei der Altersbestimmung begannen, dann war nicht mehr viel zu erwarten.

«Geduld, Geduld», wehrte Naima eine allzu schnelle Abwertung der Zeugenaussage ab. «Größe rund einen Meter achtzig, Hautfarbe ... aufgepasst: auffallend dunkel.»

«Wie dunkel?», fragte Alexej. «Sonnengebräunt oder Kongo-schwarz?» Er schickte ein Schmunzeln hinterher.

Diese Spitze ging gegen Luansi, der einem gebürtigen Angolaner entsprechend als durchaus dunkelhäutig bezeichnet werden konnte.

Luansi parierte mit einem Grinsen. «Jedenfalls nicht bleichgesichtig, blutleer und dickfellig. Und vermutlich auch nicht klein.»

Lachen erfüllte diesen Teil des Raumes.

Das Team hatte zueinander gefunden, ging es Levy durch den Kopf. Die bunt zusammengewürfelte Truppe, die ihre Wurzeln in aller Welt hatte und nun Deutschland ihre Heimat nannte, zeigte ein funktionierendes Stück Zukunft auf.

«Sie beschrieb die Hautfarbe als gut gebräunt», nahm Naima den Faden wieder auf. «Zu Augen und Haarfarbe konnte sie nichts sagen. Sie will sich erinnern, dass der Mann eine Schirmmütze getragen hatte. Sie habe nicht sonderlich auf ihn geachtet, da täglich mehrere Promoter bei ihr auftauchen und ständig wechseln.»

Luansi ergriff das Wort. «Naima, setz dich mit der Firma in Verbindung, die diese Promoter beschäftigt.»

«Welches Produkt hat der Mann denn beworben?», fragte Levy.

Naima blätterte in ihren Aufzeichnungen. «Irgendwelche Karamell-Pops, gefüllt mit Brausepulver. Der Slogan lautete: A treat to die for.»

«Eine Köstlichkeit, für die man sterben möchte», übersetzte Falk.

Schlagartig war die gute Laune verschwunden. Der Slogan traf den Nerv.

«Macht das den Promoter zu einem Verdächtigen?», fragte Naima.

«Könnte ein makabrer Zufall sein», antwortete Luansi.

«Nicht ganz», widersprach Levy. Er berichtete von Lennart Pawlow und der vermuteten Sprengvorrichtung.

«Wenn es sich so abgespielt hat», resümierte Luansi, «dann rückt der Mann in ein anderes Licht. Ist er der Bombenleger?»

Naima fügte hinzu: «Die Zeugin Wieczorek hat erwähnt, dass der Promoter ihr eine Tüte zum Kosten überreicht hat.»

«Dann haben wir seine Fingerabdrücke?», hakte Falk nach.

«Ich konnte nicht ahnen, dass der Mann so wichtig wird», entschuldigte sich Naima. «Ich habe die Tüte nicht sichergestellt.»

«Dann hol es sofort nach», befahl Luansi. «Alexej, check du in der Zwischenzeit alle verfügbaren Datenbanken, ob wir irgendetwas zu Promotern haben. Falk, du ...»

Weiter kam er nicht. Ein Ermittler aus den Reihen vor ihnen zeigte auf einen der Bildschirme, die zahlreich im Büro vorhanden waren. Er drehte den Ton laut auf.

Selbst auf diese Entfernung erkannte Levy das brennende und qualmende Stockwerk eines Bürohauses. Die gesamte Etage war zerstört, Fensterscheiben der darüber- und darunterliegenden Geschosse waren geborsten. Schwarze Rauchschwaden und Feuer drangen nach draußen. Das Geheul der Sirenen von Einsatzfahrzeugen übertönte den Reporter, hinter dessen Schulter Wasserfontänen in den Himmel stiegen.

«Wo ist das?», fragte Luansi.

«Mannheim», lautete die Antwort. «Es wird ein Bombenanschlag vermutet.»

9

«Hier läuft etwas ganz gewaltig aus dem Ruder.»

Es war bereits nach zweiundzwanzig Uhr, und der Innensenator wollte sich noch immer nicht beruhigen. In den vergangenen Stunden seit dem mittlerweile bestätigten Bombenanschlag auf eine amerikanische Sicherheitsfirma in Mannheim hatte er in einer Konferenzschaltung mit den Innenministern von Hessen und Baden-Württemberg, dem Präsidenten des BKA und schließlich auch mit dem Leiter des Bundesnachrichtendienstes (BND) gesprochen.

Wie sich herausstellte, war der BND der geheimnisvolle Pate, der Kevin Raab vor dem Zugriff einer anderen Behörde schützte. In Abwägung der ihm vorgeworfenen Tat und den Diensten, die er für das Land geleistet hatte, war der Bundesinnenminister zu diesem Zugeständnis bereit gewesen.

Zugegeben wurde, dass Kevin Raab unter anderem für den BND im Irak gearbeitet hatte. In seiner Tätigkeit als Archäologe hatte er über viele Jahre gute Kontakte aufgebaut, die man nicht ungenutzt lassen wollte. Worum es sich dabei genau handelte, fiel unter den Informantenschutz. Weitere Ermittlungen in Sachen Raab sollten auf dessen Identität beschränkt bleiben.

«Wie sollen wir dann weitermachen?», fragte Michaelis.

Sie, Luansi und Levy saßen um den Besprechungstisch im Einsatzraum. Die anderen waren bereits nach Hause gegangen.

Es war dem Innensenator anzusehen, dass ihm die Maßregelungen durch den BND, der vom BKA unterstützt wurde, missfielen. Es hatte zwei Sprengstoffanschläge mit zwei Toten und mehreren Schwerverletzten in der Stadt gegeben. Die amerikanische Botschaft drängte zur Aufklärung des Todes eines ihrer Bürger, dem ersten Opfer Steve Pratchett, und die Tourismusverbände fürchteten einen Rückgang der Besucherzahlen. Hamburg war eine Handels- und Tourismusmetropole. Dass Bundeswehreinheiten das Stadtbild prägten, war sicherlich keine Werbung für die Stadt. Den quälenden Anfragen besorgter Bürgerinitiativen, den Vorwürfen der Opposition und schließlich der Medien hatte er bald nichts mehr entgegenzusetzen.

Es bestand dringender Handlungsbedarf, bevor noch eine Bombe in seiner Stadt gezündet wurde und er ziemlich sicher sein Amt verlieren würde.

«Ich spreche gleich morgen früh mit den Kollegen in Hessen und Baden-Württemberg», begann er. «Es liegt in unserem gemeinsamen Interesse, dass die Anschläge zügig aufgeklärt werden. Da sie von Hamburg ausgegangen sind, sollte Argument genug sein, dass Sie, Hortensia, und Sie, Herr Levy, vor Ort herausfinden, ob die Anschläge mit den hiesigen zusammenhängen. Ich denke, damit werde ich die hoheitlichen Bedenken besänftigen können. Sie, Luansi, arbeiten mit dem Team hier auf Hochdruck weiter und überprüfen die Hypothese, ob tatsächlich die Anschläge gezielt gegen eine Person gerichtet waren. Bei dem zweiten Anschlag ist das ja nach vorliegender Sachlage offenkundig, bleibt der erste Fall mit diesem Amerikaner. Finden Sie heraus, ob die beiden Fälle in Zusammenhang stehen, und wenn ja, was dahintersteckt.

Gibt es zu diesem Promoter neue Erkenntnisse?»

«Nach Aussage der Zeugin Wieczorek», berichtete Luansi, «scheint er der Letzte gewesen zu sein, der vor der Explosion den Kinosaal betreten hat. Wir haben eine vage Beschreibung seines Aussehens und konnten einen Becher sicherstellen, auf dem wir seine Fingerspuren vermuten. Er wird im Labor gerade bedämpft. Das Ergebnis sollte uns morgen vorliegen. Noch ist der Mann nicht tatverdächtig. Das kann sich jedoch schnell ändern, wenn Naima bei seinen Auftraggebern nichts herausfindet.»

Der Innensenator wandte sich an Levy. «Haben Sie eine erste Bewertung, die uns weiterhilft?»

Levy konzentrierte die bisher ermittelten Informationen auf zwei Punkte: «Der verwendete Sprengstoff stammt aus einer Hand, sagen die Spezialisten. Ob Bombenbauer und

Bombenleger hingegen identisch sind, wissen wir nicht. Es könnte sich um eine Person oder um eine Gruppe handeln. Bisher zeigt alles auf einen radikal-islamistischen Hintergrund. Diese ominöse Gruppe, die sich Shamal nennt, könnte eine Rolle spielen, genauso wie dieser Promoter. Zudem zeigt sich, dass eines der Opfer Beziehungen zu einem Nachrichtendienst unterhalten hat, für den er im Irak tätig war. Dass der BND kurz vor dem Untersuchungsausschuss einen seiner Irak-Informanten schützt, und das auch noch posthum, weist wiederum in Richtung Naher Osten.

Prägend für Täter aus diesem Kulturkreis sind sicherlich politische oder religiöse Gründe. Beiden liegt jedoch in vielen Fällen eine Persönlichkeitsstörung zugrunde, die von den Scharfmachern ausgenutzt und verstärkt wird. Ansonsten ist der biologische Widerstand, sich und andere Menschen zu töten, zu groß. Es ist das Gefühl der Minderwertigkeit, der Benachteiligung und des Ehrverlustes, das sie zu diesen Handlungen treibt. In vergleichbaren Fällen standen hinter Bomben meistens Menschen mit einer narzisstischen Störung. Ihr Ego, das Ehr- und Wertegefühl, war verletzt worden, und das musste wiederhergestellt werden. Ein Paradebeispiel dafür sind die Jungs aus England, die die Anschläge in London verübt haben. Sie haben das Land, in dem sie aufwuchsen und lebten, angegriffen, um, nach allem was wir wissen, die Politik gegenüber ihren Herkunftsländern, ihrer empfundenen Heimat, zu ahnden.

Um zu überprüfen, wie es sich in unseren Anschlägen verhält, sollten wir den Hintergrund der Opfer genauer untersuchen.

Wenn wir herausfinden, dass sie tatsächlich ausgesuchte Ziele waren, wird es einen Grund dafür geben. Der wiederum sollte uns zum Täter oder zur Tätergruppe führen.

Ist das nicht der Fall, sprich, die Opfer waren willkürlich, dann haben wir es mit *gewöhnlichen* terroristischen Anschlägen zu tun. Die Kollegen vom Verfassungsschutz und vom BKA wären dann am Zug.»

«Nun, das sind sie ohnehin», antwortete der Innensenator. «Sie und Hortensia werden nur ein Team von vielen sein, die in dieser Sache ermitteln. Seien Sie sich darüber im Klaren, auch über das Kompetenzgerangel.

In und um Mannheim herum sind zahlreiche Einrichtungen der US-Streitkräfte stationiert. So auch der CIC, das FBI der US-Armee. Es würde mich nicht wundern, wenn Sie bei Ihren Recherchen dort auch auf Mitarbeiter des lokalen Kommandos, des CID, stoßen. Nach dem Vorfall in Frankfurt und dem Anschlag auf diese Sicherheitsfirma werden sie die Interessen der Amerikaner vertreten.

Ich kenne aus meiner früheren Zeit noch einen Colonel, der in Seckenheim, östlich von Mannheim, stationiert war. Ich werde sie ankündigen. Colonel Nimrod ist ein aufrechter amerikanischer Patriot, der Recht und Gerechtigkeit vertritt. Bei ihm sind Sie in guten Händen ... was man von unseren Behörden mittlerweile nicht mehr sagen kann.»

10

Die Wahrheit ist keine Hure, die sich denen an den Hals wirft, welche ihrer nicht begehren. Vielmehr ist sie eine so schöne Spröde, daß selbst der, der ihr alles opfert, noch nicht ihrer Gunst gewiß sein darf.

Schopenhauers Aphorismus über die Wahrheit und deren Wankelmütigkeit stand am Ende eines viel zu langen Tages.

In zwei Stunden würde die Sonne aufgehen, und Levy hatte noch immer keinen Schlaf gefunden.

Wie auch? Bevor er mit Michaelis zum neuen Tatort nach Mannheim aufbrach, musste er einen ersten Zwischenstand zu den bisherigen Erkenntnissen und seinen daraus resultierenden Schlussfolgerungen ziehen.

Vorsicht war geboten. Es war noch viel zu früh, um etwas zum Täter, der Tätergruppe und der dahintersteckenden Motivation zu sagen. Das brauchte Zeit und viel, viel mehr Information. Doch der Innensenator hatte ihn bei der Verabschiedung angehalten, schnell Ergebnisse zu liefern, damit Michaelis gegenüber Demandt und dem BKA nicht ins Hintertreffen geriet. Nur, wie sollte er das anstellen? Er war kein Hellseher und schon gar kein Scharlatan, der voreilige Schlussfolgerungen aus unverarbeitetem Material zog. Die Kriminalpsychologie war keine Bühne, auf der man Hasen und Tauben beliebig aus einem Hut zog und sie wieder darin verschwinden ließ.

Sie war eine Disziplin, die sich streng auf die objektive Beurteilung der Entscheidungen berief, die der Täter beim Begehen der Tat getroffen hatte.

Und dass ihm die Auswirkungen seiner Taten bewusst sein mussten, stand anhand der Schwierigkeit, derartige Bomben zu bauen, außer Frage.

Die Bilder der zerfetzten Menschen, die bei den bisherigen Anschlägen getötet wurden, forderte Levy einiges ab. Abgerissene Gliedmaßen, geplatzte Leiber, die das Innere bloßlegten, oder, wie im Falle Raabs, das Fehlen des Brust- und Bauchbereiches zählten zu den schrecklichsten Erfahrungen, die er bislang gemacht hatte. Diese Aufnahmen zeigten eindeutig, wie viel Hass und Abscheu im Täter stecken mussten. Keine andere Tötungsart offenbarte dies so schonungslos. Zwanzig blutige Messerstiche konnten mit keinem einzigen Bombenopfer konkurrieren. Hier handelte eindeutig jemand, der jeglichen Bezug zur menschlichen Würde verloren hatte. Diesen Menschen prägte der absolute Zerstörungswille. Ein schlichter Tod, wie der via Messer oder einer Kugel, reichte ihm nicht. Er wollte ausmerzen.

Levys innerer Zensor meldete sich. Eigene Wert- und Moralvorstellungen zum Täter mussten zurückstehen, wenngleich das nicht immer leicht war, wenn man es mit bombenzerfetzten Menschen zu tun hatte. Die Frage «Wie kann ein Mensch anderen etwas so Schreckliches antun?», war von vornherein substanzlos, ja, gefährlich. Es gab Ursache und Wirkung, die jeden Menschen zu einer Tat verleiten konnten, die er vorher niemals für möglich gehalten hatte. Dies zu verneinen kam einem Selbstbetrug gleich.

Die Erfahrungswelten, in denen der Täter gelebt und die ihn zu diesen Taten veranlasst hatten, konnten von einem Außenstehenden nicht be- und schon gar nicht verurteilt werden.

Niemand konnte nachempfinden, was in Levy vorging, seitdem er von einem Bruder wusste, der seine gesamte Familie ausgelöscht hatte. Das war eine Erfahrung, die man nicht rational greifen konnte. Hier ging es um ein Gefühl, das so stark war, dass kein Verstand ihm Herr werden konnte.

Levy musste professionellen Abstand zu diesen aufgerissenen Augen und Mündern finden, damit er vorwärtskam. Mach dir die Getöteten nicht zu eigen, hörte er sich sagen. Tritt einen Schritt zurück, betrachte sie von außen.

Was hat den Täter dazu gebracht, sie auf diese Art und Weise zu töten? Wieso hat er andere Tötungsarten bewusst und vorsätzlich außer Acht gelassen, obwohl sie weit weniger planungs- und durchführungsintensiv waren? Und schließlich: Welches Bedürfnis hat er damit befriedigt?

Wieso mussten diese oder überhaupt Menschen sterben? Hätte es nicht gereicht, ein Gebäude, ein Auto oder ein paar Schaufensterauslagen zu sprengen, um Angst und Panik in der Bevölkerung auszulösen?

Offensichtlich nicht.

Er hat genau das getan, was er wollte. Dieses Verhalten fußte folglich auf einem Bedürfnis, das er zu stillen suchte.

Verhaltensweisen sind austauschbar, in der Soziologie oft deckungsgleich. Bedürfnisse jedoch, auch wenn sie von vielen geteilt werden, reichen tiefer in die menschliche Seele hinein. Sie definieren ihn.

Er schlussfolgerte: Menschen handeln bedürfnisorientiert. Daraus ergibt sich ein Verhalten, das wieder zurück auf einen ganz bestimmten Menschen verweist.

Nicht das Verhalten war somit personenspezifisch, sprich individuell, sondern das Bedürfnis. Dieses zu definieren, hieße den Menschen zu beschreiben, der von ihm getrieben wurde.

Levy stellte sich zur Veranschaulichung eine Familie vor dem Fernseher vor. Sie alle zeigten das gleiche Verhalten, sie sahen dieselbe Sendung. Zum Beispiel die Nachrichten. Während der Mann an den weltwirtschaftlichen Veränderungen interessiert war, schenkte die Mutter mehr Aufmerksamkeit den sozialen Themen. Die sechzehnjährige Tochter wiederum bekam glasige Augen, als sich Brad Pitt von seiner Verlobten trennte, und der zwölfjährige Bruder erkannte in der neuen Spielkonsole sein nächstes Geburtstagsgeschenk. Ein und dasselbe Verhalten, aber unterschiedliche Bedürfnisse.

Erkannte Levy das Bedürfnis, wer interessierte sich zum Beispiel für soziale Themen, dann konnte er sich auf eine ganz bestimmte Person konzentrieren und die anderen ausschließen.

Nicht das Verhalten, sondern das Bedürfnis bestimmte den Menschen. Er strebt danach, es zu stillen, trifft Entscheidungen und zeigt dadurch ein Verhalten, das erneut auf ihn zeigt.

Das war die Theorie einer noch jungen Wissenschaft.

Die Praxis gestaltete sich weitaus schwieriger. Die Menschen waren über eine einzigartige Ausweis- oder Telefonnummer in den Registern erfasst, jedoch nicht über ihre Bedürfnisse zum Beispiel nach Sicherheit oder persönlicher Entfaltung.

Den Weg aus der Misere wies die Statistik, besser noch, die bisher erhobenen, ausgewerteten, vergleichbaren Fälle.

Zu definieren hieß zu vergleichen. Welcher der bisher befragten Bombenbauer zeigte ein ähnliches, vielleicht gleiches Verhalten auf wie ihr gesuchter Mann? Fußten ihre Entscheidungen auf dem gleichen Bedürfnis?

Wenn ja, dann konnte man eine vorsichtige Silhouette entwerfen. Mehr nicht. Eine absolute Übereinstimmung gab es nicht.

Ein psychologisches Fahndungsfoto würde aber vollauf genügen. Alles Weitere war Aufgabe der Ermittlungsbehörden, er hätte seinen Job gemacht.

Levy hatte in den letzten Stunden alle Fälle verglichen, die ihm Michaelis zur Verfügung gestellt hatte. Hin und wieder gab es Übereinstimmungen in diesem und jenem Detail. Sicher, die Grundhaltung war bei vielen Bombenbauern ähnlich. Alle wiesen eine Störung in ihrer Persönlichkeit auf, wenn sie nicht gerade zu den schizoiden oder paranoiden Geisteskranken zählten. Wer sonst könnte mit einer derart fürchterlichen Waffe menschliches Leben auslöschen – wiederholt, ohne Anzeichen der Reue?

Es gab die Impulsiven, Erregbaren, die unversehens Dampf abließen, dann die Dissozialen, die unter fremder Führerschaft standen, so auch die Zwanghaften und die Narzisstischen und schließlich die Mischformen – Menschen, die unter zwei oder mehreren Persönlichkeitsstörungen gleichzeitig litten.

Das war ein Knäuel, das nur schwer zu entwirren war. Und selbst wenn, auf wie viele Menschen würden die ermittelten Kriterien zutreffen? Wie viele von ihnen waren aktenkundig geworden, wie viele liefen noch unentdeckt herum, und welche standen kurz davor?

Wer ohne Trieb ist, werfe den ersten Stein, hörte Levy sich denken. Wäre auch er imstande, die Rolle eines Kain zu übernehmen?

Vielleicht. Vielleicht auch nicht. Wer weiß das schon, wenn er nicht in der dafür notwendigen, einer auslösenden Situation ist? Auch Kain tötete erst, nachdem er die vermutete Zurückweisung Gottes nicht länger ertragen konnte.

Doch um einen Mord im Sinne der vorliegenden Fälle zu begehen, müsste er die Keule gegen eine Bombe austauschen. Das war eine weitaus schwierigere Waffe. Kenntnisse in Chemie und Physik waren dazu notwendig, ansonsten ging man einen selbstmörderischen Weg. Die Mutter des Satans ließ nicht mit sich scherzen. Sie verzieh keinen Fehler oder nur eine Unaufmerksamkeit. Insoweit hatte diese Bombe mit Frauen etwas gemein: Man musste vorsichtig, erfahren und beständig mit ihnen umgehen, damit sie einem nicht den Kopf von den Schultern rissen.

Verletzte Eitelkeit. Konnte das ein Motiv für die Bombenanschläge gewesen sein?

Das Bedürfnis wäre dann das Streben nach Größe, Wertschätzung oder zumindest Akzeptanz gewesen.

Insoweit verwies die Urheberschaft wieder auf eine arabische Hand. Doch konnte er zum arabischen Selbstverständnis überhaupt etwas sagen? Er konnte nur die gleichen

Klischees bemühen, die allseits kolportiert wurden. Erfahrungen aus erster Hand hatte er nicht.

Die Berichte, die aus London, Madrid und Istanbul im Umlauf waren, kannte er. Doch was sagten sie eigentlich über die Bombenleger und -bauer aus? Waren es überhaupt dieselben Gruppen, die unter einer geistigen Führerschaft standen, oder waren deren Motive ebenso einzigartig wie die Menschen selbst?

Die Täter, die in London die Anschläge verübt hatten, waren im eigentlichen Sinne nicht mehr als Araber zu bezeichnen. Sie waren mehr oder minder in ihrem neuen Heimatland integriert. Die Madrider Gruppe hingegen hatte einen völlig anderen Hintergrund, gesellschaftlich wie politisch. Bei Istanbul verhielt es sich wieder anders.

Wo waren die Gemeinsamkeiten?

Konnte der Begriff al-Qaida hier eine Klammer bilden? Oder machte es sich der Westen mit dieser schnellen Kategorisierung zu leicht?

Worin lag der Keim begründet, dass ein Mensch alle natürlichen und zivilisatorischen Schranken überwand, um andere in unsägliches Leid zu stürzen?

Levy seufzte. Viele Fragen, auf die er keine Antwort hatte. Er musste mehr über diese Menschen herausfinden. Er fragte sich, wer bisher am längsten unter Bombenterror zu leiden hatte?

Die Antwort war schnell gefunden: Israel.

Auch die Antwort auf die nächste Frage: Wer hatte Kontakt nach Israel?

Levy suchte aus seinem elektronischen Telefonbuch Falks Nummer heraus.

Es dauerte, bis abgenommen wurde. «Gudmann ...»

«Hier ist Levy.»

«Levy ... Sag mal, hast du 'ne Ahnung, wie spät es ist?»

Hatte er nicht. «Tut mir leid, Falk. Ich brauch eine Information von dir.»

Nachdem Levy ihm erzählt hatte, worum es ging, musste Falk nicht lange nachdenken. Bombenterror gehörte zu seinem Tagesgeschäft bei der Kripo in Tel Aviv. «Es gibt da eine Studie, allerdings stammt sie aus dem Jahr 2002 ... Sie wurde von einem Professor an der Universität Tel Aviv durchgeführt. Er hat fünfzig Täterprofile miteinander verglichen. Ich glaube, das könnte dir weiterhelfen.»

«Sehr gut. Wie kann ich Kontakt zu diesem Professor aufnehmen?»

«Er heißt Ezra Vogelsang. Ich habe seine Nummer noch irgendwo.»

Levy wartete. «Kannst du sie mir geben?», fragte Levy, als ihm klar wurde, dass Falk nicht gewillt war, sie in diesem Moment herauszusuchen.

«Jetzt? Mein Gott, Levy, es ist ...»

«Ich weiß. Bitte.»

Levy hörte ihn aufstehen und in seinen Unterlagen kramen. Schließlich: «Okay, ich hab sie. Aber lass mich ihn anrufen. Er kennt mich noch aus meiner Zeit in Tel Aviv. Ich werde ihn fragen, ob er dir die Studie zur Verfügung stellt.»

«Perfekt. Ich hör dann von dir?»

«Ja-ja.»

Kaum war das Gespräch beendet, meldete der Computer einen eingehenden Anruf.

«Levy.»

«Balthasar Levy?», fragte eine Männerstimme.

«Ja.»

«Sind Sie der leibliche Bruder von Frank de Meer?»

Dieser Name erzeugte augenblicklich ein Unwohlsein bei Levy. «Wer sind Sie, und was wollen Sie um diese Uhrzeit?»

«Mein Name ist Claus Felsenberg. Ich bin der behandelnde Arzt von Frank de Meer. Sein Zustand hat sich in den letzten vierundzwanzig Stunden erneut verschlechtert, und wir müssen uns auf Notfallmaßnahmen einstellen.»

«Er liegt doch noch immer im Koma. Wie kann ...»

«Seine Nieren. Sie zeigen deutliche Anzeichen von Insuffizienz.»

«Was habe ich damit zu tun?»

«Wir sind unter Umständen auf einen Spender angewiesen.»

Levy hielt die Luft an. «Sie wollen, dass ich eine meiner Nieren für diesen Mörder hergebe? Wissen Sie, wie viele Menschen er auf dem Gewissen hat?»

«Ja, ich kenne seine Akte. Ich möchte Sie bitten, zu einem Gewebeabgleich in die Klinik zu kommen, damit ...»

«Einen Dreck werde ich ...»

«Er ist Ihr Bruder. Haben Sie kein ...»

«Herz, meinen Sie?» Levy platzte der Kragen. Zu viel Druck hatte sich angestaut, der jetzt ein Ventil fand. «Das letzte Mal, als ich ihn getroffen habe, war er gerade dabei, eins aus einer unschuldigen Frau herauszuschneiden. Zuvor hat er nach allen Regeln der Kunst rund zehn Menschen wie Vieh ausgenommen. Ihre Organe hat er als Schlachtabfälle in den Fluss gekippt. Was er mit den leeren Körperhüllen angestellt hat, erspare ich Ihnen.

Und wenn Ihnen das noch immer nicht reicht, dann zeige ich Ihnen gern mal, was er mir angetan hat. Ein Viertel meiner Haut ist vom Kopf bis zur Hüfte verbrannt. Ich sehe aus wie ein Zombie.

Mein seelischer Zustand ist alles andere als ausgeglichen, nachdem ich erfahren musste, dass er unsere gesamte Familie in einem Haus verbrannt hat und mich über dreißig Jahre in dem Glauben ließ, ich hätte es getan.

Das war in Kürze mein *geliebter* Bruder, der nun eine Niere braucht, um zu überleben. Herr Felsenberg, antworten Sie mir: Wäre es Ihr Bruder, was würden Sie tun?»

Felsenberg schwieg eine Weile. Dann: «Es tut mir leid. Für Sie ... und Ihren Bruder. Ich habe nicht zu entscheiden, ob er es verdient hat, weiterzuleben oder nicht. Ich bin Arzt. Ich muss sein Leben retten. Es liegt in Ihrer Hand. Sie entscheiden.»

Levy schloss die Augen und kämpfte gegen den aufkommenden Druck in seinem Inneren an.

11

Die Sperrzone begann dreihundert Meter vor ihrem Ziel. Gaffer, Ü-Wagen der TV-Stationen und Einsatzfahrzeuge der Polizei bildeten eine nahezu unüberwindbare Barriere. Dahinter führte eine Straße in die Glas- und Stahlfluchten eines neuangelegten Gewerbeparks. Reporter berichteten vor Mikros und Kameras über ihre Eindrücke, äußerten Vermutungen und stellten mutige Thesen zu den Hintergründen des Anschlags auf.

Als Michaelis und Levy sich einen Weg durch die Menge bahnten, wurden sie von den Medienleuten gemustert, inwieweit sie zum offiziellen Ermittlertross gehörten und damit Ziel ihrer Fragen sein könnten. Doch die beiden Nordlichter kannte man in Mannheim nicht, weshalb sie sich ungestört den Polizeibeamten an der Absperrung zu erkennen geben konnten.

Michaelis fragte nach Demandt vom BKA. Der Mann

deutete auf den Tatort. Sie stiegen gerade über das Absperrband, als sie jemand von hinten ansprach.

«Frau Kommissarin», sagte Aaliyah Roshan vom TV-Sender Masdar Mawthouk aus Dubai. Sie hielt Michaelis das Mikrofon hin, neben ihr surrte das Objektiv der Kamera auf den neuen Fokus. «Können Sie uns eine erste Einschätzung zum gestrigen Anschlag geben?»

Michaelis reagierte in gewohnter Weise, schnell und scharf. «Wer sagt, dass es sich um einen Anschlag gehandelt hat?»

«Das ist doch offensichtlich», konterte Aaliyah, «Clearwater steht seit längerem in der Kritik. Irakische Politiker und Menschenrechtsorganisationen erheben schwere Vorwürfe gegen die selbsternannten Sheriffs, die glauben, sich im rechtsfreien Raum alles erlauben zu können.»

«Dazu liegen mir keine Erkenntnisse vor. Sie entschuldigen mich jetzt.»

Doch Aaliyah gab nicht so schnell auf. «Herr Levy, Sie sind als Kriminalpsychologe in dieser Anschlagsserie tätig. Haben Sie schon ein Muster, ein Profil des Täters erstellen können?»

Levy durfte und konnte nicht auf diese Frage antworten. Dennoch war er vom Innensenator angehalten worden, den Fragen der Medien keineswegs schroff zu begegnen.

«Er oder sie benutzt Sprengstoff», lautete die nichtssagende Antwort.

«Den gleichen wie bei den Anschlägen in Hamburg und Frankfurt?»

«Wir sind in Mannheim nur zu Gast», unterbrach Michaelis und zog Levy sanft, aber bestimmt mit sich. «Richten Sie bitte Ihre Fragen direkt an die örtliche Pressestelle der Ermittlungsbehörden.»

«Trifft es zu, dass es sich bei dem dritten Anschlagsopfer in dem Hamburger Kino um einen deutschen Staatsbürger handelt, der für den Nachrichtendienst gearbeitet haben soll?»

Für einen Moment erstarrten Michaelis und Levy. Woher wusste sie das? Die Information war gerade ein paar Stunden alt – und vor allem nicht veröffentlicht worden.

«Nichts anmerken lassen», flüsterte Michaelis Levy zu. Dann wandte sie sich zu Aaliyah: «Wie ich schon sagte, wenden Sie sich bitte an die Pressestelle.»

Während sie an den Einsatzfahrzeugen vorbei Richtung Tatort schritten, platzte es aus Michaelis heraus. «Das gibt es doch nicht. Die Information ist nur uns bekannt. Hat da jemand gequatscht?!»

«Schau mich nicht so an», wehrte sich Levy, «ich war's nicht.»

«Luansi?»

«Kann ich mir nicht vorstellen.»

«Stimmt, ich auch nicht. Bleibt nur noch der Innensenator.»

«Oder jemand aus dem Apparat.»

«Du meinst, jemand vom BKA?»

«... oder vom BND. Irgendeiner redet immer, sonst würde niemals eine dieser Sauereien ans Tageslicht kommen.»

«Das würde bedeuten, dieser Jemand heißt nicht gut, was da abläuft.»

«Genau, und den müssen wir finden.»

Vor dem fünfstöckigen Gebäude aus Glas und Stahlträgern angekommen, erkannten sie nun das ganze Ausmaß des Anschlags. Die Explosion hatte auf einer Breite von dreißig Metern Fenster und Verstrebungen aus dem vierten Stock gesprengt – mit ihnen Einrichtungsgegenstände und Unterlagen, die zerrissen, verbrannt und mit Löschschaum bedeckt ringsum am Boden lagen. Ein Heer von Kriminaltechnikern hatte alle Hände voll zu tun, die Spuren zu sichern.

Unter ihnen erkannte Levy einige Ex-Kollegen. Hin und wieder erntete er einen stillen Gruß. Allem Anschein nach hatte das BKA hier das Sagen.

Doch da waren noch andere Gesichter, die mit dem BKA nichts zu tun hatten. LKA, Verfassungsschutz und das amerikanische Militär.

Auf marineblauen Regenjacken prangte gelb der Schriftzug *US Army CID Police* und auf der linken Brust das dazugehörige goldfarbene Emblem. Ein hochgewachsener, drahtiger Mann, kurzgeschoren, Ende fünfzig, sprach mit seinem Gegenüber. Er registrierte Levys prüfenden Blick kühl und emotionslos.

«Lass uns nach oben gehen», sagte Michaelis und machte sich schon auf den Weg.

Die Eingangshalle war mit weißem Marmor ausgelegt. Über dem Empfangsschalter hing das Unternehmenslogo von Clearwater – eine Forelle, die kraftvoll aus einem Fluss springt. Hier unten gab es keine Anzeichen von Zerstörung. Die Telefonanlage klingelte unaufhörlich. Die Explosion hatte die Energieversorgung und das Kommunikationsnetz folglich nicht zerstört.

Vorbei an Überwachungskameras stiegen sie die Treppen ins vierte Stockwerk hinauf. Als sie den Gang betraten, sahen sie über die ganze Etage hinweg die Dächer der angrenzenden Gebäude. Die Explosion hatte die Trennwände der einzelnen Büros herausgerissen und ein Trümmerfeld hinterlassen. Zwischen Steinbrocken, zerfetztem Mobiliar und offenliegenden Kabelbäumen staksten Techniker herum. Sie suchten nach Restbeständen der Bombe und anderen Spuren, die auf den oder die Attentäter verwiesen.

Levy sah auf Steinen und Tapetenfetzen Blutspritzer. Wer auch immer sich zum Zeitpunkt der Detonation auf dieser

Etage aufgehalten hatte, war Opfer geworden. So gewaltig war die Druckwelle gewesen, dass sie das Fleisch wie Papier vom Gerippe gerissen haben musste.

Wer auch immer dafür verantwortlich war, wollte alles und jeden auf dieser Etage nicht nur töten, sondern zur Gänze zerstören. Hier hatte blanker Hass gewütet. Dieser Tatort bildete das krasse Gegenteil zum punktgenauen Anschlag im Kino. Dort war die Wirkung bewusst begrenzt, gegen eine einzelne Person gerichtet; hier hatte der Täter der Zerstörungskraft seines Sprengsatzes freien Lauf gelassen.

«Ich habe euch erst später erwartet», sagte Sven Demandt, der unvermittelt an der Seite von Michaelis und Levy auftauchte. In seiner Begleitung war der Mann, in dem Levy den älteren der beiden CID-Männer von der Straße erkannte.

«Der Innensenator ...», antwortete Michaelis, brach jedoch sofort ab, als sie den ihr unbekannten Mann erblickte.

«Darf ich vorstellen?», erwiderte Demandt, «Colonel Wayne Nimrod vom CID. Er vertritt die Interessen der US-Regierung in diesem Fall und in dem von Frankfurt. Er ist euer Ansprechpartner in allen Belangen, wenn es um Angehörige der Army geht.»

Michaelis und Levy reichten ihm die Hand, stellten sich ihrerseits vor. «Ich dachte, hier wurden amerikanische Zivilisten getötet?», fragte Michaelis überrascht, dennoch um Freundlichkeit bemüht. «Wie kommt es, dass sich das Militär darum kümmert?»

Nimrod lächelte kurz. Seine weißen Zähne waren makellos, so wie sein ganzes Erscheinungsbild. Typisch Soldat, Marke Schleifer, dachte Levy. Außer den Sommersprossen, die sich von einem Jochbein zum anderen in diesem markanten Gesicht erstreckten, gab es nichts Auffälliges. Kein Anzeichen für eine nachlässige Rasur, kein überstehendes Haar am Kragen, kein übersehener Pickel.

«Eine berechtigte Frage», antwortete Nimrod ohne jede Emotion. «Clearwater ist ein enger Kooperationspartner meiner Regierung. Es ist für das Oberkommando selbstverständlich, dass wir uns um unsere Partner kümmern, auch und gerade in schlechten Zeiten.»

«Schlechte Zeiten?», fragte Levy.

Nimrods Augen fixierten ihn kurz, prüften, was die Frage bedeuten sollte. Schnell fasste er sich, antwortete, wie er es als Polizist gelernt hatte. «Der Tod eines Amerikaners ist immer schlecht.»

«Habt ihr euch schon umschauen können?», fragte Demandt.

Wie auch schon bei der Begrüßung legte Demandt einen unerwartet freundlichen Ton an den Tag. Levy konnte nicht einschätzen, ob es gespielt oder ehrlich gemeint war. Was war, so fragte er sich, der Grund dieses Wandels?

Michaelis verneinte die Frage, sie seien eben erst angekommen. Demandt schlug vor, dass er Michaelis auf den aktuellen Ermittlungsstand bringen würde und dass Levy sich mit Nimrod über den Anschlag in Frankfurt austauschen könne. Sie stimmte zu, und die beiden stapften über Steinbrocken hinüber zur hinausgesprengten Fensterfront.

«Wie geht es Hans?», fragte Nimrod.

Levy schaute zu ihm auf, er wusste nicht, wen er meinte.

Nimrod lächelte sein blitzsauberes West-Point-Lächeln. Der steife Polizist hatte unversehens die offizielle Korrektheit abgelegt. In seiner Stimme klang Vertrautheit an. «Entschuldigung, das können Sie natürlich nicht wissen. Ich meine den Innensenator. Er hat von mir den Spitznamen Hans bekommen, als wir uns vor ... lassen Sie mich nachdenken, mittlerweile fünfzehn Jahren bei einer Tagung in Heidelberg kennengelernt haben.»

«Ich denke, gut. So lange kennen wir uns noch nicht. Um ehrlich zu sein, sind wir uns erst vor ein paar Tagen vorgestellt worden.»

Ein Anflug von Irritation huschte über Nimrods Gesicht. «Er hat Sie mir als einen seiner wertvollsten Mitarbeiter geschildert. Jemand, der den Dingen auf den Grund geht.»

Vorschusslorbeeren und Erwartungsdruck waren zwei Dinge, die Levy nicht sonderlich schätzte. Die beiden hatten sich also über ihn unterhalten, vielleicht sogar ein wenig mehr als das. Vorsicht war geboten.

«Ich versuche mein Bestes», lautete die diplomatische Antwort.

Nimrod registrierte es und wechselte wieder in die Rolle des Polizisten. «Sind Sie mit den Ermittlungsergebnissen aus Frankfurt vertraut?»

«Ich fürchte, nicht umfassend.»

«Kommen Sie, lassen Sie uns ein paar Schritte gehen», schlug Nimrod vor und hielt auf die Treppe zu.

Während sie die Stufen hinunterstiegen und sich schließlich einen Weg durch das geschäftige Treiben vor dem Bürohaus bahnten, wiederholte Nimrod lediglich die Fakten, die Levy bereits bekannt waren – die Sprengstoffart, die Zeugenaussage, der getötete Soldat und so weiter. Nichts Neues.

Er erzählte, bis sie eine kleine Parkanlage mit Tümpel und Sitzbänken zwei Straßen entfernt erreicht hatten. Außer Vogelgezwitscher war es hier absolut ruhig und einsam. Nimrod nahm eine Handvoll Kiesel und schnippte jeden einzeln in das grüne Wasser. Die obligatorischen Zierfische suchten hinter Steinen und Grünzeug Schutz vor dem Beschuss aus der Luft.

«Hans sagte mir», so beschloss er seine Rede, «dass Sie und Ihre Kollegin bereits eine Spur verfolgen.»

Eine Finte, ging es Levy durch den Kopf. Der Mann wollte ihn testen. Zuerst fütterte er ihn mit wertlosen Informationen, heuchelte Offenheit und Kooperationsbereitschaft, um ihn schließlich auszuhorchen.

Levy ging nicht darauf ein. «Ich nehme an, wenn Sie mit dem Senator gesprochen haben und ihr gutes, freundschaftliches Verhältnis aus alten Tagen auffrischen konnten, dann kennen Sie die Antwort. Ich möchte Ihnen eine Frage stellen: Was für eine Unterhaltung führen wir hier?»

Nimrod ließ sich bei der Bombardierung des Fischbestandes nicht stören. Wie nebenbei antwortete er: «Ich verstehe nicht.»

«Sie verstehen sehr gut. Sie wollen mich abschöpfen, und ich weiß nicht, ob ich das zulassen kann. Vielleicht ist es besser, wenn wir diese Unterhaltung beenden.»

Ein Moment der Ruhe, dann regnete ein regelrechter Steinhagel auf die Fische herab.

Nimrod wandte sich zu Levy. «Na gut. Lassen wir das. Ist mir auch lieber so. Machen wir's auf die direkte texanische Art: Natürlich weiß ich, wer der Mann im Kino war.»

Levy schüttelte erstaunt den Kopf. «Das scheint beileibe kein Geheimnis mehr zu sein. Selbst die Presse weiß Bescheid.»

«Das war nur eine Frage der Zeit. Viel entscheidender ist, wie weit Sie bereit sind, in diesem Fall zu gehen.»

«Jetzt kann ich Ihnen nicht ganz folgen. Was meinen Sie damit?»

«Meine Regierung hat einen schmutzigen Krieg geführt», begann er, «und Gott weiß, dass er nicht in meinem Namen geführt worden ist. Ich bin Soldat, aber auch Polizist. Der Wahrheit auf den Grund zu gehen, darauf bin ich vereidigt, genauso, wie meinem Land zu dienen und es zu schützen. Es ist ein Dilemma, das mir die Hände bindet, wenn ich vor Zorn und Empörung in die Luft gehen möchte.

Weitaus schmutziger als dieser Krieg ist jedoch die Vorgehensweise meiner Regierung vor, während und nach den offiziellen Kriegshandlungen. Ich war vor Ort, ich weiß, wovon ich spreche ...»

Er machte eine Pause oder war am Ende seiner Ausführungen angelangt. Der anfängliche Mut hatte ihn schnell wieder verlassen.

Levy konnte es nicht einschätzen. «Für einen Angehörigen der US-Streitkräfte sind das überraschend offene Worte. Wieso erzählen Sie mir das?»

«Wie ich schon sagte: Mir sind die Hände gebunden.»

Wieder trat eine Pause ein, wieder tat Levy den nächsten Schritt. «Das sagten Sie bereits. Mir ist nur nicht klar, wieso Sie gerade mit mir darüber sprechen. Vielleicht sollten Sie Ihrem Vorgesetzten davon berichten oder einem politischen Vertreter ...»

Nimrod lächelte gequält. «Was glauben Sie, wie viele Eingaben, Berichte und Beschwerden ich bereits verfasst habe? Sie alle führten zu nichts.»

«Worüber haben Sie sich beschwert?»

«Das alles aufzuzählen würde den Rahmen sprengen. Seien Sie aber versichert, dass ich weder ein Querulant noch ein Verräter bin. Doch manche Dinge lassen sich nicht mehr länger verheimlichen. Sie passieren in aller Öffentlichkeit, ohne dass sich anscheinend noch jemand darum schert. Diese Clearwater-Leute zum Beispiel sind Bedienstete meiner Regierung. Sie handeln in ihrem Auftrag. Vordergründig geht es um Schutz der Interessen meines Landes. Darunter fallen politische, aber auch die wirtschaftlichen. Wie Clearwater diese Interessen schützt, bleibt ihnen überlassen. Es gibt keine Macht im Irak, die ihnen Einhalt gebieten könnte.»

«Nicht einmal das Militär?»

«Nein.»

«Die Politik?»

«Clearwater handelt in ihrem Auftrag. Man zerrt niemanden vor Gericht, der dein Leben schützen soll. Aber davon abgesehen, es schert auch niemanden. Was macht es schon, wenn ein Iraki erschossen wird? Es sind Tausende während des Feldzugs gestorben. Wir sind schließlich ihre Befreier. Keine Kamera und kein Mikrofon können einfangen, was dort eigentlich geschieht. Und wenn doch, glauben Sie im Ernst, dass es gesendet würde?»

Levy wusste es nicht. Das, was er bisher aus den Nachrichten erfahren hatte, reichte ihm vollauf. Mehr konnte der gesunde Menschenverstand auch nicht ertragen. «Das klingt bedauernswert. Allerdings weiß ich noch immer nicht, wieso Sie mir das alles erzählen.»

Nimrod setzte sich zu Levy auf die Bank. «Hören Sie: Ich weine diesen Dreckskerlen von Clearwater keine Träne nach. Sicher, es tut mir leid um die Menschenleben und die Familien, die sie zurücklassen, aber ... sie haben es verdient.

Ich kann niemandem trauen. Am wenigsten Ihrem Demandt vom BKA. Hans sagte mir, Sie wären der geeignete Mann dafür.»

«Wieso ich? Meine Kollegin Michaelis ...»

«Hans meinte, es sei besser, sie nicht in Schwierigkeiten zu bringen. Sie hingegen sind ein Mann von außerhalb. Sie sind niemandem Rechenschaft schuldig. Wenn etwas schiefgeht ...»

Levy ahnte, worum es hier ging. «... dann trifft es nur mich, und die anderen sind fein raus. Vielen Dank für Ihr Vertrauen.»

«So habe ich das nicht gemeint.»

«Wie denn sonst? Von Politikern bin ich ja so etwas gewohnt, aber von einem Polizisten?»

Nimrod ließ nicht locker. «Gehen Sie zum Truppenübungsplatz nach Grafenwöhr. Das liegt in Bayern, in der Oberpfalz. Fragen Sie nach Sergeant Huey O'Brien, auch als Hitman bekannt. Ich werde Sie ankündigen. Fragen Sie ihn nach dem Blade Runner.»

12

Das Bild zeigte zwei Frauen und sechs Männer, die sich zum Zeitpunkt der Explosion in der vierten Etage bei Clearwater aufgehalten hatten.

Das gesamte Haus war videoüberwacht worden. Die Bilder, die die einzelnen Kameras aufgenommen hatten, waren zentral im Serverraum im Untergeschoss zusammengeführt und auf Festplatte archiviert worden.

Demandts Männer hatten am Nachmittag Zugang zu den Dateien bekommen, nachdem der Geschäftsführer, der sich zum Zeitpunkt der Explosion im Ausland aufgehalten hatte, ihnen die Zugangscodes mitgeteilt hatte. Alles war beim Sicherheitsunternehmen Clearwater mit neuester Technik ausgerüstet worden – schließlich musste man den Auftraggebern ein Vorbild in sicherheitstechnischen Fragen sein.

Nicht weniger bemüht, dafür umso pikierter zeigte sich der Geschäftsführer des Hotels, in dem der Clearwater-Mitarbeiter Dennis Massall auf den geheimnisvollen Kunden getroffen war. Er hatte sich geziert, das Material herauszugeben. Das Treffen hatte in der Lobby stattgefunden und war durch die Sekretärin Massalls akribisch in die Aufgabenliste eingetragen worden. Wie die Videoüberwachung war auch die Kommunikation zentral gesteuert und im elektronischen *Time System* festgehalten worden.

Auf zwei Bildschirmen liefen diese beiden Aufzeichnungen ab. Links Clearwater, rechts die Lobby des Hotels. Über die Timecodes konnte der Ablauf dieses Nachmittags chronologisch nachvollzogen werden.

Levy saß hinter Demandt, Michaelis und dem Bombenspezialisten des BKA, einem Mann namens Redtha. Es war mittlerweile kurz vor Mitternacht, und Levy fiel es schwer, sich noch länger die immer gleichen Aufnahmen anzuschauen. Sein Tag war anstrengend genug gewesen, nun war es langsam Zeit fürs Bett. Doch Demandt kannte kein Pardon und bestand auf seiner Anwesenheit.

Dieser Positionswechsel Demandts war seltsam. Levy hatte Michaelis darauf hingewiesen, doch auch sie konnte es sich nicht erklären. Irgendetwas ging hier vor sich. Noch hatte er keine Gelegenheit gefunden, Demandt darauf anzusprechen, genauso wenig wie auf den geheimnisumwitterten toten BND-Mann im Kino. Er war gespannt, wie Demandt sich verhalten würde.

«... hier hat er sie scharfgemacht», sagte Redtha und stoppte das Bild. Es zeigte eine Hand, die den Deckel eines Diplomatenkoffers schloss und die Rädchen am Zahlenschloss auf eine bestimmte Position drehte. «So hätte ich es zumindest angestellt, um jeglichen Verdacht, dass etwas mit dem Koffer nicht stimmt, aus der Welt zu schaffen.»

Auf dem Bildschirm war ein Mann zu sehen, Dennis Massall, der in einem Sessel saß und mit jemandem ihm gegenüber sprach. Von diesem Jemand fing die Kamera nur den Hinterkopf ein. Obendrein trug der Mann noch einen Hut. Er musste annehmen, dass die Lobby überwacht wurde. Dennoch war er das Risiko eingegangen, dort zu erscheinen und möglicherweise später erkannt zu werden.

Dieser Mann, schlank, groß, bewegte sich sicher und gewandt unter Geschäftsleuten und Reisenden. Könnte das der gesuchte Mann sein? Wenn ja, dann hatte er nicht nur im Ausland gelebt, sondern war auch mit Menschen wie Massall vertraut. Ein einfacher Promoter war das auf jeden Fall nicht.

Das Treffen dauerte nicht lange. Nach zwanzig Minuten erhoben sich die beiden, schüttelten sich die Hände und verschwanden aus dem Bildkreis.

Eine halbe Stunde später tauchte Dennis Massall mit dem Koffer in der Hand im Erdgeschoss von Clearwater auf. Zu Fuß war die Strecke zwischen Hotel und Firma in weniger als einer Viertelstunde zu schaffen. Ob Massall ein Taxi genommen hatte, war nicht mehr zu ermitteln, einen Firmenwagen hatte er auf jeden Fall nicht benutzt. So stellte sich die Frage nach den anderen fünfzehn Minuten. Wo und mit wem hatte er sie verbracht? Hatte er etwas auf dem Weg gegessen? Hatte er noch jemanden getroffen?

Es war dieses Zeitfenster, das ungeklärt blieb und Spekulationen Raum gab, dass die Bombe auch nach dem Hoteltermin in den Koffer gelangt sein konnte. Der ominöse Mann aus der Lobby musste also nicht zwangsläufig der Attentäter sein.

Fest standen jedoch die darauffolgenden Ereignisse, die der linke Bildschirm zeigte. Massall betrat mit dem Koffer in der Hand das Erdgeschoss, fuhr mit dem Aufzug nach oben und betrat den vierten Stock. Eine Sekretärin begrüßte ihn, dann verschwand er in seinem Büro. Eine Minute später wurde das Bild erschüttert und erfror in einem gleißenden Licht.

«Als Massall an den Rädchen eine bestimmte Zahlenreihe eingestellt hat», so mutmaßte Redtha, «ging die Ladung hoch.»

«Es hätte also nicht gereicht, dass er einfach eine beliebige Zahlenreihe wählt?», fragte Michaelis.

«Dann wäre der Attentäter Gefahr gelaufen, dass die Bombe auch von anderer Hand gezündet worden wäre», entgegnete Redtha. «Mit der exakten Kombination, die ihm der Mann mit dem Koffer übergeben hat, konnte er sicherstellen, dass nur Massall derjenige sein würde, der den Koffer öffnet.»

«Aber das hätte er auch schon vorher tun können», widersprach Demandt.

«Sicher. Kein Plan ist hundertprozentig.»

«Wie viel Sprengstoff war in dem Koffer?», fragte Michaelis.

Redtha taxierte den Grundriss des Gebäudes auf einem Papier. «Schätzungsweise zweihundert bis fünfhundert Gramm. Schwer zu sagen.»

«Ist es der gleiche wie in Hamburg und Frankfurt?»

«Nein. Es handelt sich um PETN, auch als Nitropenta oder Pentaerythrittetranitrat bekannt. Es ist ein ähnliches Teufelszeug wie TATP, das sich relativ leicht herstellen lässt.»

«Dann ist gar nicht sicher, ob es von unserem Mann stammt?»

«Nein, aber zweifeln Sie daran?»

In das anschließende Schweigen hinein fragte Levy: «Haltet ihr es nicht reichlich übertrieben, eine Person mit einem Pfund von dem Teufelszeug in die Luft zu jagen?»

Redtha stimmte zu. «Ein Papiertütchen voll hätte gereicht.»

«Was schließt du daraus?», fragte Demandt.

«Nichts anderes als du auch», entgegnete Levy. «Unser Mann, wenn er es überhaupt ist, verhält sich völlig anders als in Hamburg oder Frankfurt.»

Demandt stimmte ihm zu: «Im Vergleich zum Kinoanschlag ist das eine völlig andere Sache. Korrekt. Aber bei den Anschlägen zuvor? Hm, ich weiß nicht.»

«Die Bombe im Hanseviertel und auf der Zeil waren auf eine möglichst große Außenwirkung angelegt, alles fand im Freien statt. Viel Feuerwerk, viel Rauch, viel Lärm und viele Menschen hätten dabei draufgehen können. Aber wie durch ein Wunder gab es jedes Mal nur einen Toten, wenngleich einige Verletzte.

Hier jedoch hat er acht Menschen auf einmal getötet. Dass unser Mann gleich jeden einzelnen der Toten auf dem Kieker hatte, ist ziemlich unwahrscheinlich.»

«Du meinst», schlussfolgerte Michaelis, «der Attentäter hatte es nicht auf Massall und die einzelnen Mitarbeiter abgesehen ...»

«... sondern auf Clearwater. Dieser Mann wollte das Unternehmen treffen. Der Tatort ist nicht einfach durch die Explosion in Mitleidenschaft gezogen, sondern völlig zerstört. Es scheint fast so, als wollte er alles und jeden ausradieren – oder das, wofür Clearwater steht.»

«Wieso hat er dann nicht gleich das ganze Gebäude gesprengt?», widersprach Redtha.

«Ich bin nicht der Bombenexperte, aber ich vermute, dafür wäre ein bedeutend größerer Aufwand nötig gewesen.»

«Er hätte den Kofferraum eines Autos vollpacken und es vor dem Eingang parken können.»

«Möglich, doch wir sind hier in einem dichtbebauten Gewerbegebiet. Mit der Autobombe wären auch andere Menschen gestorben, die sich in den Nachbargebäuden aufhielten, oder auch Passanten.

Wir müssen uns fragen, warum er so vorgegangen ist, wie er es getan hat, und nicht anders. Was sagt sein Verhalten über ihn aus? Welches Bedürfnis hat er damit befriedigt?»

Michaelis war irritiert. «Was meinst du mit Bedürfnis?»

Levy schaute zu Demandt, seinem Lehrmeister und väterlichen Freund. «Sag du es ihr. Ich habe es von dir gelernt.»

Demandt verstand den Wink, unterließ es aber, darauf einzugehen. «In der Psychologie gehen wir davon aus, dass alles Verhalten bedürfnisorientiert ist. Ein Beispiel: Du hast Hunger und gehst einkaufen. Du kaufst aber nicht jedes x-beliebige Brot, sondern du achtest auf Gesundheit und vermeidest gefährliche Inhaltsstoffe. Sicherheit ist dein Bedürfnis, das aus Angst erwachsen ist. Du kaufst daher dein Brot beim Öko-Bäcker und nicht beim Discounter.

Das Bedürfnis bestimmt das Verhalten, und das führt uns zu einer bestimmten Person, die diese oder jene Ausprägung hat. Wenn wir so eine Person suchen, macht es keinen Sinn, Aldi-Filialen zu überwachen.»

«Okay, verstanden. Was bedeutet das konkret für unsere Ermittlungen?»

Levy schaltete sich ein. «Dass wir herausfinden müssen, ob die Opfer in den ersten beiden Fällen tatsächlich zufällig oder ausgewählt waren. Bei dem Kinomann ist die gezielte Tötung mittlerweile offensichtlich. Und was Clearwater angeht: Auch hier sollten wir mehr über die Toten erfahren, die für dieses Unternehmen gearbeitet haben. Insbesondere über Dennis Massall, der Ausgangspunkt des Anschlags war. Was machte ihn stellvertretend für das ganze Unternehmen zu einem Ziel?

Erst dann können wir bestimmen, ob unser Mann tatsächlich für alle vier Anschläge verantwortlich ist.»

«Bleibt nur ein Problem», sagte Michaelis und schielte dabei auf Demandt. «Wie sollen wir mit dem dritten Opfer, Kevin Raab, umgehen?»

Demandt spürte, dass die Antwort von ihm kommen musste. Doch statt einzulenken, blockte er ab. «Ich habe euch gewarnt. Lasst die Finger von diesem Fall. Ich kann mich nicht über die Anweisungen meiner Behörde und des BND hinwegsetzen. Raab ist für uns alle tabu. Ob es euch gefällt oder nicht.»

«Das heißt», schlussfolgerte Levy, «dass eine Behörde das Strafgesetzbuch außer Kraft setzen kann. Raab war schließlich deutscher Staatsangehöriger, der zum Ziel eines terroristischen Anschlags geworden ist. Das Gesetz schreibt zwingend eine Strafverfolgung vor. Nicht zuletzt haben seine Angehörigen das Recht zu erfahren, wieso und von wem Raab getötet wurde. Alles andere ist Willkür.»

«Wenn die Interessen des Landes betroffen sind», widersprach Demandt, «müssen die Rechte des Einzelnen zurückstehen. Sicherheit engt die Freiheit ein, und in Sonderfällen auch die Strafverfolgung.»

«Blödsinn», echauffierte sich Levy, «Raab und irgendeine Behörde stehen nicht über dem Gesetz. Besonders dann nicht, wenn hier etwas vertuscht werden soll. Raab war offensichtlich Geheimnisträger, zugegeben, sonst würden sich das BKA und der BND nicht so zieren. Fragt sich nur, welches Geheimnis nicht aufgedeckt werden darf. Ich vermute, dass hier etwas aus dem Ruder läuft und unsere Behörden alles tun, damit wir nichts davon mitbekommen. Raab hatte Dreck am Stecken und mit ihm der BND. Ich gewinne langsam den Eindruck, du steckst mit denen unter einer Decke.»

Michaelis schritt ein. «Beruhige dich. Sven kann nichts dafür. Auch mir gefällt nicht, was hier abläuft, aber er ist wie ich weisungsgebunden.»

Das stimmte natürlich. Demandt und Michaelis waren im Dienste des Staates und mussten dessen Lied singen. Persönliche Präferenzen mussten zurückstehen. Aber galt das auch für das kritische Denken? Gerade Demandt hatte ihn dazu ausgebildet, und jetzt forderte er ihn auf, es zu unterlassen und sogar den Kopf in den Sand zu stecken.

Levy wunderte sich über sich selbst. Wieso reagierte er derart emotional, so wie am Nachmittag Colonel Nimrod? Es war ein ganz gewöhnlicher Fall, bei dem unterschiedliche Interessen betroffen waren. Das war nichts Neues für ihn. Die Ausnahme war jedoch, dass die Auswirkung des Stillhaltens und Wegsehens in diesem Fall tief in Levys Verständnis von Recht und Gerechtigkeit eingriff. Das machte den Fall für ihn zu einer persönlichen Sache. Nimrod fühlte offensichtlich ebenso.

«Es ist schon spät», sagte Michaelis. «Ich schlage vor, dass wir uns alle aufs Ohr legen und morgen die Laboranalyse abwarten. Dann können wir entscheiden, wie's weitergeht.»

13

Sie sagten, er sei der beste Mann für den Job.

Sie mussten ihn nicht lange davon überzeugen, er wusste es selbst. Er, der *Angry White Man*, der zornige Mann der weißen Arbeiterklasse, würde Saddam kräftig in den Arsch treten und den Amerikanern das verlorengegangene Gefühl der Unangreifbarkeit zurückgeben. Das war seine Aufgabe.

Die Grundausbildung war schnell absolviert. Nur die Handhabung der Maske bei einem der gefürchteten Gasangriffe wollte ihm nicht so recht gelingen. Sieben Sekunden entschieden über Leben und Tod. Und selbst wenn man es innerhalb dieser Zeit geschafft hatte, wie konnte man hermetisch von der Außenwelt abgeriegelt überhaupt noch kämpfen? Das war ein Ding der Unmöglichkeit.

Später würde er erfahren müssen, dass es keinen Unterschied machte, ob er die sieben Sekunden einhalten würde oder nicht. Es gab in den ganzen drei Wochen des Feldzugs keinen einzigen Gasangriff der Iraker. Verdammt, was machte dieser Schweinehund nur mit seinen Massenvernichtungswaffen, wenn er sie nicht gegen die Invasoren einsetzte? Diese Frage beschäftigte nicht nur ihn, sondern jeden seiner Kameraden. Sie alle waren Killer und fürchteten keine Kugeln, Minen und selbst kein *friendly fire*, darauf waren sie vorbereitet. Gas jedoch, das war eine andere Sache. Gas war hinterhältig, niederträchtig, irakisch. Es war eine der unzähligen Massenvernichtungswaffen, die Saddam angehäuft hatte, um Terror und Unterdrückung über die Welt zu bringen. Kurden und Kuwaitis wussten das.

Es war der Grund, wieso sie überhaupt in diesem Scheißland waren. Ihr Präsident und die Nachrichtendienste hatten unbestreitbare Beweise dafür vorgelegt. Es gab keinen Zweifel; selbst die kritischen Stimmen verstummten, als sie merkten, dass der gerechten Sache Genüge getan werden würde. Die Nation stand hinter ihnen.

Und er war ein Teil von ihr. Ein angesehener und rechtschaffener Bürger. In Zeiten der Not stand man Schulter an Schulter. Das hatte die Nation groß und mächtig gemacht. Jeder, der sich dem widersetzte, war kein Patriot, und er hätte besser heute als morgen das Land verlassen sollen.

Er war hier, im Irak, um seine Bürgerpflicht zu erfüllen. Jeder trug seinen Teil dazu bei, jeder nach seinen Möglichkeiten.

In diesem gottlosen Land, das sich noch nicht mal für eine beständige Temperatur entscheiden konnte. Tagsüber wurden sie bei fünfundvierzig Grad geröstet, und nachts fror ihnen der Schwanz bei Minusgraden ab. Wie würde hier Gerechtigkeit und Demokratie gedeihen können? Wie konnte ein Land zivilisiert werden, das seine Frauen unterjochte und bei der geringsten Verfehlung öffentlich köpfte? Barbaren waren das. Lichtjahre entfernt von einem Lebensstil, den es zu verteidigen galt.

Ihr Auftrag diente einer gerechten Sache, in einem längst überfälligen Krieg, gegen einen der gefährlichsten Männer, die die Welt bisher gesehen hatte.

Befreie das irakische Volk. Bring ihm Gerechtigkeit und Wohlstand.

Moto.

Das war eines der ersten Worte, die er während des Feldzugs gelernt hatte. Moto – more of that obvious, schimpften seine Kameraden die ewig gleiche und durchsichtige Kriegs- und Rechtfertigungsrhetorik der Offiziere und Politiker.

Moto. Das war auch er, längst vor Beginn des Krieges. Aus seinem Mund kam nur Moto. Er predigte es in allen Formen, zu jeder Tageszeit, zu jedem Anlass. Moto, das war sein Job gewesen. Schafe konnten nicht dümmer sein, wenn sie zur Schlachtbank geführt wurden und sich an die Hand ihres Hirten schmiegten.

Er war Moto, als er zu Sergeant Boyles Truppe stieß. Sie misstrauten ihm, er bewunderte sie. Es sollte eine Zeit brauchen, bis sie ihn als ebenbürtig akzeptierten, als einen der ihren – einen gottverdammten Killer.

Aus Moto wurde Freebird. Aber erst, nachdem er seine Kampfstärke unter Beweis gestellt hatte. Geschenkt wurde ihm nichts. Wenn er einer von ihnen sein wollte, dann musste er schwitzen, frieren, hungern, dursten, gehorchen, kämpfen und töten, wie sie es taten. Es sollte nicht lange dauern, bis er eine M-60 zur Hand nahm, um seinen Teil zur gerechten Sache beizutragen. Das Schießen war ihm nicht fremd, schließlich hatte zu Hause ein jeder das Recht auf eine Waffe. Doch Hasen und Vögel sind eine Sache, eine andere flüchtende Irakis.

Obwohl sie im eigentlichen Sinne Ausländer für ihn waren, so wie Mexikaner, Kubaner und Araber in seiner Heimat, die sich die Leistungen des Landes erschlichen, fiel es ihm nicht leicht, auf diese ... Kerle zu schießen.

Die Einsatzregeln, die für jeden kämpfenden Soldaten galten, machten es ihm auch nicht gerade einfach, zwischen offiziellem Feind und Zivilist zu unterscheiden. Zu oft verschanzten sich diese Feiglinge hinter Frauen und Kindern oder agierten in Zivilkleidung.

Schon bald aber wurden die Regeln geändert. Das erleichterte die Zielerfassung. Jeder, der sich ihnen in den Weg stellte oder sich unerlaubt entfernte, war ein Feind. Und wer sich nicht mehr bewegen konnte, sollte seine verdienten drei Kugeln bekommen. Death-Check. Kein Offizier hatte daran etwas auszusetzen, schließlich wollte jeder gesund und sicher in die Heimat zurückkehren. Nichts war schlimmer als eine Kugel in den Rücken.

Mit Death-Checks erhöhte man seinen persönlichen Body Count – die Anzahl der getöteten Feinde. Ein Death-Check brachte einen Punkt, ein aus der Kampfhandlung heraus getöteter Feind zwei bis fünf, je nach Schwierigkeitsgrad.

Freebird hatte es am Ende der drei Wochen auf dreizehn Punkte gebracht. Nicht schlecht für einen Moto.

Nach dem dritten Punkt durfte er sich einen Kampfnamen aussuchen. Aber erst nachdem alle über ihn hergefallen waren, um seinen Kopf in Scheiße zu tunken und ihn mit ihren Kampfmessern zu traktieren. Das war das Aufnahmeritual in den Kreis der Killer.

Der Blade Runner hatte ihn gefragt, wieso er sich so einen uncoolen Namen wie Freebird ausgesucht hatte. Terminator oder Riddick seien doch viel zeitgemäßer, sie würden besser zu ihnen passen, dem Blade Runner, dem Cleaner, dem Predator und zu Bad to the Bone.

Florida, das sei seine Heimat, antwortete er. Das einzig Gute, was je aus Florida gekommen ist, war *seine* Band, Lynyrd Skynyrd. Ihr Song *Freebird* war die Antwort auf Moto.

Der Blade Runner verstand es nicht, dafür war er viel zu jung. Seine Musik stammte von Ecstasy-gedopten Computerprogrammierern und nicht von schweißüberströmten Jack-Daniel's-Trinkern.

Er lachte, ja, das könnte stimmen. *Get some!*

Yeah, get some, rief auch Freebird.

Dann streiften sie ihre Ponchos über, und jeder legte sich in sein eigenhändig ausgehobenes Soldatengrab, ein rund fünfzig Zentimeter tiefes und mannslanges Loch, um gegen Granateneinschläge geschützt zu sein.

«Hey, Freebird», flüsterte der Blade Runner von Loch zu Loch. Über ihnen erstreckte sich ein eiskalter und sternenklarer Nachthimmel. «Was wirst du tun, wenn diese Scheiße vorüber ist?»

«Keine Ahnung. Vielleicht schreibe ich ein Buch.»

«Worüber?»

Freebird lachte. «Über diese Scheiße hier. Was sonst.»

«Im Ernst? Werde ich darin auch vorkommen?»

«Sicher. Du bist doch der Blade Runner.»

«Yeah», tönte es aus dem Nachbarloch zurück. «Ich bin der verfickte Blade Runner, der größte und brutalste Killer aller Zeiten.»

Freebird schmunzelte. Er stellte sich ihn vor, wenn er mit seinen Freunden wahrscheinlich zum ersten Mal in seinem Leben eine Buchhandlung betreten würde, um ein Buch zu kaufen, in dem er die Hauptrolle spielte.

«Get some», flüsterte Freebird.

«Get some», antwortete der Blade Runner.

Kurz darauf schliefen sie ein. Seite an Seite.

14

Die Landschaft zog in grünbraunen Schlieren an Levy vorüber. Das rhythmische *ta-tong* der Schienenstränge übte eine beruhigende Wirkung auf ihn aus, und er hatte ein Abteil für sich allein. Er war seit sechs Uhr morgens unterwegs. Die Fahrt zwischen Mannheim und Grafenwöhr sollte abenteuerliche sechseinhalb Stunden dauern mit fünfmaligem Umsteigen. Es war eine Reise durch drei Bundesländer – Baden-Württemberg, Hessen und Bayern. Er würde auf dieser Fahrt Zeit und Ruhe finden, um alle bisherigen Ermittlungsergebnisse zu ordnen und erste Rückschlüsse daraus zu ziehen. Es war höchste Zeit.

Levy hatte Michaelis eine kurze Nachricht unter der Tür durchgeschoben, dass er ins Lager Grafenwöhr fahren würde, um eine Information zu überprüfen, die ihm Colonel Nimrod gegeben hatte. Worum es genau dabei ging, wollte er ihr nach seiner Rückkehr mitteilen. Er bat sie auch, Demandt von seinem Ausflug nichts zu sagen. Das Misstrauen Nimrods dem BKA gegenüber hatte ihn angesteckt, insbesondere nach der Haltung, die Demandt in der nächtlichen Diskussion eingenommen hatte.

Sein Handy war abgeschaltet und würde es für die nächste Zeit auch bleiben. Er brauchte Ruhe. Wenn er eine Information benötigte, würde sein Notebook einen Kommunikationskanal hinaus in die Welt öffnen. Denn endlich hatte auch die Bahn zahlreiche WLAN-Anschlüsse in ihren

Zügen eingerichtet. Zugang zum Internet war auf Reisen somit keine Schwierigkeit mehr.

Kaum hatte er jedoch seine Mailbox abgefragt, bereute er es auch schon wieder. Michaelis beschwerte sich über seine nicht abgesprochene Abreise zum Truppenübungsplatz nach Grafenwöhr. Wie wolle man zusammenarbeiten, wenn man sich nicht auf den anderen verlassen konnte. Da sie vor Ort nichts weiter tun könne, reise sie nach Hamburg zurück.

Nun, das musste sie aushalten können, sagte sich Levy. Schließlich war man nicht verheiratet.

Dann eine Mail von Falk. Er hatte mit Vogelsang, dem Professor an der Uni Tel Aviv, telefoniert. Die Studie über die fünfzig Täterprofile könne er zwar nicht zur Verfügung stellen, aber er wäre zu einem persönlichen Gespräch bereit. Zurzeit befände er sich in Hamburg, wo seine Familie noch ein Haus besaß. Er stellte einen Termin am folgenden Tag in Aussicht.

Levy bestätigte den Termin. Das kam ihm sehr gelegen. Besser eine Stunde sprechen, als tagelang über wissenschaftlichen Studien zu brüten.

Ferner hatte Falk neue Informationen zum verdächtigten Promoter. Die Fingerabdrücke einer rechten Hand, die auf der Tüte gefunden wurden, wiesen ein sonderbares Muster auf. Und zwar seien die Papillarleisten an den Fingerspitzen seltsam diffus. Sie könnten von einer kürzlich erlittenen Verätzung stammen, was den Abgleich mit den rund drei Millionen erfassten Abdrücken in der Datenbank des BKA deutlich erschwere. Auch fehle der Abdruck des rechten Ringfingers, was von einer seltsam gespreizten Fingerhaltung beim Fassen der Tüte zeuge. Oder von einem fehlenden Finger.

Naimas Recherche bei den Auftraggebern der Promoter erbrachte ein Ergebnis: Der Mann auf dem Phantombild sei nicht bekannt. Die Fahndung war nach Rücksprache mit dem Innensenator an diesem Morgen herausgegangen. Alle beteiligten Ermittlerteams von BKA, LKAs, Verfassungsschutz und CID seien informiert worden. Am Nachmittag würde eine Pressekonferenz stattfinden, in der der Innensenator die Bevölkerung um Unterstützung bei der Suche bitten würde.

Die Jagd war somit angeblasen, dachte Levy. Ab jetzt würde es achtzig Millionen Sherlock Holmes geben, die die Einsatzgruppen mit neunundneunzig Prozent falschen Hinweisen beschäftigten. Er mochte gar nicht an die rund zehn Prozent denken, die bei derlei Aufrufen Opfer von Verleumdung und Missgunst der Nachbarn, Arbeitskollegen oder Familienmitgliedern wurden. Neid und Hass waren aus der menschlichen Natur einfach nicht rauszukriegen, egal, wie sehr sich Religion und Philosophie über die Jahrhunderte auch bemühten.

Er konnte nur hoffen, dass den deutschen Behörden nicht ein ähnlich tragischer Fehler unterlaufen würde wie seinerzeit in London nach den Terroranschlägen, als ein unschuldig verdächtigter Brasilianer im Kugelhagel der nervösen und schießwütigen Polizisten starb. In diesen Tagen mit dunkler Hautfarbe und arabischem Namen unterwegs zu sein, hieß sich in Todesgefahr zu begeben. In diesem Punkt unterschieden sich die aufgeklärten Westeuropäer nur wenig vom aufgehetzten muslimischen Straßenmob in Damaskus, Teheran oder Jakarta. Dummheit war und ist schon immer global gewesen.

Eine neueingehende E-Mail riss Levy aus seinen Gedanken. Sie stammte von Naima. Sie hatte sich in der arabisch-muslimischen Szene umgehört und eine erstaunliche, aber offiziell nicht bestätigte Information erhalten. Ein ehemaliger Dolmetscher, der Kevin Raab in den Neunzigern bei dessen archäologischen Ausgrabungen im Irak begleitet hatte, erhob schwere Vorwürfe gegen ihn. Raab habe seine Kontakte zu irakischen Behörden und Politikern im Laufe der Jahre bei den Nachrichtendiensten versilbert. Darunter fielen nicht nur der BND, sondern in den vergangenen Jahren auch die CIA.

Was den Dolmetscher erzürnte, soll der Umstand gewesen sein, dass Raab im Vorfeld des Irakkrieges Standortdaten zu Einrichtungen der Baath-Partei und Saddams Republikanischen Garden direkt aus Bagdad an die Amerikaner geliefert haben soll. Unverlässlich, ungenau und korrupt, wie Raab selbst gewesen sein soll, waren auch dessen Informationen. Er, der Dolmetscher, mache ihn für den Tod zahlreicher Zivilisten, darunter Frauen und Kinder, verantwortlich, die bei den ersten Raketenangriffen auf Bagdad getötet wurden. Raab stünde auf einer Liste der zu bestrafenden Personen ganz weit oben. Um welche Art von Liste es sich dabei handelte und wer sie führte, konnte oder wollte er nicht sagen.

Nur so viel: Shamal, der heilige Wüstensturm, sei entfacht, um den Dajjal zu blenden und ihn unter sich zu begraben.

Was ist der Dajjal, fragte sich Levy. Naima hatte dazu keine weiteren Angaben gemacht.

Levy gab den Begriff in eine Suchmaschine ein. Er fand:

Dajjal (sprich: Dadschal), der Antichrist oder *Masih al-Dajjal*, der falsche Messias. Gemeinsam mit dem *Mahdi*, einer anderen islamischen Endzeitgestalt, wird er die Welt bis kurz vor ihrem Untergang regieren. Der Dajjal sei ein Lügner und Verführer, den man mit allen Mitteln bekämpfen müsse. In der Jetztzeit trete die gesamte westliche Zivilisation, besonders aber Amerika, als falscher Messias auf, der um des Erdöls willen lüge, betrüge und töte.

Die religiöse Mythologie musste also wieder herhalten, dachte Levy, um das Vorhaben zu legalisieren. Anders wäre die Tötung eines oder mehrerer Menschen auch im Islam nicht zu rechtfertigen.

Auf jeden Fall gab es nun ein mögliches Motiv, um Kevin Raab zu töten. Wenn es zutraf, was der Informant über ihn gesagt hatte, dann war er für den Tod von Zivilisten, Frauen und Kindern verantwortlich. Nun, während Kriegshandlungen war das nichts Außergewöhnliches. Die Amerikaner sprachen von Kollateralschäden, ein teuflischer Euphemismus dafür, das Töten Unschuldiger zumindest billigend in Kauf zu nehmen. Doch in den letzten beiden Kriegen, die die USA geführt hatten, war ein weiterer Begriff in das Beschönigen von Kollateralschäden beziehungsweise deren Vermeidung eingezogen: die chirurgisch genauen, lasergesteuerten Präzisionswaffen, die sich in vielen Fällen doch nicht als so zielgenau wie behauptet herausgestellt hatten.

Im Fall von Kevin Raabs Ermordung könnte so das Denkmuster des oder der Verantwortlichen ausgesehen haben.

Wenn sich Levy die Tatortfotos, die Berichte der Gerichtsmedizin und des Labors in Erinnerung rief, dann war Raab nach dieser Philosophie getötet worden. Er saß in einem Kino, um ihn herum andere, unschuldige Menschen. Der Sprengsatz war so konzipiert, dass er nur Raab tötete, selbst wenn in fast unmittelbarer Nähe noch jemand gesessen hätte. Das war ein präziser, chirurgisch genau durchgeführter Anschlag auf jemanden, der sich schuldig gemacht hatte.

Doch wozu ein Sprengsatz? Hätte es nicht Gift oder eine Kugel genauso getan?, fragte sich Levy.

Nein, eben nicht, antwortete er. Damit wäre die Logik des Anschlags und des Täters aufgehoben. Raab musste genau so sterben wie die Menschen, die er als Ziel für die amerikanischen Bomben ausgesucht hatte.

Allerdings wurde seine Hinrichtung tatsächlich von einem Profi, einem Chirurgen des Bombenbaus, ausgeführt. Mission accomplished – Auftrag ausgeführt!

War das das Muster?

Levy musste mehr wissen. Er schrieb Michaelis eine Mail: *Benötige nun dringend ausführliche Hintergrundinformationen zu den getöteten Opfern. Wie weit seid ihr?*

Doch wie viel würde sie in Erfahrung bringen? Die beiden Getöteten waren ausländische Bürger, die nach bisherigem Ermittlungsstand zufällig getötet worden waren. Wenn sich mehr hinter ihnen verbarg, so endete ihr Einfluss bei der amerikanischen Botschaft.

Levy überlegte. Da gab es jemanden, in dessen Macht es stand, die Geheimnisse eines amerikanischen Staatsangehörigen zu ergründen.

Der Zug verringerte die Geschwindigkeit. Levy blickte zum Fenster hinaus. Das Bahnhofsschild verwies auf das *Lager Grafenwöhr.*

15

Ready through training – Einsatzbereit durch Training» stand auf dem Schild geschrieben, das am Eingang des Lagers Soldaten und Besucher begrüßte.

Wie versprochen, hatte Colonel Nimrod Levys Besuch angekündigt. Ein Jeep mit Fahrer wartete bereits auf ihn. Er sollte ihn zu Sergeant Huey O'Brien bringen, der ein paar Kilometer weiter eine Übung leitete.

Der Truppenübungsplatz war riesig, nach Angaben des Fahrers, eines jungen Mannes Anfang zwanzig mit Namen

Rico, rund dreihundertfünfzig Quadratkilometer groß. Tendenz steigend. In den kommenden Jahren wollte die US-Regierung das Gelände mit einem Budget von knapp einer Milliarde Dollar weiter ausbauen. Das käme nicht nur der Kampfkraft der US-Streitkräfte zugute, sondern viel Geld flösse auch in die regionale Wirtschaft, sagte Rico. Damit würden die Vereinigten Staaten entscheidend zur Stärkung Deutschlands beitragen. Man stelle sich nur mal vor, so Rico, dieses Geld käme einem anderen, bündnistreueren Partner zugute, was wohl dann aus diesem Land würde?

Levy ließ diese großzügige Geste unkommentiert. Stattdessen machte er sich Sorgen um seine Sicherheit. Seit er aus dem Zug gestiegen war, begleitete ihn ein stetes Grollen und Donnern, hin und wieder auch das dumpfe Wummern rotierender Hubschrauberblätter. Manchmal war es so stark, dass die Luft um ihn herum zusammengepresst wurde und er Schwierigkeiten hatte zu atmen.

Dass hier Krieg in der Luft lag, war unübersehbar. «Das ist das größte Trainingsgelände in ganz Europa», sagte Rico, während er den Jeep auf eine begrünte Hügelkette zusteuerte, die von einem Laubbaumwäldchen gesäumt war. Wäre dieser Krach und der Geruch nach Diesel und Pulver nicht gewesen, so konnte man sich kaum einen schöneren Ort für einen Wochenendausflug vorstellen.

Rico spürte Levys Unbehagen. «Machen Sie sich keine Sorgen. Wir sind von den Kampfhandlungen ausreichend entfernt. Nächste Woche aber werden hier rund zehntausend Soldaten im Einsatz sein. Mit allem Drum und Dran. Panzer, Hubschrauber und all das. Dann ist es sicherer, in einem gepanzerten Fahrzeug unterwegs zu sein, anstatt offen, wie wir es gerade tun, durch die Gegend zu fahren. Querschläger und verirrte Kugeln gibt es immer wieder.»

Dem jungen Soldaten schien es Freude zu bereiten, dem

Zivilisten Levy die Wichtigkeit und Bedeutung gutausgebildeter amerikanischer Einheiten nahezubringen.

Levy ging nicht weiter darauf ein, erkundigte sich stattdessen nach der Logistik dieser Mammutanlage. «Wo bringen Sie eigentlich diese vielen tausend Menschen unter?»

«Kein Problem. Rund um den Truppenübungsplatz leben bereits jetzt fünfzehntausend Soldaten mit ihren Familien. Wir haben Housing Areas auf der Basis und in der Region. Weitere kommen in den nächsten Jahren hinzu, wenn die Ausbaumaßnahmen abgeschlossen sind.»

«Wie lange sind Sie hier schon stationiert?»

«Es ist mein zweites Jahr, und mein drittes in der Army.»

«Woher kommen Sie?»

«Aus einem kleinen Kaff in Pennsylvania. Quäker, Sie verstehen? Dort langweilt man sich zu Tode. Ich habe drei Kreuze geschlagen, als die Army mich genommen hatte. Und ich wollte nichts lieber, als möglichst schnell nach Deutschland kommen.»

«Wieso das?»

Rico starrte Levy an, als gelte es, einem Dreijährigen die Wunder der Welt zu erklären. «Jeder, der mal mit einer ferngelenkten Waffe schießen will, träumt von Grafenwöhr. Das hier ist das Trainings-Paradies, bevor es dann richtig ernst wird.»

«Sie meinen, bevor es in den Irak geht?»

«Vietnam, Jugoslawien, Kuwait, Afghanistan, Irak ... All diese Einsätze gingen von hier aus. Ich meine, hier wurde trainiert, was drüben umgesetzt wurde.

Und wenn die neue, weltweit operierende Anti-Terror-Einheit hierher verlegt wird, dann können Sie sich ja vorstellen, was abgeht. Ein Traum.»

Levy konnte die Euphorie dieses Grünschnabels nicht teilen. War er gerade dem Klischee eines pubertierenden,

Popcorn fressenden MTV-Jünglings aufgesessen, der nichts anderes im Sinn hatte, als seine Sammlung von Ego-Shootern um die reale Handhabung einer Bodenluftrakete zu erweitern?

Kurz vor einem Waldstück bogen sie rechts in ein kleines Tal ein, das zu beiden Seiten durch hohe Wälle begrenzt war. «Gleich sind wir da», kündigte Rico an.

Vor ihnen war eine einstöckige Baracke mit einem angrenzenden Parkplatz zu sehen. Ein Mannschaftswagen und mehrere Jeeps waren dort geparkt. Unter ihnen auch vier zivile Wagen. Rico stoppte gleich neben ihnen. «Gehen Sie dort rein», sagte er und steckte sich eine Zigarette an. «Sie werden erwartet. Ich warte so lange auf Sie.»

Levy tat, wie ihm geheißen, und näherte sich der Baracke. Beim Aussteigen erkannte er das Emblem einer springenden Forelle auf den Türen der Zivilfahrzeuge. Clearwater Securities.

Als er den Raum betrat, wurde er von sechs vermummten Gestalten empfangen. Ihre Gesichter waren schwarz geschminkt, ihre Kampfanzüge trugen das Emblem der Forelle. Die Männer, durch die Bank groß und allem Anschein nach kräftig, überprüften die Funktionsweise ihrer Waffen. Das metallische Schnalzen der Verschlüsse kurzläufiger Schnellfeuerwaffen begleitete Levy bis hin zu einem Tresen, wo ihn ein Soldat empfing.

«Mein Name ist Balthasar Levy. Ich bin mit Sergeant O'Brien verabredet.»

Der Soldat prüfte Name und Uhrzeit in einem Buch, das aufgeschlagen auf dem Tresen lag. Levy blickte auf die Eintragungen. Der Name Clearwater tauchte immer wieder auf.

«Levy, Balthasar, Zivilist», antwortete der Soldat. «Bitte setzen Sie sich dort drüben hin, Sergeant O'Brien wird Ihnen gleich zur Verfügung stehen.» Er reichte ihm einen

Ausweis mit einem blauen V für Visitor, den er sich ans Revers heften sollte.

Levy tat es und setzte sich auf eine Bank, von wo aus er jenseits des Tresens in den angrenzenden Raum blicken konnte. Dort hingen zahlreiche Monitore, die Bilder aus verschiedenen Perspektiven ein und desselben Hauses zeigten.

Die Einrichtung war karg, hier und da ein Stuhl, ein Tisch oder Schrank. Alles in einem mitgenommenen Zustand, so wie Wände und Türen, die von Geschosseinschlägen gezeichnet waren. In einem Raum lag jemand am Boden, Gesicht und Oberkörper zur Decke gewandt, neben ihm eine Waffe. Der Mann zeigte kein Lebenszeichen.

Das gleißende Licht einer Blendgranate erhellte plötzlich den Raum, gefolgt von weißem Rauch, der die Szenerie schnell vernebelte. Kurz darauf ratterten Pistolen- und Gewehrsalven über die Lautsprecher, Kommandos wurden geschrien, und dünne Lichtstrahlen suchten ein Ziel.

Die Aufmerksamkeit der sechs Clearwater-Leute war geweckt. Sie erhoben sich und schauten wie Levy durch die Tür auf die Monitore. Durch den sich zaghaft auflösenden Nebel huschten Gestalten, schwer bewaffnet und mit Helm und schusssicheren Westen ausgestattet. Immer wieder gellten ihre Kommandos durch die Lautsprecher. Ihre Vorgehensweise wiederholte sich von Raum zu Raum. Blendgranate, Kommandos, Gewehrsalven.

Als sie den Raum mit dem am Boden liegenden Körper erreichten, schien alles seinen gewohnten Weg zu gehen.

Levy erkannte einen Soldaten, wie er sich mit gezückter Waffe durch den Rauch bewegte und den am Boden liegenden Körper zwar wahrnahm, ihm aber weiter keine Aufmerksamkeit schenkte.

Levy hörte es zuerst aus der Gruppe der Clearwater-Leute, dann streng und laut über die Lautsprecher. «Stopp!»

Aus dem Hintergrund trat ein Mann ins Bild und rüffelte den Soldaten eindringlich. Die Clearwater-Leute schüttelten verständnislos den Kopf. Einer beschimpfte ihn gar als Anfänger.

Auf dem Bildschirm sah Levy, wie die Szene unter Anleitung des Kommandierenden nachgestellt wurde. Sie wiederholte sich, bis zu dem Punkt, als der Soldat an dem totgeglaubten Körper vorbeiging. Doch jetzt legte er seine Waffe auf ihn an, trat ihm auffordernd an den Kopf, und als nichts weiter geschah, verpasste er ihm zwei Schüsse in die Brust und einen in den Kopf. Diese Vorgehensweise fand Zustimmung bei allen Anwesenden.

«Death-Check», sagte einer der Clearwater-Leute. «Zwei in die Brust, einen zur Sicherheit in den Kopf. Damit haltet ihr euch den Rücken frei. So einen Fehler will ich nachher bei uns nicht erleben.»

Zustimmendes Raunen.

Ein Kommando beendete die Übung. Die Clearwater-Leute griffen zu ihren Waffen und gingen hinaus.

Ein Mann, der Kommandierende, öffnete die Tür der Baracke.

«O'Brien», sagte der Diensthabende und zeigte auf Levy, «Besuch für dich.»

«Einen Moment», antwortete er, steckte eine Münze in den Cola-Automaten, entnahm ihm die Dose und bedeutete Levy, ihm nach draußen zu folgen.

Der Rest seiner Truppe saß im Gras und rauchte Zigaretten. Hinter der Tarnschminke zeigten sich jugendliche Gesichter.

«Setzen wir uns ein paar Meter weiter», sagte O'Brien und ging voran. Levy folgte ihm. Der Mann war stattlich gebaut, zumindest machte er einen martialischen Eindruck. Vollbehangen mit allen möglichen Tötungswerkzeugen, Granaten,

Messer, Pistole und MP, ließ er sich ins Gras fallen. ABC-Ausrüstung und Helm legte er beiseite. Dann zückte er ein Taschentuch und begann, sich die Tarnschminke vom Gesicht zu wischen.

«Was wollen Sie wissen?», fragte er.

«Wie Sie wahrscheinlich gehört haben, hat es einen Bombenanschlag auf das Sicherheitsunternehmen Clearwater gegeben.»

O'Brien nickte. Je mehr die Tarnschminke aus seinem Gesicht verschwand, desto mehr zeigte sich, dass sich darunter ein Mann verbarg, der weitaus jünger war, als seine Erscheinung vermuten ließ.

«Colonel Nimrod sagte mir, Sie könnten mir Clearwater etwas näher beschreiben. Um welche Art von Unternehmen handelt es sich dabei?»

Aus dem gnadenlosen Killer, der wenige Minuten zuvor nicht davor zurückgeschreckt war, am Boden liegende Verwundete oder Kampfunfähige zu töten, war nun ein College-Junge geworden, der nach Levys Dafürhalten eher in eine Disco gepasst hätte als an einen Ort, wo gnadenloser Häuserkampf geübt wurde.

«Clearwater gehört zu den zahlreichen privaten Militär- und Sicherheitsunternehmen, sogenannten PMCs, die weltweit operieren. Sie übernehmen Aufgaben, die von den regulären Truppen nicht mehr erbracht werden können. Dazu gehören unter anderem der Wach- und Begleitschutz für Soldaten und Geheimdienste, VIPs, Firmen und Hilfsorganisationen. Sie bilden aber auch Soldaten aus.

Dieser Wirtschaftszweig hat sich in den USA in den letzten Jahren zum Multi-Millionen-Business entwickelt. Wer die Schnauze bei der Army voll hat, geht zu einer PMC. Die behaupten, dass sie mehr Generäle pro Quadratmeter aufweisen können als die Army. Kein Wunder, dort verdienen sie auch das Vielfache, rund achtzigtausend Dollar für einen dreimonatigen Einsatz im Kampfgebiet.

Im Irak sind zurzeit mehr als zwanzigtausend von ihnen tätig. Sie stellen nach den USA das zweitgrößte Kontingent, noch weit vor den Briten.»

«Sind das Söldner, mit der französischen Fremdenlegion vergleichbar?»

«Schlimmer. Das sind Angestellte eines Unternehmens, das wiederum von der US-Regierung beauftragt wurde. Damit unterliegen sie keiner Gerichtsbarkeit, weder der militärischen, da sie keine Soldaten sind, noch der zivilen, da es, wie im Falle Iraks, noch keine gibt. Außerdem ist Gerichtsbarkeit nur etwas wert, wenn man sie faktisch, das heißt, im schlimmsten Fall auch unter Gewalt, herbeiführen kann. Doch die PMCs bilden im Auftrag meiner Regierung auch die irakischen Polizeikräfte aus. Der Schüler wird also kaum gegen seinen Lehrer vorgehen.

Es ist vielmehr so, dass sich die PMC-Leute von niemandem mehr aufhalten lassen und ihren Sonderstatus voll ausreizen. Die schießen selbst auf amerikanische Soldaten und irakische Polizeikräfte, wenn sie an Checkpoints aufgehalten werden. Das sind verdammte, gott- und gesetzlose Rambos.»

O'Brien hatte sich, während er diese Beschuldigungen aussprach, vollkommen unter Kontrolle. Er zeigte äußerlich keine Reaktion. Selbst der Griff in seine Brusttasche, der eine kleine Medikamentendose zutage förderte, wäre nicht auffällig gewesen, wenn Levy darauf nicht das Kürzel eines Psychopharmakas erkannt hätte. Er nahm zwei kleine, gelbe Tabletten zu sich und spülte sie mit Cola hinunter.

«Sie mögen sie offensichtlich nicht», antwortete Levy.

«Diese Leute sind eine Pest, die jede Aussicht auf Befriedung des Iraks zunichte machen. Sie kennen kein Recht, und sie achten nichts und niemanden. Es ist kein Geheimnis, und Sie können es täglich im Irak sehen, wie diese Horden um sich schießen, wenn ihnen danach ist. Es gibt einige Videos davon im Internet, wie sie grundlos aus einem fahrenden Jeep auf zivile Ziele schießen. Just for fun, wie es scheint. Der Irak ist für diese Kerle besser als jede Schießbahn, wo sie nur auf Attrappen ballern. Es ist kein Wunder, wenn hin und wieder einer von ihnen erwischt und durch die Straßen geschleppt wird.»

«Was meinen Sie damit?»

«Es ging durch alle Medien, treffend von unserer Propaganda umgesetzt. *Seht, was die Iraker mit unseren Leuten machen.* In Falludja wurden vier sogenannte *zivile* Amerikaner von der Menge beschossen und verbrannt. Sie zerstückelten sie anschließend und hängten die verkohlten Leichen an Stromleitungen und Brücken auf. Andere wurden an einem Eselskarren durch die Stadt geschleift.

Wenn man den Kontext nicht kennt, dann sind das erschreckende Bilder, die jedes Vorgehen rechtfertigen. Auch die härtere Gangart. Was aber nicht gesagt und gezeigt wurde, war, dass es sich bei diesen amerikanischen Zivilisten um hochbezahlte, gedungene Gesetzlose handelte, die Angst und Schrecken unter der irakischen Bevölkerung verbreiteten. Sie stacheln Aufstände an, haben keinen Respekt vor nichts und niemandem, weder vor Mensch noch Tier oder Privatbesitz.

Wie wollen wir den Irakis Demokratie beibringen, wenn unsere Regierung diesen Horden nicht nur freies Geleit gibt, sondern sie darüber hinaus auch noch beschäftigt? Das ist nicht zu verstehen.»

«Sie zeichnen kein rühmliches Bild Ihrer Regierung. Wieso dienen Sie ihr als Soldat?»

Auch auf diese Frage hatte O'Brien eine überraschend

schnelle Antwort parat. Eigentlich hatte Levy damit gerechnet, dass diese Grundsatzfrage ein Nachdenken bei dem jungen Soldaten auslösen würde, doch wie es sich zeigte, hatte er diesen Prozess schon längst hinter sich.

«Sehen Sie meine Kameraden dort drüben», sagte er und nickte in deren Richtung. «Alles junge und fast noch unschuldige Kerle, so wie ich es auch einmal war. Jeder von ihnen hat seinen eigenen persönlichen Grund, wieso er in die Army eingetreten ist. Der eine hat Verwandte oder Freunde am 11. September verloren, den anderen treibt die pure Abenteuerlust. Beide Gründe sind für mich akzeptabel, auch wenn zwischen Rache und Dummheit eine große Kluft herrscht.

Meine Kameraden und ich sind auf die Verfassung vereidigt. Ich schätze sie als unser höchstes Gut ein, das wir in den Staaten besitzen. Ich kann sie nicht kampflos einer Regierung opfern, die sich zurzeit aus der Ölmafia und der Rüstungsindustrie rekrutiert und das Gesetz nach Gutdünken beugt. Ich kämpfe für meine Verfassung an einer fernen Front, um diesem ganzen Wahnsinn wenigstens eine gute, menschengerechte Seite abzugewinnen.»

«Die da ist?»

«Den Irakis ein lebenswertes Leben nach Saddam zu ermöglichen.»

«Vielleicht wollen die Irakis das selbst in die Hand nehmen?»

«Sicher, das werden sie auch. Aber zuvor müssen wir unsere Hausaufgaben machen, und das heißt zu berichtigen, was bei unserem Vorgehen falsch gelaufen ist. Amerika steht für mehr als Öl und Dollar. Das solltet ihr Deutschen doch am besten wissen.»

Levy war sichtlich irritiert. Ein erstaunlicher junger Mann.

O'Brien entging es nicht. «Wissen Sie, ich entstamme einer irischen Familie. Meine Vorfahren sind vor dem Hunger und den Engländern geflüchtet. Noch heute lebt ein Teil meines Volkes unter englischer Kolonialmacht. Können Sie sich das vorstellen? Mitten in Europa, im aufgeklärten 21. Jahrhundert, wird der Norden des Landes von London aus gesteuert.

Dieser Stachel sitzt noch immer tief. Ich werde mein Möglichstes tun, damit der Irak nicht das gleiche Schicksal erleidet. Meine Arbeit trägt dazu bei, dass sich die Dinge stabilisieren. Danach gehe ich guten Mutes nach Hause zurück.»

«Wann ist Ihr nächster Einsatz?»

«In zehn Tagen.»

Eine Frage lag Levy die ganze Zeit auf der Zunge, er wagte sie aber erst jetzt zu stellen. «Darf ich fragen, wie alt Sie eigentlich sind?»

«Fünfundzwanzig.»

«Und Sie haben bereits im Irak gekämpft?»

«Ja, mit zweiundzwanzig. Ich war bei der Operation Iraqi Freedom dabei, und ich war schon einer der Älteren. Mein Studium hatte sich ein Semester länger hingezogen als geplant, daher war ich spät dran.»

«Was haben Sie studiert?»

«Geschichte und Philosophie.»

Nun wurde Levy einiges klar. Ein normaler Soldat hätte kaum seine Beweggründe so darlegen können, wie er es getan hatte.

Trotzdem stimmte etwas nicht, genau genommen waren es zwei Dinge. «Mit Ihrer Ausbildung und Kampferfahrung hätte ich eigentlich erwartet, dass Sie längst im Rang eines Offiziers sind?»

O'Brien schmunzelte. «Ja, das war ich auch.»

Eine weitere Erklärung blieb aus. Er wollte wohl nicht über die Hintergründe sprechen.

«Noch etwas», erkundigte sich Levy nach der zweiten Ungereimtheit. «Wie lange nehmen Sie schon Psychopharmaka ein? Sind Sie damit überhaupt dienstfähig?»

Wieder ein Schmunzeln. «Ich brauche sie nur in Friedenszeiten, wenn ich zu viel Zeit zum Nachdenken habe. Im Kampf regelt sich alles von allein.»

O'Brien erhob sich, ein klares Zeichen, dass die Unterhaltung für ihn beendet war.

Es reichte auch, Levy hatte einiges über Clearwater erfahren. Dennoch fragte er ihn: «Wer könnte diesen Bombenanschlag auf Clearwater verübt haben?»

«Ich schätze, jeder, der noch einen Rest von Anstand im Leibe hat.»

O'Brien nahm Helm und Waffe zur Hand und machte sich auf den Weg zurück zu seiner Truppe.

Levy folgte ihm. «Woher kennen Sie Colonel Nimrod?»

«Wir haben beide im Irak gedient. Er als Ermittler für die CIC, ich als Soldat, der auch für die öffentliche Ordnung eintrat. Unsere Wege kreuzten sich irgendwann. Er ist ein guter Mann.»

«Wieso nennt er Sie Hitman?»

«Nicht er gab mir den Namen, sondern ich selbst. Jeder in den Kampfeinheiten legt sich ein ehrfurchteinflößendes Pseudonym zu. Das stärkt die Kampfmoral.»

Bei den jungen Kriegern angekommen, ließ er sie durchzählen.

Ihre Kampfnamen lauteten: Terminator, Triple X, Doom und so weiter. Alles Namen irgendwelcher dumpfer Ballerspiele. Videokids eben.

«Und wer ist der Blade Runner?», fragte Levy ahnungslos.

O'Brien zeigte nun das erste Mal eine unkontrollierte Reaktion. Er drehte sich zu Levy um.

«Wer hat Ihnen diesen Namen genannt?»

16

Die Adresse, die Levy von Huey O'Brien erhalten hatte, lautete: Military Hospital, Würzburg. Dort sollte er nach einem Patienten fragen, Jason Cromley, Kampfname: the Cleaner.

Cromley habe mit dem Blade Runner in einer Einheit gedient. Er, O'Brien, hatte Cromley in Bagdad auf einer der zahlreichen Siegesfeiern nach dem 9. April 2003 kennengelernt. Von ihm habe er erfahren, was sich während des dreiwöchigen Sturms auf Bagdad ereignet hatte. Mehr wolle er dazu nicht sagen. Cromley, the Cleaner, sei der richtige Ansprechpartner für ihn, um herauszufinden, wer hinter dem Anschlag auf Clearwater stecken könnte.

Levy verließ das Lager Grafenwöhr mit gemischten Gefühlen. Zum einen hatte er zwar etwas über das Unternehmen Clearwater und seine Bedeutung im Irak erfahren, aber er wusste nicht so recht, was er damit anfangen konnte.

Zum anderen tauchte nun der mysteriöse Blade Runner auf, der für Nimrod und O'Brien eine bestimmte Bedeutung zu haben schien. Was sich dahinter verbarg, wollte keiner der beiden sagen, außer dass sie Levy auf seine Bedeutung aufmerksam gemacht hatten. Wieso taten sie das? Welche Rolle sollte diese Figur aus einem Hollywood-Film für seine Ermittlungen spielen?

Apropos Hollywood, erinnerte sich Levy. Hatte nicht auch diese arabische Journalistin, die er im Kino mit Michaelis getroffen hatte, den Film erwähnt?

Er würde sich den Film anschauen müssen, um zu erfahren, ob eine Botschaft darin verborgen war. Jetzt aber galt es, schnellstens den nächsten Zug zurück nach Hamburg zu bekommen. Levy schauderte bei dem Gedanken, dass ihm eine halbe Weltreise bevorstand.

«Taxi gefällig?», hörte er eine Stimme hinter sich sagen.

Levy drehte sich um. Aaliyah Roshan, die Reporterin des Dubaier TV-Senders Masdar Mawthouk, lehnte lässig an der Fahrertür eines Autos.

«Wie zum Teufel kommen Sie hierher?», fragte Levy überrascht.

«Die Frage sollte eher lauten: Wie zum Teufel wollen Sie hier wieder wegkommen?», antwortete sie schmunzelnd. «Sie sind mitten in der Einöde der Oberpfalz.»

«Sind Sie mir gefolgt?»

«Nein, ich hatte einen Interviewtermin mit dem Lagerkommandanten, wegen der zukünftigen Rolle des Standortes. Dabei erwähnte er, dass ein Kriminalpsychologe aus Hamburg einen seiner Ausbilder befragt. Da wurde ich natürlich hellhörig.»

Zufall oder Plan, rätselte Levy.

Doch die Antwort war im Moment nicht entscheidend. Aaliyah verfügte über ein Fahrzeug, das ihn schneller als die Bundesbahn in die Zivilisation zurückbringen konnte.

«Wohin fahren Sie?», fragte Levy.

«Nach Frankfurt. Ich habe dort meinen nächsten Termin. Wollen Sie mit?»

Noch bevor Levy antwortete, war er zur Beifahrerseite gegangen. «Ich hatte gehofft, dass Sie mich das fragen.»

Nach einer halben Stunde erreichten sie die Autobahn.

Die restlichen dreihundert Kilometer bis Frankfurt sollten sie bis zum Einbruch der Nacht hinter sich bringen.

Levy streckte sich im bequemen Autositz und stellte sich auf eine ruhige Fahrt ein.

«Müde?», fragte Aaliyah.

«Ein wenig schon. Ich bin sehr früh aufgestanden.»

«Ich hoffe, es hat sich gelohnt.»

«Teils, teils. Und bei Ihnen?»

«Ja, es war sehr interessant. Die Truppenverschiebungen, die das US-Militär plant, lassen tief blicken. Ich meine, sie geben Aufschluss über die zukünftige Außenpolitik der USA.»

«Die da wäre?»

«Das interessiert Sie doch nicht wirklich?»

«Auf jeden Fall, und außerdem haben wir eine lange Fahrt vor uns. Erzählen Sie.»

«Nun, es ist kein Geheimnis, und es wurde ja immer wieder angekündigt, dass der sogenannte Krieg gegen den Terror ein langer sein wird.»

«Wieso *sogenannt*?»

Aaliyah blickte Levy an, als prüfte sie, ob die Frage ernst gemeint sei. «Man sollte vielleicht erst mal prüfen, wer die Terroristen in dieser Sache sind. Ich habe den Eindruck, dass die USA nach dieser Definition Krieg gegen sich selbst führen.»

«Sie meinen, die USA sind Kriegsherr und Terrorist in Personalunion?»

Aaliyah nickte. «Es ist wie mit dem Glaser, der nachts die Fenster anderer einwirft, damit er am nächsten Tag etwas zu tun hat. Dieser rote, blutige Faden zieht sich seit über fünfzig Jahren durch die Weltgeschichte. Er ist nun an einem Punkt angekommen, wo sich die Menschen nicht mehr die Fenster einwerfen lassen, ohne zu fragen, wer dahintersteckt.»

«Geben Sie mir ein Beispiel.»

Aaliyah lachte. «Nur eines? Nein, ich gebe Ihnen zwei. Das erste ist der Kriegsvorwand, dass Saddam Massenvernichtungswaffen besessen hat. Wir wissen alle, was zum Schluss davon übriggeblieben ist. Nun, dieser Vorwurf war natürlich nicht völlig aus der Luft gegriffen. So behaupteten amerikanische Politiker und Geheimdienstler hinter vorgehaltener Hand: Natürlich hat Saddam diese Waffen, denn wir haben die Quittungen über die Waffen, die wir ihm geliefert haben.»

«Und wo sind sie geblieben?»

«Genau dort, wo sie laut Forderung der Völkergemeinschaft hingehören: auf dem Müll. Er hat sie wahrscheinlich entsorgt, wie gefordert, oder verkauft, keine Ahnung. Dennoch wurde der Irak angegriffen.

Verstehen Sie mich nicht falsch. Ich habe für den Verbrecher Saddam nicht einen Funken Respekt oder Gnade übrig. Er soll seine verdiente Strafe bekommen.

Aber wenn Sie sich diese jämmerliche Veranstaltung im Sicherheitsrat in Erinnerung rufen, wie der damalige Außenminister die Existenz dieser Waffen anhand von Computerzeichnungen und getürkten Geheimdienstdokumenten beweisen wollte, kann man sich einfach nur an den Kopf fassen. Die Gesichter der anderen ... der Außenminister, können Sie sich noch an die erinnern? Ihrem Außenminister war es an jeder Falte abzulesen. Jeder Zuschauer hat darauf gewartet, dass einer dieser Herren endlich aufsteht und öffentlich gegen diesen Humbug protestiert. Aber keiner hat es gewagt ... und der Waffeninspektor der UNO, mein Gott, den haben sie rechtzeitig mundtot gemacht.

Es ist diese grenzenlose Arroganz, das heuchlerische Lügen, das mich und mein Volk auf die Palme treibt.»

«Welches ist Ihr Volk?»

«Mein Vater ist Iraner und meine Mutter Syrerin. Und damit kommen wir zu Beispiel Nummer zwei: der von Eisenhower und der CIA in der Operation Ajax gestürzte Regierungschef des Iran, Mohammad Mossadegh. Er wollte einen gerechten Anteil an den Einnahmen aus dem Ölgeschäft im Lande behalten. Doch die damalige Fördergesellschaft, die heute als BP firmiert, ließ das nicht zu und strengte mit den USA den Umsturz an. Der Schah Reza Pahlevi kam durch sie an die Macht. Doch wie wir alle wissen, übernahm zwei Jahrzehnte später Chomeini das Ruder. Auch wissen wir, dass der heutige US-Verteidigungsminister, ehemals in CIA-Diensten, ein gerngesehener Mann bei Saddam war. Er rüstete ihn mit allen Waffen auf, die nötig waren, um den Ayatollah-Staat Iran in einen blutigen Krieg zu verwickeln. Doch der Größenwahn Saddams kannte keine Grenzen und kollidierte schließlich mit den Interessen der USA im Hinblick auf Kuwait.

Vielleicht können Sie sich noch an die herzzerreißende Aussage dieses jungen Mädchens im amerikanischen Fernsehen erinnern, das berichtete, wie irakische Soldaten Säuglinge aus kuwaitischen Krankenhäusern rissen, um sie draußen auf der Straße am Boden zu zerschmettern. Das war alles bravourös inszeniert, wenn sich nicht später herausgestellt hätte, dass die Aussage nicht nur falsch, sondern reine Show war, um die Bevölkerung auf den Krieg einzustimmen.

Unter dem Deckmantel der Befreiung, welche im Falle Kuwaits gar keine war, da die kuwaitische Bevölkerung nach wie vor unter der Knute ihrer Regierung steht, wird Krieg um Krieg in der arabischen Welt angezettelt.

Es werden ununterbrochen Fensterscheiben eingeworfen.»

«Amerika ist also der böse Satan, der nur nach Öl schielt. Ist das nicht ein wenig platt?»

«Ohne Öl läuft kein Panzer und kein Grill fürs Barbecue am Wochenende. Die schlichte Erkenntnis, dass der Reichtum der westlichen Welt an billiges und vor allem stetig fließendes Öl gebunden ist, macht diesen Umstand nicht falsch. Man muss sich ihn nur immer wieder in Erinnerung rufen, um zu erkennen, wieso sich die westlichen Mächte für meine Heimat interessieren. Die Gegenfrage könnte ja lauten: Wieso unternehmt ihr nichts an anderen Stellen der Welt, in denen die Freiheit beschnitten wird und grenzenloses Unrecht zur Tagesordnung gehört? Wieso engagiert ihr euch nicht dort in ähnlicher Wiese?»

«Tun wir das nicht?»

«Ich habe keine Flugzeugträger vor den Küsten Afrikas und keine Tomahawk-Raketen auf afrikanische Diktatoren niederfallen gesehen. Was ich aber sehe, sind Milliarden-Geschäfte mit Waffen aus amerikanischer, englischer oder französischer Produktion. Ja, auch chinesische und russische. Schließlich herrscht ja der freie Markt. Und dann sehe ich millionenfaches Leid, Hunger, Mord und Vertreibung, während ihre eigenen Ausbeuter von eurem Währungsfonds noch finanziert werden.

Diese Scheinheiligkeit ist nicht mehr zu überbieten. Und wenn dann noch ein Ex-Alkoholiker mit den intellektuellen Qualitäten einer Flasche Jack Daniel's mir etwas von Zivilisation, Kultur und Werten erzählen will, wissen Sie, Herr Levy, dann fragt man sich schon, wieso man keine Antidepressiva schluckt.»

Levy schmunzelte. Aaliyah war richtig in Fahrt gekommen. Sie ließ kein gutes Haar am Westen, obwohl ihre äußere Erscheinung alles andere als konservativ war. «Sind Sie Muslimin?»

Aaliyah stutzte. «Ja, was hat das damit zu tun?»

«Ich meine ...»

«Sie meinen, weil ich nicht mit einer Burka herumlaufe?» Sie lachte. «Noch schlimmer als Arroganz ist eure Unwissenheit ... nein, ich korrigiere mich. Es ist Ignoranz, das bewusste Nicht-wissen-Wollen. Das ist vielleicht die größte Sünde unter allen. Wenn man den Koran aufmerksam liest und auch verstehen will, so herrscht zwischen Mann und Frau Gleichheit.»

«Die Wirklichkeit sieht aber anders aus.»

«O ja, leider. Aber in diesem Punkt unterscheiden sich Christen und Muslime nicht einen Deut, so wie fast jede andere Weltreligion auch. Jede wurde von Männern geschrieben, und dass die ihr Geschlecht an erster Stelle wissen wollten, ist nachvollziehbar, doch macht sie die jeweilige Religion deswegen noch lange nicht glaubhafter.»

«Im Christentum werden keine Frauen gesteinigt und ...»

«Nicht mehr, Herr Levy. Das ist der einzige Vorteil, den ihr uns gegenüber habt. Ich gebe zu, eine durchgreifende Aufklärung wäre für den Islam mehr als notwendig. Er ist in den Stammesriten und Sitten des ersten Jahrtausends erstarrt. Würden unsere Herrscher nur ein Prozent des Staatshaushaltes in die Bildung ihrer Bürger stecken, dann würde sich, wie es bei euch nach Gutenberg geschehen ist, ganz schnell eine Reformation einleiten lassen. Doch sind unsere Königshäuser gegen Korruption und Unterdrückung genauso wenig gefeit wie die euren. Ihr hattet das Glück und die Gunst eines hellen Kopfes.

Leider fehlt uns ein Gutenberg, und wenn Bildung vermittelt wird, dann geschieht es in den Koranschulen mit einer eindeutigen Ausrichtung.

Umso mehr müssen wir dafür kämpfen, dass das Gottesgeschenk Öl in unserem Land bleibt und die Erlöse daraus der Bevölkerung zugute kommen. Nur dann haben wir eine Chance auf Entwicklung und Fortbestehen. Andernfalls bleiben wir unmündige Vasallen der Scheichs, Mullahs und Bushs.»

«Sie klingen ja fast wie eine Freiheitskämpferin.»

«Habe ich eine andere Wahl?»

Mittlerweile hatten sie die ausgebaute dreispurige Autobahn verlassen und zwängten sich durch das rund einhundert Kilometer lange Nadelöhr zwischen Nürnberg und Aschaffenburg. Ein Autobahnschild zeigte Würzburg in zwanzig Kilometer Entfernung an. Doch viel näher war der Stau, der sich in der Kurve vor ihnen abzeichnete.

Aaliyah schaltete das Radio ein. Prompt kam auch die Staumeldung. Sie nahmen die nächste Ausfahrt, in der Hoffnung, so den Stau umfahren zu können. Doch sie waren nicht die Einzigen. Eine kilometerlange Schlange schlich in die Stadt hinein. Es dämmerte bereits.

«Was jetzt?», fragte Aaliyah.

Levy dachte nach. Ob sie vor Mitternacht wohl Frankfurt erreichen würden? Und was dann? Kein Flieger würde um die Uhrzeit nach Hamburg gehen.

Genauso gut konnten sie einen Zwischenstopp einlegen, etwas essen und ... den Cleaner im Militär-Hospital aufsuchen.

«Was halten Sie davon», fragte Levy, «wenn ich Sie zum Essen einlade?»

Aaliyah schmunzelte. «Ich habe gehofft, dass Sie mich das fragen.»

17

Trinken wir noch was?», fragte Aaliyah. «Schmeckt lecker, der Wein.»

Levy fragte sich, wie sie noch Auto fahren wollte, nachdem sie bereits einen Bocksbeutel getrunken hatten. Die Flasche war leer, aber sein Durst konnte auch noch einen vertragen.

«Nochmal dasselbe?», fragte die Bedienung, die ein waches Auge für ihre Gäste hatte.

«Gerne», antwortete Aaliyah.

Sie waren inzwischen beim Dessert angelangt. Es war ein anstrengender Tag für Levy gewesen, und er fühlte sich nun ausreichend bettschwer, doch da warteten noch eine Portion Weinschaumcreme und zwei Stunden Autofahrt auf ihn.

«Es ist schön hier», sagte Aaliyah im Flackern des Kerzenscheins, «richtig heimelig und romantisch. Finden Sie nicht?»

Levy blickte sich um, was eigentlich unnütz war. Bereits als sie den überdachten Winzerhof betraten, der mit Kerzenlicht illuminiert und mit Weinreben bewachsen war, hatte er sich gefragt, wohin sie der Passant auf ihre Frage nach einer guten Küche eigentlich geschickt hatte. Eigentlich war er von einem kleinen Snack in der Nähe der Autobahn ausgegangen, aber jetzt hatten sie ausgiebig gespeist und getrunken, als wartete nur noch das Wochenende auf sie.

«Sehr schön, überraschend schön sogar», antwortete Levy. «Normalerweise kennt man die Stadt ja nur vom Vorbeifahren.»

Die Bedienung brachte die zweite Flasche Wein, schenkte nach und wünschte ein gutes Gelingen.

Levy blickte auf. Was hatte sie damit gemeint?

Aaliyah schmunzelte. Die beiden Damen schienen sich gut zu verstehen.

«Wir haben den ganzen Abend nur über mich gesprochen», sagte Aaliyah, «von Ihnen weiß ich überhaupt nichts.» Sie zögerte. «Ich wollte Sie nicht gleich darauf ansprechen, aber woher stammen die Narben an Ihrem Hals? Das muss schrecklich weh getan haben.»

Levy verneinte. «Davon habe ich nichts gespürt. Da war ich schon ... wie sagt man, hinüber.»

Aaliyah stutzte. «Sie waren tot? So wie bei einem dieser Nahtodeserlebnisse?»

«Ja und nein.»

Levy nahm einen Schluck und berichtete von seinem letzten Einsatz. War es der Alkohol, die Stimmung oder die Müdigkeit, er erzählte auffallend viel aus seiner Geschichte. Irgendwie störte es ihn nicht, sich einer fast Unbekannten zu öffnen. Eigentlich war es längst überfällig.

«... und als der Benzinkanister explodierte, schleuderte mich die Wucht durch diesen Feuerring, sozusagen direkt aufs Krankenhausbett, wo ich dann aufgewacht bin. Alles, was danach kam, war im Vergleich zum Vorhergehenden erträglich. Die Operationen, das Hoffen ... die Angst ...»

Levy sprach nicht weiter. Diesen Punkt würde er auslassen. Die Erinnerung an seinen Bruder würde ihm an diesem Abend die Stimmung nicht verderben.

«Die Angst ... wovor?», hakte Aaliyah nach.

Levy wand sich. «Nicht so wichtig. Nur etwas, das ich noch lösen muss. Danach bin ich frei.»

Aaliyah schien zu verstehen, sie fragte nicht nach. «Darf ich sie mal berühren?»

Levy zuckte zurück. «Was?»

«Ihre Narben. Ich werde vorsichtig sein.»

Welch ein verrückter Gedanke, was will sie an meinen Narben?, fragte sich Levy. «Warum wollen Sie sie berühren?»

Sie sprach und führte gleichzeitig die Hand vorsichtig an seinen Hals: «Sie sind ein Zeichen für Mut, für die Bereitschaft, für seine Überzeugung einzustehen. Ich schätze das.»

Levy hielt ihre Hand fest, kurz bevor sie ihm zu nahe kam. «Es ist mir unangenehm. Bitte nicht.»

Er log nicht, als er dies sagte. Es war nicht der befürchtete körperliche Schmerz, warum er jede Annäherung zurückwies, die Narben waren Ausdruck seiner erlittenen Verletzbarkeit aus der Vergangenheit, und diese Wunde klaffte noch immer.

Aaliyah akzeptierte das. Sie hob ihr Glas und stieß mit ihm an. «Auf die Zukunft und dass die Dämonen von gestern unsere Beschützer von morgen sein werden.»

Darauf konnte er sich einlassen.

Sein Handy meldete sich. Ein Blick aufs Display zwang ihn, den Anruf entgegenzunehmen.

«Dich wollte ich schon den ganzen Tag anrufen», log er.

«Wo steckst du, verdammt», hörte er am anderen Ende Michaelis schimpfen.

«Wir sind in Würzburg», antwortete er, ohne weiter nachzudenken.

«Wir?»

«Ja, Aaliyah war so nett, mich mitzunehmen. Ich ...»

«Ist das die Reporterin, der wir im Kino begegnet sind?»

«Ja.»

Stille. Levy meinte, ein Knistern in der Leitung zu vernehmen.

«Was will das Weib von dir?»

Nun ging sie einen Schritt zu weit. Levy musste das Feuer herausnehmen. «Nichts, und außerdem geht dich das auch nichts an. Wenn ich den Zug genommen hätte, dann würde ich erst morgen Abend wieder in Hamburg sein. So bringt sie mich zum Flughafen nach Frankfurt. Ich nehme gleich den ersten Flieger. Heute noch.»

Aaliyah verfolgte die Unterhaltung mit einem Schmunzeln, während sie das Dessert genüsslich verzehrte.

«Ja, ich habe was über die Clearwater-Leute herausbekommen. Ein ausführlicher Bericht morgen früh. Und jetzt lass mich in Ruhe fertig essen.»

Noch bevor er das Gespräch beenden konnte, hörte er sie: «Ihr esst zusammen?!»

«Entschuldigung», sagte Levy, als er das Handy ausschaltete und in der Jackentasche verstaute.

Aaliyah winkte ab. «Ich hoffe, ich mache Ihrer Frau keine Probleme.»

Levy erhob leicht die Stimme. «Sie ist nicht meine Frau.»

Sie nickte gönnerhaft. «Keine Sorge, ich verstehe das.»

«Was zum Teufel?»

«Es war ja kaum zu übersehen, dass diese Frau ein Auge auf Sie geworfen hat. Ich konnte sie im Kino ein paar Minuten beobachten und ...»

«Was haben Sie dort eigentlich gemacht?», unterbrach Levy, er wollte von dem ganzen Frauengedöns jetzt nichts mehr hören.

«Ich bin Journalistin, schon vergessen? Bombenanschläge gehören zu meinem täglichen Brot. Zumal, wenn sie einen radikal-islamistischen Hintergrund haben sollen.»

«Was Sie bezweifeln.»

«Sie etwa nicht?»

«Noch liegen keine Erkenntnisse vor, die in eine andere Richtung zeigen.»

Ohne zu antworten, lächelte Aaliyah und führte einen weiteren Löffel des Desserts zum Mund.

«Sie wissen mehr, als Sie preisgeben wollen», stellte Levy fest. Und noch bevor sie darauf antworten konnte, schob er hinterher: «Ja, ich weiß, Sie sind Journalistin. Es ist Ihr Job, in alle Richtungen zu recherchieren. In dieser Hinsicht unterscheiden wir uns nicht. Doch scheinen Sie überraschend gut informiert zu sein.»

«Ich habe meine Quellen.»

«Wer hat Ihnen gesteckt, dass das dritte Opfer ein Mitarbeiter des BND war? Das wissen bis heute nur eine Handvoll Menschen.»

«Damit meinen Sie Leute aus Ihren Nachrichtendiensten. Glauben Sie mir, bevor die etwas hören, weiß ich es schon längst.»

«Gehören Sie auch zu dem Verein?»

«Nein. Aber ich weiß, wen ich fragen muss, um etwas zu erfahren. Seit der Jagd auf die muslimischen Vereinigungen sind eure Spitzel außen vor. Die wirklich wichtigen Informationen werden nur noch in den inneren Zirkeln getauscht. Dort kommt niemand von euch hinein.»

«Sie aber offensichtlich schon. Was qualifiziert Sie dazu?»

«Ich bin eine Vertrauensperson.»

«Als Journalistin?»

«Als Muslimin. Ich weiß, welche Strafe mir nach dem islamischen Recht droht, wenn ich Mist baue.»

«Trotzdem behaupten Sie, dass hinter den Anschlägen keine Muslime stecken.»

«Das haben Sie gesagt. Ich verweise nur darauf, dass es auch andere Möglichkeiten gibt, die durchaus wahrscheinlich sind.»

«Die da wären?»

«Kommen Sie, Herr Levy, ich werde doch nicht ohne Not meine Informationen mit Ihnen teilen. Das wäre unprofessionell. Aber lassen wir das. Es ist so ein schöner Abend, ich möchte nicht über das Geschäft reden. Trinken wir lieber noch einen Schluck.»

Sie hob ihr Glas und wartete, bis Levy es ihr gleichtat. Er zögerte. Diese Frau war gefährlich, er musste sich vor ihr in Acht nehmen. «Okay, lassen Sie uns trinken. Doch eine Bitte: Was wissen Sie über den *Blade Runner*?»

«Wie kommen Sie denn da drauf?»

«Sie haben ihn zur Sprache gebracht. Damals im Kino, als wir uns das erste Mal begegneten.»

«Der Film stand auf dem Programm. Ich habe ihn nur abgelesen.»

«Kommen Sie, Aaliyah, was steckt dahinter?»

Sie seufzte. «Es gibt diesen Film, *Der Blade Runner*, ein Science-Fiction aus den Achtzigern. Darin wird Harrison Ford, der Blade Runner, der eigentlich ein Kopfgeldjäger ist, von der Polizei in Los Angeles beauftragt, eine Gruppe geflüchteter Androiden zu töten. Diese Androiden sind menschenähnlich gebaut, haben aber ein Problem: Ihre Lebensdauer ist begrenzt und läuft bald ab. Um diese zu verlängern, suchen sie ihren Schöpfer, einen ebenso genialen wie abgehobenen Wissenschaftler, auf. Der muss sie jedoch enttäuschen, ihre Lebenszeit lässt sich nicht verlängern. Daraufhin tötet der Anführer der Androiden seinen Schöpfer, so wie es der Blade Runner mit jedem einzelnen Androiden tut, den er in die Finger bekommt. Alles läuft gut, bis zum großen Showdown.

Der Blade Runner hat den letzten Androiden im Kampf gestellt. Doch wieder Erwarten siegt der Android. Statt den Blade Runner aber zu töten, verschont er sein Leben. In dem berühmt gewordenen letzten Dialog zeigt er dem Blade Runner und den Menschen ihre geistige Beschränktheit auf. Dann verabschiedet er sich in den Tod, mit den Worten: Zeit zu sterben.

Was den Film so genial macht, ist das Streben einer Maschine, einer vom Menschen geschaffenen Kreatur nach mehr Lebenszeit. Das ist ziemlich der gleiche Wunsch, wie ihn wir Menschen haben. Doch der Mensch will niemanden über sich haben, und schon gar nicht sein eigenes Geschöpf. Der Mensch will Gott spielen und darüber bestimmen, wer leben darf und wer nicht.

Das ist die ganze Geschichte. Zufrieden?»

«Nicht ganz. Es gibt auch heute wieder einen Blade Runner. Richtig? Was wissen Sie über ihn?»

Aaliyah lächelte. «Ein Mythos, nichts weiter.»

«Ich glaube Ihnen nicht.»

Sie seufzte. «Nun gut. Es hält sich das Gerücht, dass ein Rächer, ein Vollstrecker, unterwegs sei. Er mordet im Auftrag seines Dienstherrn.»

«Wer ist dieser *Dienstherr*?»

«Keine Ahnung. Fest steht nur, dass seine Ziele in irgendeiner Weise mit den Geschehnissen im Irak verbunden sind.»

«Raab war ein BND-Mann, der im Verdacht stand, Zielkoordinaten an die US-Streitkräfte weitergegeben zu haben. Bei den ersten Bombenangriffen auf Bagdad sind aber statt Saddam und seinen Söhnen irakische Zivilisten ums Leben gekommen. Ist es das?»

«In den ersten sechs Monaten sollen rund fünfzig derartige Schläge gegen irakische Kommandeure unternommen worden sein. Kein einziger Offizieller wurde dabei getötet. Zweiundvierzig dieser sogenannten präzisen Luftschläge trafen aber irakische Frauen, Kinder und Zivilisten. So etwas nenne ich nicht Kollateralschäden, sondern *gezielten* Mord.

Und nebenbei, haben Sie mal darüber nachgedacht, ob der BND nicht selbst einen unliebsamen Zeugen aus dem

Weg haben wollte? Der wird vor dem drohenden Untersuchungsausschuss nicht mehr aussagen können.»

Levy überlegte. «Was ist mit den Opfern eins und zwei?»

«Sie meinen, Hanseviertel und Zeil?»

Levy nickte.

«Über Opfer Nummer eins, den PR-Mann Steve Pratchett, ist bekannt, dass er für einen amerikanischen Think Tank gearbeitet haben soll, der die Regierung beriet.»

«Was hat es mit diesem Think Tank auf sich?»

«Wie es der Name schon sagt: Ein Haufen Leute macht sich Gedanken und teilt die Ergebnisse dem Auftraggeber mit, weil der sich nicht selbst die Mühe machen will.

Ein Außenstehender übernimmt also dessen Arbeit. Das wäre nicht weiter schlimm, wenn es sich nicht gerade um eine Regierung handelte, deren Job es ist, auf Basis der Verfassung zu handeln. Dafür werden die Regierungsmitglieder, aber auch die Opposition bezahlt. Alles im Rahmen der Gesetze.

Doch werden Regierungen im Laufe der Zeit faul, oder das, worum es geht, übersteigt deren Horizont. Dafür gibt es dann Think Tanks, externe privatwirtschaftliche Unternehmen, die im besten Fall Entscheidungen der Regierungen vorbereiten, im schlechtesten sie gar herbeiführen. Im Wirtschaftsenglisch heißt der entsprechende Vorgang Outsourcing.

Wenn es sich jedoch um sicherheitsrelevante Dinge handelt, oder wie in unserem Fall um die Vorbereitungen auf einen Krieg, dann kommt diesen externen Beratern eine Rolle zu, die sie eigentlich nicht ausüben dürften.

Nun, wenn man sich die Zusammensetzung der amerikanischen Regierung ansieht, dann sitzen dort Männer auf einer Position, die noch vor gar nicht allzu langer Zeit multilateralen Firmen vorstanden. Deren Interessenlage, verknüpft mit den Möglichkeiten eines politischen Mandatsträgers, befeuert durch die Ergebnisse privatwirtschaftlicher Beraterfirmen ... was glauben Sie, welche Politik da betrieben wird?

Dieses System ist nicht nur korrupt, sondern geht Hand in Hand mit den Erwartungen der Aktionäre.

Wenn es nicht selbst ein amerikanischer Präsident vor laufender Kamera einmal gesagt hätte, dann könnte man meinen, das sei alles neu. Doch Dwight Eisenhower, der, nebenbei gesagt, auch seinen unrühmlichen Anteil am Unfrieden in meiner Heimat hat, dieser Eisenhower hat am 17. Januar 1961 in seiner Abschiedsrede an die Nation ausdrücklich und eindringlich vor der Verquickung des industriellen und des militärischen Komplexes gewarnt.

Das muss man sich mal vorstellen, ein ehemaliger Fünf-Sterne-General und Präsident der USA warnt öffentlich die Bevölkerung vor den Machenschaften der Militärindustrie mit der Regierung. Er sah die Gefahr damals bereits keimen, die heute in der präventiven Kriegsführung aufgeht. Das ist ein Paradies für Rüstungsunternehmen und Beraterfirmen.

Also, wie im alten Wilden Westen: erst schießen und dann fragen. Das ist die Kultur des amerikanischen Imperialismus. Es hat sich nichts geändert ... bis jetzt.»

«Was meinen Sie damit?»

«Lassen Sie Ihre Phantasie spielen, Herr Levy.»

«Wie ich erkennen muss, sind Sie weit länger und tiefer in der Materie, als ich es bin. Ich höre Ihnen gerne zu.»

Aaliyah war sich ihrer Überlegenheit bewusst. Levy konnte nicht feststellen, ob sie es genoss oder ob sie einem Novizen Nachhilfeunterricht geben wollte.

«Gehen wir zu Fall Nummer drei», fuhr sie fort, «diesen amerikanischen Soldaten, der auf der Zeil getötet wurde. Zufall? Auf den ersten Blick schon, zumal auch nichts Verdächtiges über ihn bekannt wurde. Kein Wunder bei der Informationspolitik des Militärs.

Doch wenn man sich in bestimmten Journalistenkreisen umhört, etwas tiefer in die Materie der Informationsverbreitung einsteigt, dann stößt man auf den Begriff *blow back.* Das ist ein typischer CIA-Begriff. Er beschreibt den Vorgang der gezielten Informationsmanipulation, die Desinformation.

Dabei streut das US-Militär gezielt Falschmeldungen in ausländischen Medien, bezahlt sogar für deren Veröffentlichung. So geschehen im Irak. Tagtäglich. Diese Presseartikel werden dann von den amerikanischen Medien aufgenommen und im eigenen Land verbreitet. Zweifel, dass an den Nachrichten etwas nicht stimmen könnte, verstummen, da ja nicht die USA selbst, sondern die vermeintlich unabhängigen, zum Teil sogar feindlich gesinnten ausländischen Medien darüber berichteten. So macht man exzellente Kriegsberichterstattung aus dem feindlichen Gebiet. Kritische oder gegenteilige Meldungen haben da fast keine Chance.»

«Und wie war dieser US-Soldat darin verwickelt?»

«Meinen Recherchen nach gehörte er zu einer Nachrichteneinheit, die für die Erstellung und Verbreitung derartiger Falschmeldungen zuständig war.»

«Woher wissen Sie das alles?»

«Mein Gott, ich bin Journalistin. Ich habe Informanten, denen nicht alles gefällt, was diese oder gar ihre eigene Regierung macht. Es gibt auch unter den Amerikanern Leute, die über ein Gewissen verfügen.»

Allmählich fragte sich Levy, ob Aaliyah nicht besser geeignet wäre als er und das gesamte Team, um die Anschlagsserie aufzuklären. Sie kam an Informationen, die er nur mühsam und zum Teil gar nicht bekommen hatte. Das Gerangel um Zuständigkeiten und Kompetenzen im Apparat führte jede schnelle Informationsbeschaffung ad absurdum.

«Sie sehen mich beeindruckt», gab Levy zu. «Worum ich tagelang bitten muss, erhalten Sie mit einem Bündel Dollars.»

Doch Aaliyah wehrte sich gegen eine schnelle Verurteilung. «Ich mache nichts anderes als unsere großen Lehrmeister, die USA. Sagt man nicht: Money talks, bullshit walks? Alles dreht sich um den Dollar, zumindest für die. Ich sehe nichts Verwerfliches darin, ihre stärkste Waffe gegen sie selbst zu richten. Sie sind schwach. Sie bauen ihr Heil auf ein Stück Papier. Mit einem einzigen Funken kann es zerstört werden. Kaum zu glauben, dass sich die Welt von Papiertigern regieren lässt.»

«Es ist nicht der Dollar, der sie stark macht, sondern die Macht, die sie damit ausüben.»

«Nur so lange, bis sie auf jemanden treffen, der nicht käuflich ist.»

«So einer wie den Blade Runner?»

«Sie meinen, er ist der unbestechliche Rächer der Unterdrückten? Ein Robin Hood der arabischen Welt? Ich denke, diese Rolle ist mit Osama bereits besetzt. Er ist der allmächtige Löwe, dem sie andächtig folgen. Nur er hat es bisher geschafft, die Amerikaner im Herzen ihrer so stolzen Stadt zu verletzen.»

«Sie verteidigen ihn doch wohl nicht?»

«Keineswegs. Sollte alles zutreffen, was man ihm vorwirft, dann ist er kein Deut besser als seine Feinde.»

«Eben sprachen Sie vom bewundernswerten Löwen.»

«Was die Symbolik angeht, ja. Die Türme zum Einsturz zu bringen, war eine Meisterleistung psychologischer Kriegsführung. Seit dem 11. September weiß die ganze Welt, dass Amerika verwundbar ist.»

«Nur dumm, dass daraus der Angriff auf den Irak resultierte.»

«Glauben Sie mir, diese Pläne lagen längst in der Schublade. Der 11. September war ein Gottesgeschenk für sie, um endlich das zu tun, was sie seit Eisenhower tun wollten.»

«Und zwar?»

Aaliyah lächelte gezwungen. «Sie wissen, was das ist. Verleiten Sie mich nicht zu Platituden.»

«Nochmal zurück zum Blade Runner. Ist Ihnen bei Ihren Recherchen jemals dieser Name untergekommen?»

«Hin und wieder. Doch wenn man nachfasst, dann zerplatzt er wie eine Seifenblase. Er ist ein Mythos.»

«Wer hat diesen Mythos aufgebracht?»

«Wie man so hört, amerikanische Soldaten, die im Irak waren. Er verkörpert so etwas wie ihr verlorengegangenes Gewissen.»

«Aber war der Blade Runner aus dem Film nicht ein erbarmungsloser Kopfgeldjäger?»

«Bis zum Zeitpunkt, als der Android ihm das Leben schenkte, ja. Danach rettete er eine noch verbliebene, allerletzte Androidin vor dem Tod. Der Staatskiller für die gerechte Sache wandelt sich zum Schluss in ein mitfühlendes Wesen. Ziemlich melodramatisch, nicht wahr?»

Aaliyah nahm ihr Glas zur Hand. «Auf die Besinnung.»

Levy tat es ihr gleich, ohne darauf zu achten, dass auch diese Flasche zur Neige gegangen war.

«Noch eine?», fragte die Bedienung.

«Wie bitte?», fragte Levy.

«Noch eine Flasche?»

«Um Himmels willen», entfuhr es Levy, als er die leere Flasche bemerkte. «Wir haben noch eine Autofahrt vor uns.»

«Nicht mit mir», antwortete Aaliyah. «Ich bin froh, wenn ich den Weg ins Bett noch schaffe. Sie müssen fahren.»

«Ich fahre nicht.»

«Wieso nicht?»

«Das ist eine andere Geschichte. Zahlen, bitte.»

Die Bedienung war so freundlich, ihnen ein nahegelegenes Hotel zu nennen. Sie machten sich auf den Weg. Aaliyah konnte auf dem kurzen Weg eine Stütze gebrauchen.

«Wieso haben Sie so viel getrunken?», fragte Levy. «Sie wissen doch, dass ...»

«Mein Gott, ihr Deutschen. Immer korrekt. Es war schön, ich habe es genossen, mit Ihnen zu essen und zu trinken. Das ist Kultur. Verstehen Sie?»

Sie bekamen zwei Einzelzimmer, Tür an Tür. Nachdem sie sich auf den Gang verabschiedet hatten, schälte sich Levy aus seinen Klamotten und fiel ins Bett. Nicht nur, dass er hundemüde war, er war auch den Alkohol nicht mehr gewohnt.

Kurz bevor sein Bewusstsein schwand, öffnete sich die Tür zu seinem Zimmer. Verdammt, er hatte nicht abgeschlossen.

Er setzte sich auf, wollte dem Störenfried sagen, dass er sich in der Tür geirrt hatte, als ein nackter Körper zu ihm unter die Decke rutschte.

«Aaliyah?», sagte er schlaftrunken.

Sie legte den Finger auf seine Lippen, küsste ihn am Hals. Er schreckte zurück, sie hielt ihn fest.

«Ich werde vorsichtig sein», hauchte sie in sein Ohr.

18

Muhammed sah sie in der Küche stehen, kochen. Sie war gut gelaunt, offensichtlich hörte sie Musik oder sah fern, da sie mitsang und das TV-Geschehen kommentierte.
Sie konnte ihn nicht sehen. Er war genügend weit entfernt und außerdem durch das Blattwerk im Baum gegen eine Entdeckung geschützt. Durch den Feldstecher überbrückte er die rund zweihundert Meter zwischen dem Stacheldrahtzaun der Kaserne und seinem Aussichtsplatz.

Sie hatte sich kaum verändert, seitdem er sie das letzte Mal gesehen hatte, damals, in diesem irakischen Gefängnis.

Der Colonel war verzweifelt gewesen, wusste sich nicht mehr anders zu helfen, als den ungeheuren Skandal an die Öffentlichkeit zu bringen. Es war ihm nicht leichtgefallen, und er ging ein großes Risiko ein. Er selbst konnte es nicht tun. Seine Berichte waren ins Leere gelaufen, und der neugeschaffene Patriot Act, der jede kritische Stimme zu den Machenschaften des Militärs unter Strafe stellte, würde ihn und seine Familie ins Unglück stoßen. Diesen Job musste jemand von außen erledigen, jemand, der wusste, wie man es anstellte, und der keine Skrupel kannte.

Die Uniform war etwas knapp gewesen, aber sie würde ihm Zutritt verschaffen – der Colonel erwartete ihn.

Am Tor meldete er sich beim Wachhabenden. Der Gegencheck verlief wie geplant, sein Name wurde notiert, und er wurde durchgewinkt. Eine Leibesvisitation war bei US-Soldaten nicht üblich. Man kannte die Gefahr, die von außen drohte, noch nicht. Sie hielten sich für unverwundbar. Niemand ahnte, was er in den Taschen mit sich trug.

Es war zur Mittagszeit gewesen. Auf dem Gang war es ruhig. Unter dem schummrigen grün-grauen Licht der Deckenbeleuchtung ging er auf blankem Beton zur Tür, die ihm genannt worden war. Zu seiner Seite blickte er in vergitterte dunkle Zellen. Bei vielen hatten sich Pfützen am Boden gesammelt. Sie schienen durchsichtig, gelblich, andere rosa.

Ein Geräusch. Es klang nach einem Stöhnen. Er näherte sich ihm, blieb vor einer Zelle stehen und blickte hinein.

Im Dunkel, das nur durch das Licht vom Gang aufgebrochen wurde, sah er einen Mann, den Kopf gesenkt, nackt, mit zahlreichen Wunden am Körper, der wie ein Bogen nach vorne durchgebeugt war. Seine Hände waren nach oben an der Wand festgekettet. Zu seinen Füßen schwärmten Fliegen auf Erbrochenem und seinen Fäkalien.

Muhammed schreckte zurück, nicht nur wegen des Anblicks, mehr aufgrund des Gestanks, der aus der Zelle drang. Er zwang sich zurück an die Gitterstäbe. An seinem Kragen, unter dem Rangabzeichen eines Sergeant, war das kleine elektronische Auge versteckt. Es würde alles aufnehmen, was er sah.

Es fiel ihm schwer, Ruhe zu bewahren. Seinem ersten Impuls folgend, wollte er schreien, um Hilfe rufen, diesen Menschen aus seiner Qual befreien. Doch er war hier in einem Gefängnis, einem, von dem die Welt draußen nichts wusste, nichts wissen durfte. Diesen Menschen zu retten war aussichtslos.

Ein Schrei am Ende des Gangs. Hinter einer grünlackierten, speckigen Stahltür drangen Kommandos an sein Ohr, gefolgt von weiteren Schreien.

Er ging vorsichtig darauf zu. In der Tür war ein Spion eingelassen, dessen Klappe sich zur Seite schieben ließ. Sie war auf Höhe seines Gesichts angebracht. Das würde reichen, damit die Kamera hindurchschauen könnte. Mit der Hand an der Klappe erschrak er, als zu seiner Seite eine Tür aufgestoßen wurde. Heraus kam der Colonel, gefolgt von einem weiteren Offizier.

Sie mussten sich gestritten haben, gemessen an der Gesichtsfarbe des Colonel.

Als er Muhammed sah, reagierte er sofort. «Wo haben Sie sich herumgetrieben?!», brüllte er ihn an.

Muhammed antwortete nicht. Er wusste nicht, wie er reagieren sollte.

Der Mann hinter dem Colonel stellte sich an dessen Seite. Er blickte auf Muhammeds Uniform. «Geben Sie Antwort, Sergeant ...», blaffte auch er und suchte nach dem Namensschild, «Hernandez. Nehmen Sie Haltung an, wenn ein Offizier mit Ihnen spricht.»

Muhammed ließ die Hacken knallen und die ausgestreckte Hand zum Gruß an die Schläfe schnellen. «Ja, Sir.»

«Steht der Wagen bereit?», fragte der Colonel.

Welcher Wagen? Ja, klar, der Wagen. «Ja, Sir. Alles zum Abmarsch bereit, Sir.»

«Dann kommen Sie endlich», befahl der Colonel und ging an Muhammed vorbei auf den Gang. Er folgte ihm.

Der Colonel drehte sich nochmal um, rief dem Offizier, der noch immer in der Tür stand, zu: «Ich werde die Sache nicht auf sich beruhen lassen, Major. Egal, wie Ihre Befehle lauten.»

Doch der Major hatte nur ein Grinsen für ihn übrig. Er schien zu wissen, dass er nichts zu befürchten hatte.

Ein Schuss. Er kam von der Tür mit dem Spion. Instinktiv griffen die beiden Offiziere zum Pistolenhalfter.

Die Tür wurde von innen geöffnet. Der Colonel reagierte schnell. Er dirigierte Muhammed hinter seinen Rücken, sodass er von den anderen nicht gesehen wurde.

Ein Soldat schleifte einen Körper an den Füßen auf den Gang und ließ die nackten Beine auf den Beton fallen. Eine breite Blutspur zeichnete die Kopfverletzung nach.

Muhammed blickte an dem Colonel vorbei. Er sah, dass eine Kugel, die am Auge eingedrungen war, dem Mann den halben Schädel weggesprengt hatte. Auf dem nackten Körper zeigten unzählige Wunden von Zigaretten und Messern, dass sein Leiden lange gedauert haben musste.

Der Colonel war nun nicht mehr zu halten. «Was geht hier vor?!», brüllte er.

Noch bevor der Major antworten konnte, traten aus dem Verhörraum zwei Männer in Zivil und eine Frau in Uniform.

«Wer sind Sie?», fragte einer der Zivilisten den Colonel. Er schien wenig davon beeindruckt, dass er einem ranghohen Offizier gegenüberstand.

«Das ist …», sagte der Major, wurde aber von der Frau unterbrochen. «Colonel Nimrod.»

Sie kam auf ihn zu. Muhammed erkannte auf ihrer Uniform das Rangabzeichen eines Lieutenants, auf ihrem Gesicht lag ein Lächeln.

«Ein bedauerlicher Unfall», sprach sie weiter. «Der Häftling ist auf mich losgegangen. Es war dem schnellen Eingreifen von Agent Baker zu verdanken, dass nichts Schlimmeres passiert ist.»

«Agent?», fragte Nimrod.

«Baker, CIA», antwortete sie. «Die Befragung des Gefangenen fand unter seiner Leitung statt. Sie verstehen?»

Nimrod bebte innerlich vor Zorn. Muhammed konnte es förmlich spüren.

«Was sind das für Wunden an seinem Körper?», fragte er. «Hat er sich die vielleicht selbst zugefügt?»

Der Lieutenant drehte sich kurz um, blickte auf den toten, geschundenen Körper. «Die Mitgefangenen hielten ihn für einen von Saddams Leuten. Wir übrigens auch.»

«Wieso ist er dann nicht separiert worden?»

«Wissen Sie, Colonel, wir sind chronisch unterbesetzt. Wenn Sie Ihren nächsten Bericht schreiben, dann würde ich mich freuen, wenn Sie das zur Sprache bringen. Vielleicht kann sich das CID mehr Gehör verschaffen als wir.»

Sie blickte an ihm vorbei, nahm Muhammed ins Visier. «Wer ist Ihr Begleiter, wenn ich fragen darf?»

Der Colonel reagierte schnell. «Mein Fahrer.» Er wandte sich Muhammed zu. «Gehen Sie raus und starten Sie den Wagen. Ich bin gleich da.»

Muhammed ließ sich das nicht zweimal sagen und verschwand. Er hörte sie noch fragen: «Wieso ist das nicht einer von Ihren Männern, sondern ein Marine?»

Draußen im Humvee spulte er eilig den Recorder zurück und startete die Aufnahme.

Erleichtert atmete er auf. Er hatte alles drauf.

Ja, sie hatte sich kaum verändert in den zwei Jahren, sagte sich Muhammed. Noch immer machte sie einen resoluten Eindruck, selbst auf diese Entfernung, durch ein Fernglas beobachtet.

Nun musste er sie nur noch vor die Haustür und aus der Kaserne herausbringen. Die Offizierswohnungen hatten einen eigenen Zugang abseits des zentralen Eingangstors. Ein zweites Gate, mit einem Wachmann und mehreren Überwachungskameras gesichert, war rund hundert Meter entfernt. Wenn sie die Kaserne betrat und wieder verließ, dann tat sie es dort ...

Aber was war das? Muhammed wollte seinen Augen nicht glauben. Er justierte die Schärfe am Fernglas.

Zweifellos. Sie hielt ein Kind auf den Arm und küsste es. Sie war Mutter geworden.

Verdammt.

19

Levy glaubte ein Pochen zu hören. Unklar, woher es kam. Er drehte sich zur Seite, öffnete die Augen. Auf der Stuhllehne hing seine Hose, das Jackett lag am Boden, Hemd und Schuhe verstreut daneben. Ein Zettel.

Ins Türschloss fuhr scheppernd ein Schlüssel, dann wurde die Tür geöffnet. Levy erkannte das Zimmermädchen.

«Entschuldigung», sagte sie, «ich dachte, Sie hätten schon ausgecheckt.»

«Wie spät ist es?», fragte Levy.

«Kurz vor zehn Uhr.»

Er sprang aus dem Bett. Das Zimmermädchen, das bereits auf dem Rückzug war, merkte zuerst, dass er nackt war. Sie sah auch seine Wunden, die sich vom Hals abwärts bis zur Hüfte erstreckten. Verschämt blickte sie weg und schloss die Tür hinter sich.

«Verdammt, verdammt», schimpfte Levy mit sich, während er seine Klamotten aufsammelte und sich anzog.

Der Zettel. Er nahm ihn zur Hand und las:

Musste los. Termin in Frankfurt. Aaliyah.

Und zum Schluss: *Du bist wunderschön.*

Levy steckte den Zettel in die Tasche. Im Bad warf er sich eine Handvoll Wasser ins Gesicht und Haar. Dann ging er los.

Alles sei bezahlt, sagte der Mann an der Rezeption. Ein kleines Frühstück sei vorbereitet.

«Wann hat Aaliyah ... Frau Roshan das Haus verlassen?», fragte Levy.

Der Mann sah nach. «Gegen sieben Uhr dreißig.»

Levy nahm den Kaffee in der Lobby. Er versuchte zu rekonstruieren, was letzte Nacht geschehen war.

Aaliyah, das war geschehen, sagte er sich. Wie konnte sie ihm nur so nahe kommen? Hatte er nicht klar und deutlich zum Ausdruck gebracht, dass er nicht interessiert war? Doch das kümmerte sie nicht.

Dann griff er in die Tasche, holte den Zettel nochmals hervor und las: *Du bist wunderschön.*

Sie hatte gehalten, was sie versprochen hatte. Er berührte seinen Hals und lächelte.

Er fühlte sich gut. Überraschend zufrieden und ausgeglichen. Vielleicht war es das, was er gebraucht hatte. Er leerte die Tasse und fragte den Rezeptionisten nach der schnellsten Verbindung nach Hamburg. Der ICE brächte ihn innerhalb von dreieinhalb Stunden dorthin, antwortete er. Der nächste ginge in zwei Stunden. Solle er eine Reservierung vornehmen?

Levy bejahte. Zwei Stunden, sagte er sich. Wieder griff er in die Tasche, suchte nach dem anderen Zettel, den ihm Sergeant O'Brien gegeben hatte, auf dem die Adresse und der Name stand. Doch er griff ins Leere. Vielleicht war er herausgefallen. Er nahm den Weg hoch ins Zimmer.

Das Zimmermädchen war gerade dabei, die Tür hinter sich zu schließen. Er schlüpfte an ihr vorbei ins Zimmer. Unter ihrer Aufsicht durchsuchte er jede Ecke und jeden Winkel.

Schließlich: «Haben Sie einen Zettel gefunden?»

Die Kleine verneinte.

«Sind Sie sicher?»

«Ja, absolut.»

Levy rieb sich die Stirn, versuchte, die Worte zu erinnern, die auf dem Zettel standen.

Würzburg ... Militärhospital ... irgendetwas mit Cromwell, nein ... Cromley.

Das Taxi setzte ihn vor einem mächtigen, weißgestrichenen Gebäude ab. Es war auf einen der Hügel erbaut, die die Stadt ringsum säumten. Auf der anderen Seite des Tals erkannte er eine herrschaftliche Burg, die die Stadt zu ihren Füßen bewachte.

Nicht weniger schutzlos war der Zugang zum Military Hospital Würzburg. Zivile Sicherheitskräfte überprüften jeden, der Zugang haben wollte. Hinter brusthohen Sandsackbauten schaute ein Soldat hervor. Der Lauf eines M-16, des amerikanischen Sturmgewehrs, wies in seine Richtung.

«Your ID, please», sagte ein Wachmann zu Levy.

Er reichte ihm seinen Personalausweis. «Ich möchte einen Patienten sprechen.»

«Tut mir leid», antwortete der Wachmann auf Deutsch, «Zivilisten haben keinen Zutritt. Nur Militärs und Angehörige.»

Levy trat zurück, gab den Weg für die anderen frei. Was nun? Er überlegte und erinnerte sich an einen Mann, der ihm helfen könnte. Die Auskunft verband ihn mit dem CID-Büro von Colonel Nimrod in Mannheim.

«Balthasar Levy hier», sagte er. «Sie erinnern sich?»

«Sicher», antwortete Nimrod. «Ich habe Ihre E-Mail erhalten und bereits beantwortet.»

«Danke, aber ich brauche in einer anderen Sache nochmals Ihre Hilfe.»

Levy berichtete von dem Gespräch mit O'Brien und dass er nun vor dem Militärhospital in Würzburg stünde.

«Warten Sie», sagte Nimrod, «ich spreche mit dem Sicherheitschef.»

Nach fünf Minuten erhielt der Wachmann Order, Levy passieren zu lassen.

Als er das Hospital betrat, kam ein Mann in einem weißen Kittel auf ihn zu. «Sind Sie Herr Levy?», fragte er.

Levy nickte.

«Major Tomlin. Ich bin der behandelnde Arzt von Staff Sergeant Cromley. Wie kann ich Ihnen helfen?»

«Ich möchte mit Jason Cromley sprechen.»

«Worum geht es?»

«Müssen Sie das wissen?»

«Ja, er hat einen Code F43.1.»

Nach der Internationalen Klassifikation von Krankheiten war das eine Angststörung, eine ...

«Posttraumatische Belastungsstörung, auch als ‹Soldatenherz› bekannt», führte Major Tomlin Levys Gedanken zu Ende. Die PTBS, so die Kurzform, war eine anhaltende psychische Störung, vor allem bei Kriegsteilnehmern, verbunden mit einem hohen Leidensdruck. Die Betroffenen durchlebten die Situation, die zu ihrer Traumatisierung geführt hatte, im Nachhinein immer wieder neu. Ungewöhnlich stark erlebte Flashbacks versetzten sie in Todesangst. Selbstmord war nicht selten die Folge.

«Ich möchte mit Cromley über einen seiner Kriegskameraden sprechen», sagte Levy.

«Sie sind sich der Gefahren bewusst?», antwortete Tomlin.

«Ja, ich bin Psychologe.»

Tomlin zog die Risiken einer Rückführung Cromleys in dessen Kriegszeit in Erwägung. «Ich bin mir nicht sicher, ob das zum jetzigen Zeitpunkt gut ist. Ich habe es schon dieser Frau gesagt ...»

«Welcher Frau?»

«Vor Ihnen war bereits schon jemand hier, um mit Sergeant Cromley zu sprechen.»

«Wie hieß sie?»

«Habe ich vergessen. Dennoch, es bleibt dabei. Sergeant Cromley ist in einem kritischen Zustand.»

«Ich werde behutsam vorgehen.»

«Sicher, aber die Medikamente haben gerade erst begonnen zu wirken. Ich müsste erst das Urteil des Traumatologen einholen.»

«Dann tun wir es doch.»

Major Tomlin lächelte gezwungen. «Wenn Sie mir einen besorgen, gern. Die Army betrachtet eine ausreichende Anzahl von Trauma-Spezialisten als nicht notwendig. Alles, was mir bleibt, ist, das richtige Medikament zu finden und auf die Zeit zu hoffen.»

«PTBS-Patienten sind aber nicht gerade eine Randerscheinung nach Kriegshandlungen. Sind Sie nicht darauf vorbereitet?»

«Ich bin Arzt, aber auch Soldat. Meine Befehle lauten, zu tun, was im Rahmen meiner Möglichkeiten steht. Spezialisten zur Behandlung von Traumatisierungen sind darin nicht vorgesehen.»

«Und wenn Sie ihn zurück in die Staaten bringen? Dort wird es doch bestimmt ...»

«Er weigert sich.»

«Wie meinen Sie das?»

«Er möchte nicht nach Hause zurückkehren. Er schämt sich. Er hat Angst, die Erwartungen, die seine Familie und Freunde in ihn gesetzt haben, nicht erfüllt zu haben. Es geht nicht um seine Leistungen als Soldat, die waren einwandfrei. Es geht um die moralische Rechtfertigung seines Tuns. Daran ist er gescheitert. So empfindet er es zumindest.»

«Seit wann ist er hier?»

«Er wurde vor einem Monat eingeliefert, nachdem er aus Ramstein geflüchtet war.»

«Wovor?»

«Ich nehme an, vor seinen Leuten, der Army, vor allem. Seine Einheit war nur auf einem Zwischenstopp, sollte am nächsten Tag zurück in die Staaten fliegen. In dieser Nacht ist er ausgebrochen und hat sich mehrere Wochen durchs Land getrieben. Vor ein paar Tagen wurde er hier in der Nähe aufgegriffen. Er stand auf einer Brücke und wollte sich hinunterstürzen. Sollte er jemals das Krankenhaus wieder verlassen, wartet ein Disziplinarverfahren auf ihn.»

Aus der Tiefe des Gangs rief jemand: «Major Tomlin, wir brauchen Sie, dringend.»

Tomlin nickte und reichte Levy die Hand. «Sie finden Cromley im Park. Er sitzt auf einer Bank, direkt unter einem Kirschbaum. Sie können ihn nicht verfehlen. Seien Sie aber vorsichtig. Man weiß nie, wie er reagiert. Wenn es Probleme gibt, rufen Sie nach der Security. Sie ist auf dem ganzen Gelände verteilt.»

Levy bedankte sich und ging durch eine Tür hinaus. Nach ein paar Schritten fand er den Kirschbaum und eine Bank. Darauf saßen zwei Männer.

«Sergeant Cromley?», fragte Levy die beiden.

Der linkssitzende Mann schaute ihn an. Sein Blick war in keinster Weise überrascht oder aufmerksam. Die Medikamente hatten alles Licht aus seinen Augen genommen. Levy schätzte ihn auf Ende zwanzig. Die Haare waren über das militärische Soll hinausgewachsen, strubbelig und nicht gepflegt. Auch eine Rasur hätte der Mann nötig gehabt. Sein Erscheinungsbild passte zu Major Tomlins Diagnose. Alles Leben in diesem Mann war auf die notwendigen Vorgänge reduziert.

«Meine Name ist Balthasar Levy. Sergeant Huey O'Brien gab mir Ihren Namen. Er sagte, Sie könnten mir zu einem Ihrer Kameraden etwas berichten.»

Cromley schaute ihn aus graubraunen Augen ausdruckslos an. Antidepressiva. Es schien, als ob er nicht verstanden hätte.

Der andere Mann meldete sich zu Wort. «Haben Sie etwas Geduld. Er kennt Sie noch nicht. Es braucht Zeit.»

Levy nickte und reichte ihm die Hand zum Gruß. «Balthasar Levy. Angenehm.»

«Jeffrey», stellte er sich vor. «Ich bin ein Freund von Jason.»

Dieser Mann wirkte wach. Sein Händedruck war bestimmt, trotzdem irgendwie dünn, wie auch dessen Statur, nicht schmächtig, sondern kantig trainiert, wie bei Marathonläufern üblich. Er wirkte gepflegt, hatte wahrscheinlich eine Urlaubsreise in der Sonne hinter sich oder war ein Kamerad Cromleys, der aus dem Einsatzgebiet zurückgekehrt war. Auch das Alter trennte sie. Er mochte gut vierzig Jahre alt sein.

«Wie geht es ihm?», fragte Levy.

«Besser», antwortete Jeffrey. «Hier hat er Ruhe gefunden.»

«Ist er ansprechbar?»

«Ja, aber erhoffen Sie sich nicht zu viel. Am besten setzen Sie sich eine Weile zu ihm, bis er anfängt, Sie zu akzeptieren.»

Jeffrey umarmte Cromley. Sie verabschiedeten sich stumm. Levy erkannte nun, wieso ihm der Händedruck Jeffreys so dünn vorgekommen war. Ihm fehlten zwei Finger. Wahrscheinlich ein Souvenir aus dem Krieg.

Er erhob sich. «Machen Sie's gut», sagte er zu Levy und ging.

Levy nickte und schaute ihm nach. Dann setzte er sich auf den frei gewordenen Platz und wartete auf eine Reaktion Cromleys. Der ließ sich jedoch Zeit. Weitaus spannender als ein Gespräch empfand er den Kirschbaum und die Amseln, die hin und wieder darauf landeten.

So verstrich gut eine halbe Stunde, und Levy war kurz davor, wieder zu gehen.

«Was hat Ihnen Huey gesagt?», fragte Cromley unvermittelt und mit ruhiger Stimme.

Er schaute Levy nicht an. Sein Blick war nach vorn gerichtet.

«Er meinte, dass Sie mir etwas zum Blade Runner sagen können.»

Cromley schwieg. Es schien zu dauern, bis seine Nervenbahnen die Informationen an die betreffende Stelle im Gehirn weitergeleitet hatten. «Was wollen Sie von ihm?»

«Sein Name taucht immer wieder auf. Ich möchte erfahren, wer er ist.»

«Worum geht es?»

Levy berichtete kurz und in einfachen Worten, was sich in den letzten Wochen zugetragen hatte. Cromley hörte aufmerksam zu, es machte zumindest den Eindruck auf Levy.

«Angel Hernandez», antwortete Cromley schließlich. «Nicht gerade ein günstiger Name für einen Marine. Beim Sturm auf Bagdad saßen wir im selben Humvee.»

«Was ist das, ein Humvee?»

«Das Allzweckfahrzeug der US-Armee, Nachfolger des Jeep. Sieht aus wie der gottverdammte Arsch einer Hyäne. Hernandez war der Scharfschütze in unserem Trupp. Zu etwas anderes taugte der kleine Scheißer nicht.»

«Sie mochten ihn wohl nicht?»

«Wieso?»

«Weil Sie so über ihn sprechen.»

Nun endlich nahm Cromley Augenkontakt auf. Er versuchte, in Levys Gesicht zu lesen, was er damit meinte. «Sie sprechen mit einem Marine», zischte er. «Wie ich ihn nenne, ist doch meine Sache, oder?»

Levy nickte. «Sicher. Sprechen Sie weiter.»

«Wir waren im Trupp eines Aufklärungsbataillons. Vor uns gab es nur die Wüste und die Fedajin. Unsere Aufgabe war es, sie aus ihren Verstecken zu locken und in Feuergefechte zu verwickeln.»

«Sie waren so etwas wie ein Köder.»

«Hernandez hatte immer die größte Klappe von allen. Er sei ein gottverdammter Killer, schrie er unentwegt, wenn er vom Humvee aus in die Wüste ballerte. Worauf er schoss, keine Ahnung. Er wollte Krieg spielen. Als hätte er nicht genug davon zu Hause. Er war der Bastard einer mexikanischen Hure aus Tijuana und eines Handelsvertreters aus Connecticut. Wieso die ihn gerade Angel nannten, blieb uns allen ein Rätsel. Auf jeden Fall hatte er ein Problem. Vielleicht weil er so klein war oder weil keiner von uns ihn wirklich ernst nahm. Er wollte es allen beweisen, am meisten wahrscheinlich sich selbst oder seiner Mutter, die mächtig stolz war, dass es ihr kleiner Bastard zu den Marines geschafft hatte.»

«Und wieso nannten Sie ihn den Blade Runner?»

«Diesen bescheuerten Namen hat er sich selbst gegeben. Er hat den Film mal gesehen und fand den Typen klasse, wie er die Replikanten ausschaltet. Darauf war er ganz vernarrt, hat die Posen immer nachgestellt. Bäng-bäng. Zeit zu sterben. Den Spruch hatte er immer drauf, wenn es ernst wurde.»

«Was meinen Sie damit?»

«Na, wenn wir unter Feuer gerieten. Was glauben Sie, was wir in diesem Scheißland gemacht haben? Wir waren Killer und haben jeden verdammten Hadji aufs Korn genommen. Egal, wie alt, ob Mann oder Frau. Das war unser Job. Und glauben Sie mir, viele Hadjis sind uns auf dem Weg nach Bagdad begegnet.»

Levy wagte nicht zu fragen, wen Cromley mit Hadji meinte. Er wollte sich keine Blöße geben und ihn weiter reizen. Er mutmaßte, dass es sich bei Hadji um den Slangausdruck für einen Iraker handelte.

Allerdings fragte er sich langsam, welche Bewandtnis es mit Hernandez, dem Blade Runner, auf sich hatte, dass Nimrod und O'Brien ihn darauf angesetzt hatten.

Cromley fuhr fort. «Wir hatten schon einige Scheiße hinter uns gebracht, unser Trupp war völlig übermüdet und ausgehungert, als der Befehl kam, ein kleines Scheißkaff am Rande der Wüste einzunehmen. Es hieß, dort hätten sich Fedajin versteckt. Keine Ahnung, wer den Verdacht aufgebracht hatte. Es begann schon zu dämmern, die Sicht war alles andere als optimal. Zwei Züge wurden abgestellt, um das Nest auszuräuchern. Wenn Sie nicht wissen, was ein Zug ist ... er besteht aus drei Trupps zu je fünf Mann. Also rund dreißig Mann gingen in Position. Wir kreisten die Kameltreiber von zwei Seiten ein und fuhren los. Eine richtige Attacke war das, wie früher, wenn die Kavallerie losgeritten ist. Die Befehlslage war klar. Erst schauen, was da los ist, und dann schießen.

Wie gesagt, die meisten von uns waren schon über zwei Tage wach, hatten keinen Schlaf bekommen. Wir stanken wie die Büffel und hatten nichts Anständiges zu essen bekommen. Die Laune war alles andere als gut.

Irgendwie hatte es Hernandez geschafft, ans MG zu kommen. Ich habe geflucht und geschrien, dass er die Finger von dem Ding lassen soll. Aber er war nicht zu bremsen. Es war oben am Dachbügel des Humvees angebracht, und man konnte es während der Fahrt benutzen. Hernandez stand also am MG und brüllte sein ‹Zeit zu sterben›. Doch keiner von den Fedajin wollte sich zeigen. Wir waren drauf und dran, die Aktion ruhig anzugehen, als aus einer der Hütten jemand herausrannte. Er hatte etwas in der Hand, es schaute länglich aus und konnte durchaus ein Gewehr sein. Dann kam noch einer und noch einer. Wir mit voller Geschwindigkeit auf sie zu. Über Funk kam die Frage auf, was der Hadji von uns wollte und ob er eine Waffe bei sich trug. Keiner konnte die Frage schnell und sicher beantworten. Dann fiel der erste Schuss. Von irgendwoher. Es war nicht Hernandez, Gott sei Dank. Aber dann drehte er durch. Er feuerte aus allen Rohren. Brachte die M-60 zum Glühen. Und plötzlich stimmten die anderen mit ein. Aus allen Humvees wurde das Feuer auf die Hütten eröffnet. So wie in *Mad Max*, zweiter Teil, echt Hollywood. Wir zerlegten dieses Dorf in seine Bestandteile. Die Lehmhütten zerfielen zu Staub, und die Dächer brachen unter unserem Beschuss ein. Wenn es dort nur einen Fedajin gegeben hatte, so hatte er uns, die Marines, kennengelernt ...»

Cromley brach ab. Er begann zu zittern. Es erfasste seine Hände und dann die Beine. Levy legte beruhigend seine Hand auf Cromleys Schulter. Das war ein Fehler, Levy hätte es wissen müssen. Cromley packte zu, verdrehte ihm den Arm und packte ihn mit der anderen Hand an der Kehle.

Seine Augen brannten vor Wut. «Willst du sterben?»

Einzig dem Umstand, dass Cromley nicht im Vollbesitz seiner Kräfte war, hatte es Levy zu verdanken, dass er sich aus der Umklammerung befreien konnte. Die Wunde an seinem Hals war aufgebrochen, Blut rann heraus.

«Beruhigen Sie sich», keuchte er.

Cromley starrte ihn an. Langsam kehrte er zurück. Das Zittern ließ nach. «Es waren insgesamt achtundzwanzig

Leute. Alte, Frauen und Kinder. Unsere Kugeln machten keinen Unterschied. Sie zerfetzten Bäuche, rissen Kindern die Köpfe ab, zerschmetterten sie in ihre Einzelteile.»

«Und die Fedajin?»

«Es waren keine mehr da – oder niemals dagewesen. Wer weiß das schon.»

«Und dennoch haben Sie gefeuert.»

«Ja.»

«Gab es Überlebende?»

«Zwei oder drei lebten noch ein paar Minuten. Sie verbluteten im Sand. Aber der Junge, der als Erster aus dem Haus gerannt kam, war zäh. Der Blade Runner hatte ihm mit dem MG beide Beine wegrasiert, und dennoch wollte er nicht sterben.»

«Woher wissen Sie, dass der Blade Runner auf ihn geschossen hatte?»

«Er schrie es vom MG herunter. ‹Ich mach dich fertig.› Außerdem sahen wir vom Humvee aus, wo unser MG einschlug. Er hatte ihn richtig aufs Korn genommen, den kleinen Hadji. Die Kugeln prasselten wie ein Regensturm auf ihn ein.»

«Was passierte dann?»

«Wir gingen in die Hütten rein, sofern man sie noch so nennen konnte, um zu sehen, wo die Fedajin geblieben waren. Der Blade Runner jedoch, dieser verdammte Idiot, musste sich den kleinen Hadji ansehen. Schau dir niemals ... niemals deine Opfer an, wenn du es nicht ertragen kannst. Jeder kennt die Regel.

Das MG hatte ihm kurz oberhalb der Kniescheiben die Beine abgetrennt. Er lag am Boden, noch immer bei Bewusstsein, und griff um sich. Er murmelte etwas, das wir nicht verstehen konnten. Der Übersetzer sagte uns später, dass er nach seinen Beinen gesucht hatte.

Und das, was wir für eine Waffe gehalten hatten, war ein Stock gewesen, an dem ein weißer Fetzen hing, blut- und staubverdreckt. Wir hatten es nicht erkannt, keiner von uns.

Als der Blade Runner sah, welchen Feind er da bekämpft hatte, kam das große Heulen über ihn. Stellen Sie sich das mal vor: Ein Marine, mitten im Niemandsland, nach einem erfolgreichen Angriff auf ein Lager der Fedajin, keine eigenen Verluste, fällt vor dem Hadji auf die Knie und heult.»

«Hätte er es nicht getan, würde ich mich wundern.»

«Das hätte er sich früher überlegen müssen. Wenn wir in den Krieg ziehen, dann passieren solche Sachen. Man kann sie nicht vermeiden. Dann ist es besser, erst gar nicht zu den Marines zu gehen.»

«Was ist aus ihm geworden?»

«Aus wem? Dem Hadji oder dem Blade Runner?»

«Beiden.»

«Wir hatten nur einen Sani dabei, der aber nicht viel machen konnte. Der Blade Runner nahm den Hadji mit auf den Humvee, eine riesige Sauerei war das, und dann brausten wir zurück.»

«Wohin?»

«Ins Lager, zum Sanitätszelt. Aber auch die konnten nur wenig ausrichten. Er musste in ein richtiges Krankenhaus mit Blutkonserven und dem ganzen Schnickschnack gebracht werden. Doch wir waren mitten in der Wüste. Hier gab es keine Krankenhäuser. Der Blade Runner wollte ihn auf eigene Gefahr zurück in unser Sani-Zentrum bringen. Das war über hundert Kilometer entfernt. Dabei konnte er selber draufgehen, überall lauerten Fedajin, die aus dem Nichts auftauchten. Der Kommandeur hat es schließlich untersagt. Viel zu gefährlich und außerdem ...»

«Ja?»

«Er war nur ein kleiner Hadji. Wir hatten bis dahin Hunderte von ihnen ausgeschaltet, und keiner hat sich einen Dreck darum geschert. Jetzt auf einmal sollten Sonderregeln für den kleinen Kameltreiber gelten. Keiner von uns hätte das akzeptiert.»

«Bis auf den Blade Runner.»

Cromley nickte. «Ein paar andere murrten auch. Aber als ihnen klar wurde, dass der Hadji uns alle in Gefahr bringen würde, wenn wir uns weiter mit ihm abgaben, verstummten auch sie. Wir durften kein festes Ziel bieten. Die Bewegung schützte uns.»

«Und was geschah mit dem Jungen weiter?»

Cromley lächelte. «Zähe, kleine Bastarde, diese Hadjis. Der Blade Runner saß die ganze Nacht an seinem Bett. Manche glaubten, ihn beten zu hören. Erst später habe ich erfahren, dass er zu Hause noch einen Bruder hat, der mächtig stolz auf den Großen ist. Ich vermute, deswegen hat er sich geschämt.

Im Morgengrauen war er dann endlich tot. Der Blade Runner hat ihn ein paar Meter weiter im Sand verscharrt.

Wir rückten weiter auf Bagdad vor. Blade war ein anderer geworden. Er hielt seine große Klappe bis zum Schluss. Es gab dann noch eine Situation, in der er uns allen das Leben gerettet hat. Eiskalt war er geworden, ein echter Killer.»

«Haben Sie noch Kontakt zu ihm?»

Cromley verneinte. Nach der Einnahme Bagdads sahen sie sich zwar noch ein paarmal, doch danach war er verschwunden.

«Ist er desertiert?», fragte Levy.

Cromley zuckte die Achseln. «Vielleicht. Vielleicht hat er sich auch umgebracht, oder jemand anderes hat es ihm abgenommen. Er war am Ende. So wie wir alle. Diese drei Wochen haben uns alle irgendwie getötet.»

«Major Tomlin sagte mir, dass auch Sie sich umbringen wollten. Wieso?»

«Mein Job ist zu Ende. Ich tauge nicht für den Polizeidienst in Bagdad. Ich tauge für gar nichts mehr. Meine Lebensuhr ist abgelaufen, so wie in dem Film. Zeit zu sterben.»

«Dann sehen Sie sich als einer dieser Replikanten, die von Menschenhand geschaffen wurden?»

«Ich hätte Blade gar nicht so viel Weitblick zugetraut. Ja, im Nachhinein sehe ich es so. Wir wurden für diesen Krieg geschaffen. Unser Job war es zu töten. Jetzt ist der Krieg vorbei, und sie brauchen uns nicht mehr. Es kommen junge, noch unverbrauchte GIs nach uns. Kein Problem, in meinem Land herrscht die Angst. Die Army ist eine Zuflucht. Und jeder bekommt eine Waffe. Mit ihr kannst du deine Angst und deine Wut bekämpfen. Bis sie kapieren, was vor sich geht, ist es zu spät.»

Daraufhin schwieg er, senkte den Kopf, als wäre er eingeschlafen. Doch dann griff er in seine Brusttasche und förderte ein abgegriffenes Foto zutage. Er zeigte es Levy. Vor einem Humvee hatte sich die fünfköpfige Besatzung aufgebaut. Alle hielten stolz ihre Waffen in der Hand. Unter ihnen erkannte Levy Cromley. Ein junger, gutaussehender Bursche. Er stellte sich ihn braungebrannt auf einem Surfbrett vor, wie er auf den Wellen ritt.

«Das ist Sergeant Boyle», sagte Cromley und zeigte auf den Mann ganz links, «er war unser Truppführer. Einer der wenigen, denen wir wirklich trauen konnten. Daneben bin ich, das hier ist Bad to the Bone, neben ihm der Predator und, am Boden liegend, der Blade Runner. Wie durch ein Wunder haben wir die drei Wochen überlebt.

Den Predator hat später eine Autobombe erwischt, als er glaubte, den Hadjis Demokratie beibringen zu müssen. Und Sergeant Boyle ist während seines Heimaturlaubs durchgeknallt. Die gesamte Familie, seine Frau und die drei Kinder, musste dran glauben.»

«Wie kam es dazu?»

Cromley zuckte mit den Schultern. «Alles, was ich gehört habe, war, dass es zum Streit gekommen sein soll. Sie hat ihm irgendetwas Belangloses vorgeworfen ... Er streckte sie mit seiner Dienstwaffe nieder. Ein Schuss pro Kopf und bei der Frau einen Death-Check. Sie hat noch zwei in die Brust bekommen. Zum Schluss hat er sich selbst das Hirn rausgeblasen.»

«Kann ich mir das Foto ausleihen?», fragte Levy. «Ich würde mir gern eine Kopie davon machen.»

Cromley hatte nichts dagegen. Er erhob sich. Für ihn war die Unterhaltung beendet.

«Kann mir dieser Bad to the Bone vielleicht noch etwas zum Blade Runner sagen?»

«Möglich», antwortete Cromley im Weggehen. «Aber dazu müssten Sie ihn erst mal finden. Entweder steckt er bereits im Iran und bereitet den nächsten Schlag gegen die Mullahs vor, oder er ballert sich hier durch die Welt.»

«Wie heißt er mit bürgerlichem Namen?»

«Caine Warshovsky. Er hat Karriere gemacht. Ist jetzt Offizier.»

Levy prägte sich den Namen ein. Dann rief er Cromley nach: «Wieso werden Sie eigentlich The Cleaner genannt?»

Cromley drehte sich um. Er sagte nur zwei Worte: «Midtown Massacre.»

20

First Lieutenant Candice Brendall spürte den Schlag gegen ihre Schläfe nicht, als sie die Toilettentür öffnete.

Als sie wieder erwachte, beugte sich eine Angestellte der Buchhandlung über sie und fragte, ob sie einen Arzt verständigen solle. Doch Candice war Schläge gewohnt, in allen Variationen - harte, spitze, flache, dumpfe und gemeine. Ein Schlag würde sie nicht töten. Ein Mensch stirbt langsam. Darin war sie Profi.

Sie raffte sich hoch, bedankte sich für die Hilfe und bat, allein gelassen zu werden. Sie sei okay. Thanks, no problem.

Candice ging zum Handwaschbecken, schaute in den Spiegel. Der Dreckskerl hatte sie knapp über dem linken Auge erwischt. Es pochte gegen den Knochen. Morgen hätte sie ein blaues Auge. Verdammter Penner. Warum musste er ausgerechnet sie aussuchen? Sie hatte gerade mal zwanzig Dollar bei sich. Sie wollte ein Buch kaufen, für ihren Sohn, der heute seinen zweiten Geburtstag feierte. Und jetzt das. Fucking Krauts.

Als sie sich zum Waschbecken hinunterbeugte, spürte sie etwas Hartes an ihren Rippen. Sie öffnete Uniform und Bluse. Ein breiter Gürtel saß unterhalb ihrer Brüste. Er hatte vier Taschen, die mit jeweils einem flachen Beutel gefüllt waren. Fünf, sechs, sieben Drähte gingen davon ab. Alle in der gleichen grauen Farbe. Kein roter, kein blauer und auch kein gelber. Sie würde nicht die Qual der Wahl haben. Die Drähte endeten in einem Handy, das am Bund ihres Rockes befestigt war. Sie wusste innerhalb einer Sekunde, worum es sich hier handelte.

Ruhig bleiben, beschwor sie sich. Was tun?

Vor allem nicht bewegen. Wer wusste schon, ob der Sprengstoff nicht bewegungssensitiv war. Sie brauchte einen Spezialisten, hier, in dieser gottverdammten Toilette, in einem Land, wo man selbst auf dem Scheißhaus nicht mehr sicher war. Wo war ihre Handtasche mit dem Handy? Sie schaute sich vorsichtig um. Die Tür zur Kabine stand offen. Nichts. Der Angreifer hatte sie von der Außenwelt abgeschnitten. Sie war gefangen.

Warten, sagte sie sich. Sie würde hier an Ort und Stelle ausharren, bis jemand kam, den sie um Hilfe bitten konnte.

Die Minuten dehnten sich unendlich. Doch es kam nur die Angst. Das Gefühl war ihr vertraut. Sie kannte alle Formen. Die anfänglich auflehnende, dann abwehrende bis hin zur stillen, lähmenden Angst. Dazwischen lag die Panik, Flucht gegen jede Vernunft. Sie kannte die Symptome. Das Zittern, der gehetzte Blick, das unkontrollierbare Schwitzen. Doch das waren nur die äußeren Anzeichen. Wie es *in* einem Menschen mit Panik aussah, würde sie nun zum ersten Mal selbst erleben. Ihr Herz pumpte schneller, das Atmen fiel schwer. Der Druck auf ihre Brust nahm zu. Sie zuckte, als der erste Schub sie überfiel. Lauf weg!, hallte es in ihrem Inneren. Lauf!

Aber noch war sie bei klarem Verstand. Nein, befahl er. Beweg dich nicht einen Millimeter. Atme ruhig und warte ab. Du wirst gerettet.

Mit Hohn meldete sich der nächste Schub. Bleib und stirb - oder lauf und lebe. Sie zitterte am ganzen Körper, Schweiß rann aus sämtlichen Poren, die Brust war wie zugeschnürt. Eine Tonne schien auf ihr zu lasten. Sie glaubte, allmählich die Kontrolle über sich zu verlieren. Beine und Hände gehörten ihr nicht mehr.

Renn weg! Jetzt, bevor es zu spät ist.

Nein, warte ab. Ruhig. Atme.

Ich will nicht ...

Sie knickte weg, knallte mit dem Ellbogen auf das Waschbecken, landete auf dem Boden.

Kein Schmerz, nur Angst. Wovor?

Zu sterben.

Nie hätte sie gedacht, dass sie so etwas selbst erleben würde. Ja, sie kannte die Anzeichen, wenn Menschen in Angst verfielen. Aber sie sah sie immer nur bei anderen, nie bei ihr selbst. Angst war die Macht, die sie auf andere ausübte. Sie war stets die Herrin gewesen.

Das Handy an ihrem Rock klingelte. Bei dem Geräusch glaubte sie, augenblicklich das Bewusstsein zu verlieren. War das der Augenblick des Todes? Hörte er sich so an? Das Herz raste, sie keuchte, der Raum schien sich zu drehen. Sie schloss die Augen und erwartete das Unvermeidliche.

Doch nichts geschah. Das Klingeln hörte nicht auf, und sie war noch immer am Leben. Sie streifte die Bluse zur Seite, sah, dass noch alle Drähte an ihrer Stelle waren.

Sollte sie, oder sollte sie nicht?

Nur mit Mühe griffen ihre nassen, zitternden Finger das Handy.

«Ja?», hauchte sie in den Hörer.

«Furcht, ein bemerkenswertes Gefühl, nicht wahr?», lautete die Antwort.

«Wer sind Sie?»

«Mein Name ist nicht wichtig. Sie kennen mich nicht.»

«Was wollen Sie von mir? Was habe ich Ihnen getan?»

«Nichts.»

«Wollen Sie Geld? Ich habe ...»

«Kein Interesse.»

«Was dann? Sagen Sie es mir.»

«Spielen wir ein Spiel.»

«Wie bitte?»

«Ich sage Ihnen, wie Sie die Bombe unter Ihrer Brust entschärfen können, und Sie schenken mir ein wenig Aufmerksamkeit.»

«Was soll der Blödsinn?»

«Geben Sie auf Ihrem Handy die Zahlen 9-1-1 ein.»

«Einen Teufel werde ich tun. Ich bringe mich doch nicht selbst um.»

«Vertrauen Sie mir. Wenn ich Sie töten wollte, wären Sie längst schon tot.»

Candice überlegte. Sie hatte keine andere Wahl. Nach der letzten Ziffer hörte sie eine Stimme aus dem Hörer: *Zeit zu sterben.*

«Was soll das?», fragte sie aufgeregt.

«Sie haben gerade die Bombe an ihrem Körper scharfgeschaltet.»

«Wie ... ich verstehe nicht. Sie sagten doch ...»

«Sorry, ich habe wohl gelogen.»

«Sie verdammtes Schwein.»

«Lügen sollten Ihnen vertraut sein. Sie sind das Gift, das Ihr Land seit vielen Jahren in der Welt versprüht. Und Sie sind ein Teil dieser Lüge.»

Candice war nun nicht mehr zu halten. Sie wusste, dass sie sterben würde. Und wenn es schon sein musste, dann sollte es durch ihre eigene Hand geschehen. Sie griff an einen der Drähte.

Der Name ihres Sohnes, Jackson, schoss ihr durch den Kopf. Sollte er ohne Mutter aufwachsen? Sein Vater war unbekannt, ihn hatte es bis auf die eine Nacht in diesem irakischen Gefängnis nie gegeben. Er war versetzt, später bei einer Explosion in Bagdad getötet worden. Jackson war allein. Sie war sein einziger Bezugspunkt. In einem Heim der Army wollte sie ihn nicht wissen.

«Was wollen Sie?», sagte sie ins Handy.

«Gehen Sie raus auf die Straße. Unterbrechen Sie in keinem Fall die Verbindung. Wenn Sie es dennoch tun, geht die Bombe hoch. Haben Sie mich verstanden?»

Candice bejahte. Sie richtete ihre Kleidung, verließ die Toilette, durchquerte den Verkaufsraum und trat auf die Straße.

«Was jetzt?», sprach sie ins Handy.

«Zu Ihrer Linken sehen Sie eine Bushaltestelle. Beeilen Sie sich.»

Er war in der Nähe und beobachtete sie, ging es Candice durch den Kopf. Sie blickte sich um. Gegenüber war ein türkisches Café. Die Männer tranken Cai und spielten Tavla. Sie schauten zu ihr herüber. War es einer von ihnen?

Ein paar Meter weiter war ein Gemüsehändler. Frauen mit Kopftuch sprachen mit dem Verkäufer. Neben ihm ein junger Mann. Auch er beobachtete sie.

Der Bus schnitt ihr die Sicht ab. Er hielt an der Bushaltestelle, ließ einige Fahrgäste aussteigen und fuhr weiter.

«Wir nehmen den nächsten», hörte sie aus dem Handy.

«Sind Sie wahnsinnig? Mit einer Bombe am Bauch steige ich in keinen Bus.»

«Wollen Sie leben?»

«Ja.»

«Dann tun Sie es. Gehen Sie los.»

Candice war nicht allein an der Bushaltestelle. Eine Gruppe von acht Leuten wartete ebenfalls auf den nächsten Bus. Unter ihnen war eine Frau mit Kopftuch und Kind. Sie ging zu ihr.

Während sie das Mikro am Handy mit einem Finger abdeckte, bat sie die Frau flüsternd um Hilfe. «Holen Sie die Polizei. Schnell.»

Die Frau schaute sie an, unsicher, was die amerikanische Soldatin von ihr wollte.

Candice wiederholte ihre Bitte. Die Frau drehte sich um.

«Bitte, helfen Sie mir.»

Der nächste Bus hielt.

«Steigen Sie hinten ein», befahl die Stimme aus dem Handy.

An ihr vorbei drängten Menschen in den Bus, andere heraus. Wenn sie tat, was der Mann ihr sagte, dann würde sie ihn jetzt abhängen. Er war irgendwo hier draußen. Er würde es nicht wagen, einen vollbesetzten Bus in die Luft zu sprengen. Zumindest hoffte sie das. Es war eine Chance, und sie stieg ein. Einige Fahrgäste betrachteten sie neugierig, andere vermieden den direkten Augenkontakt.

Bis zur nächsten Haltestelle verhielt sie sich ruhig und wartete ab, ob die Stimme sich melden würde. Sie tat es nicht.

«Sind Sie noch da?», sagte sie ins Handy.

Keine Antwort.

«Hallo, hören Sie mich?»

Nichts.

Jetzt könnte sie es wagen. Der Busfahrer war bestimmt über Funk mit der Leitstelle verbunden. Er könnte einen Notruf absetzen. Sie schob sich vorsichtig an den im Gang Stehenden vorbei.

Ein Mädchen, vier oder fünf Jahre alt, einige Reihen vor ihr, schaute sie mit großen Augen an. Sie hatte noch nie einen weiblichen Soldaten gesehen. Candice versuchte ein Lächeln. Es misslang. Die Kleine stand auf.

Als Candice vor ihr stand, streckte sie die Arme in die Höhe, als wollte sie hochgehoben werden.

Candice sah sich nach den Eltern um. Niemand reagierte, alle schauten zum Fenster hinaus.

«Darf ich vorbei?», sagte sie.

Doch die Kleine verstand nicht. Candice beugte sich zu ihr hinunter, wollte sie zurück auf den Sitz heben.

Da packte sie zu. Etwas an Candices Uniform übte einen Reiz auf das Mädchen aus. Etwas Glitzerndes, eine Auszeichnung, die sie sich in zwei Kriegsjahren im Irak erworben hatte. Das Ding haftete fest am Stoff, ließ sich nicht lösen. Die Kleine umklammerte es und zerrte weiter daran. Die Drähte am Sprengstoffgürtel spannten sich gefährlich.

«Lass los», sagte sie. «Das ist gefährlich. Bitte.»

«Vesna!», befahl eine Frauenstimme.

Die Kleine drehte sich um und sah das vorwurfsvolle Gesicht ihrer Mutter. Ihr böser Blick genügte, und die Kleine ließ los.

Candice atmete auf, obwohl ihr Herz raste. Vorsichtig tastete sie nach den Drähten. Es schien alles in Ordnung.

Der Busfahrer war noch zwei Reihen entfernt. Schnell, jetzt, bevor noch mehr passierte.

Eine Kurve brachte sie aus dem Gleichgewicht. Sie fand gerade noch Halt an einer Stange. Der Blick des Busfahrers im Spiegel richtete sich auf sie.

«Setzen Sie sich oder bleiben Sie stehen», sagte er bestimmt über die Schulter hinweg. «Umhergehen ist während der Fahrt untersagt.»

Doch Candice ließ sich nicht aufhalten und ging weiter.

Als sie ihn endlich erreicht hatte, forderte sie ihn auf, Hilfe zu rufen.

Der Fahrer schüttelte den Kopf und wies zu einem Schild über der Windschutzscheibe. *Das Sprechen mit dem Fahrer ist während der Fahrt verboten.*

So viel Deutsch verstand sie, dass sie ein laut vernehmbares *Fuck!* nicht unterdrücken konnte.

«Setzen Sie sich bitte!», wiederholte der Fahrer scharf, «oder Sie steigen an der nächsten Haltestelle aus.»

«Stop the bus», befahl sie, «now! There's a bomb on the bus.»

«Setzen!»

Die Handystimme meldete sich. «Sie sollten auf ihn hören.»

Candices Kopf schoss herum. Er war an Bord. Wie konnte er sonst die Unterhaltung mit dem Busfahrer verfolgen?

Sie blickte in Dutzende Augen, die sie im Gespräch mit dem Fahrer beobachtet hatten. Wer von ihnen war es?

Candice bahnte sich einen Weg nach hinten, prüfte jeden Mann eindringlich, an dem sie vorbeikam.

Der Bus verringerte die Geschwindigkeit und fuhr die nächste Haltestelle an. Fahrgäste erhoben sich, drängten an ihr vorbei Richtung Ausgang. Die Türen öffneten sich. Neue Fahrgäste stiegen zu, andere aus. Unmöglich, hier den Überblick zu behalten. Dennoch spähte sie zwischen Armen und Taschen nach einem Handy.

«Where are you?», schrie sie die Fahrgäste an.

Einer hatte nun definitiv genug. «Sie steigen jetzt besser aus», sagte der Busfahrer, der zu ihr aufgeschlossen hatte.

Doch Candice weigerte sich. Er war noch hier im Bus. Sie würde ihn kriegen.

«Hands off!», fauchte sie den Busfahrer an, der sie am Arm gefasst hatte, um sie zum Ausgang zu bugsieren.

Er ließ sich nicht beirren. «Bitte, verlassen Sie den Bus. Sonst muss ich die Polizei rufen.»

«Police?», verstand Candice. «For heaven's sake, yes!»

Um ihrer Forderung Nachdruck zu verleihen, begann sie, ihre Uniform aufzuknöpfen. Die Sprengvorrichtung würde ihn überzeugen.

Der Busfahrer verstand das falsch. Unter neugierigen Blicken bugsierte er sie hinaus. Sie fiel hin, umringt von verständnislosen Fahrgästen.

Aus der Menge trat jemand hervor, ein Mann, er beugte sich hinunter und half ihr auf. Der Mann schaute ihr in die Augen und lächelte.

«Never forget this», sagte er.

Dann griff er zwei Drähte, die aus ihrer Bluse herausschauten und riss sie ab.

Candice wusste nicht, wie ihr geschah. Jetzt war es so weit.

Sie schloss die Augen.

Sie hörte noch, wie sich die Türen schlossen und der Bus davonfuhr.

Das Handy in ihrer Hand piepte. Automatisch führte sie es ans Ohr.

«Furcht ist ein bemerkenswertes Gefühl. Nicht wahr?», hörte sie die vertraute Stimme sagen. «Das Leben ist viel zu kostbar, um es anderen zu nehmen. Vergessen Sie das nie wieder. Goodbye, Candice.»

Der Bus war längst außer Sichtweite, die Menschentraube hatte sich aufgelöst. Candice stand noch immer regungslos, das Unvermeidliche erwartend, die Augen geschlossen, am Rand des Gehwegs an einer stark befahrenen Straße.

Im Moment des Todes war sie völlig ruhig. Sie kannte dieses Gefühl gut, hatte es bei anderen schon oft gesehen, allerdings nie am eigenen Leib erfahren.

Doch warum wartete er so lange darauf, ihr das Leben zu nehmen? Hatte er ihre Angst noch nicht genügend genossen?

Nein, sie würde es beenden. Ein letzter Akt ihres freien Willens. Sie griff die restlichen Drähte und riss sie mit einem Schwung heraus.

Nichts geschah. Keine Explosion zerriss sie in tausend

Stücke. Sie öffnete die Augen, sah sich mit einem Bündel Drähten in der Hand und einer offenen Bluse dastehen. Ihre Anspannung entlud sich in einem unkontrollierten Lachen. Sie wankte vor Erleichterung.

Sie sah den Vierzigtonner nicht kommen, der von einem übermüdeten Fahrer nur mit Mühe in der Spur gehalten wurde.

21

Das Taxi setzte Levy vor einer weißen Patriziervilla in Klein Borstel ab. Sollte er jemals Lust verspüren, sesshaft zu werden, so wollte er sich diese Adresse als möglichen Kandidaten merken. In einer Allee an einem Alsterlauf gelegen, kündete dieser renovierte klassizistische, zweistöckige Bau in Hanglage vom Geschmack und Wohlstand seiner Besitzer.

Levy ging ans Tor und klingelte.

«Ja?», hörte er über die Gegensprechanlage.

«Balthasar Levy.»

Es dauerte einen Moment. Schließlich verschaffte ein Surren ihm Zutritt. Er ging die Auffahrt hinauf und sah die Eingangstür im Erdgeschoss sich öffnen. Heraus trat ein Mann in den Siebzigern – schlank und groß, schütteres weißes Haar, mit einer Lesebrille auf der Nase. In der Hand hielt er eine Tageszeitung. Er reichte Levy die Hand.

«Ezra Vogelsang, angenehm», sagte er. «Kommen Sie rein.»

Levy folgte der Einladung. Wie er es nicht anders erwartet hatte, hießen ihn die in Öl gemalten Vorfahren Vogelsangs in der Eingangshalle willkommen. Auf den ersten Blick reiche hanseatische Kaufleute. Zu seiner Linken öffnete sich das Empfangszimmer, gänzlich eingefasst von hohen Regalwänden mit einer schier unfassbaren Anzahl an Büchern.

«Sie haben es sehr schön hier», eröffnete Levy das Gespräch.

«Danke», erwiderte Vogelsang. «Wir haben vor zwei Jahren komplett renovieren lassen. Es ist das Elternhaus meiner verstorbenen Frau ...»

«Das tut mir leid.»

«Ist schon in Ordnung. Die schwerste Zeit habe ich hinter mir. Nun frage ich mich, was ich mit dem Kasten anstellen soll. Für eine Person ist er definitiv überdimensioniert.»

«Sie haben keine Kinder?»

«O doch, auf der ganzen Welt verstreut. Sie sind, wie es unser Name schon sagt, alles unstete Seelen, die sich erst noch finden müssen. Bis dahin halte ich hier aus. Die Hälfte des Jahres bin ich aber nach wie vor in Israel. Meine Studenten ... ich kann einfach nicht ohne sie.»

«Sie sind noch im Dienst?»

«Nein, nein. Bevor wir das Haus renovierten, bin ich emeritiert. Darauf hat Elsa, meine Frau, bestanden. Aber lassen wir das.» Er wies Levy einen Sessel zu. «Tee?»

Levy bejahte. «Danke, gern. Es freut mich, dass Sie Zeit für mich gefunden haben.»

«Nichts zu danken. Ich hoffe nur, ich kann Ihnen helfen, damit Sie den weiten Weg nicht umsonst gemacht haben.»

«Ich bin sehr gespannt. Besonders auf das Ergebnis, das Sie nach dem Vergleich der Täterprofile gewonnen haben. Wie Sie von meinem Kollegen, Falk Gudmann, erfahren haben, bearbeiten wir die Bombenanschläge in Hamburg ...»

Levy fasste die bisherigen Ermittlungsergebnisse zusammen. Seine Ausführungen resultierten in der Bitte, ob

Vogelsang ihm zur Studie der Universität Tel Aviv, an der er mitgearbeitet hatte, etwas sagen könne. Der Schwerpunkt läge auf dem psychologischen Hintergrund der Täter und inwieweit seine Erkenntnisse für den vorliegenden Fall heranzuziehen seien.

Vogelsang überlegte eine Weile. «Wie Sie wissen, hat sich diese Studie mit dem Phänomen der Selbstmordattentate im Nahen Osten befasst. Soweit ich aber aus den Medien erfahren habe, hat es bisher weder ein Täteropfer gegeben, noch steht fest, ob es sich tatsächlich um einen Täter oder um eine Gruppe aus dem Nahen Osten handelt. Zudem richteten sich ihre Anschläge gegen amerikanische und deutsche Staatsbürger. Zumindest war einer von ihnen ein Militär, die anderen waren Zivilisten. Ich sehe kein homogenes Ziel.»

«Das ist richtig. Dennoch möchte ich gern mehr über Ihre Ergebnisse in Erfahrung bringen. Und sei es nur, um einen bestimmten Täterkreis auszuschließen.»

Vogelsang nickte zustimmend. «Nun gut. Um das Ergebnis der Studie vorwegzunehmen: Die Anschläge in Israel und in den strittigen Gebieten sind weder mit dem Hinweis auf eine Suizidgefährdung der Täter noch mit einem radikalen Islamismus hinreichend zu erklären. Entscheidend sind der Gruppendruck und die persönliche Verpflichtung der Freiwilligen gegenüber den jeweiligen Gruppierungen, wie den Al-Aksa-Brigaden oder der Hamas.»

«Das heißt, eine Motivation allein aus dem Koran oder einer Tendenz zum Selbstmord zu ziehen, würde zu kurz greifen.»

«So ist es. Einer der Schlüssel ist der Gruppendruck. Meinen Mitarbeitern und mir ist kein Selbstmordbomber untergekommen, der ohne Zutun Dritter den Sprenggürtel umgeschnallt hätte. Viele Tage und Nächte der Indoktrination muss ein Kandidat über sich ergehen lassen. Dabei werden ihm glorreiche Vorbilder und ausgesuchte Koranzitate vorgelegt, die ihn verpflichten und sein späteres Tun rechtfertigen sollen.

Danach wird er von drei oder vier Personen weiterbearbeitet. Sie sorgen dafür, dass er nicht in letzter Minute abspringt. Das entscheidende Element ist jedoch die persönliche Verpflichtung der Gruppe gegenüber.

Diese wird in einem Video mit genau festgelegtem Setting dokumentiert. Mit der Waffe in der Hand, der palästinensischen Flagge und einem Bild der Al-Aksa-Moschee im Hintergrund bekennt der Kandidat offiziell und unwiderruflich, der nächste *Schahid* zu sein. Damit erhält er den Status eines toten Helden, noch bevor er den eigentlichen Anschlag begangen hat ...»

«Held», wiederholte Levy spontan. «Was trägt dieser Begriff zur Tat bei?»

«Eine gute Frage. Dazu möchte ich die Ausführungen eines deutschen Kollegen aufgreifen. Er postuliert den *Aufstand der Gekränkten.* Die Frage, woher diese Wut auf Israel und nahezu die gesamte westliche Welt kommt, beantwortet er mit den Schlüsselwörtern *Demütigung* und dem andauernden Gefühl der *Erniedrigung.* Die unübersehbare Schere zwischen Arm und Reich sieht er dafür als nicht verantwortlich an. Nun, ich denke, dass Armut und Reichtum durchaus eine Rolle spielen. Wenn die arabischen Führer, weltliche wie geistliche, ihre Menschen nicht in einem derart verwahrlosten Dasein beließen, sondern sie an ihrem Reichtum teilhaben ließen, dann hätten wir dieses Problem gar nicht.

Davon abgesehen, mein deutscher Kollege vertritt die These, dass das arabische Selbstbewusstsein bis zur Zeit der Kreuzzüge zurückreicht. Der Stauferkaiser Friedrich II. soll zum Beispiel den sarazenischen Gelehrten mehr vertraut haben als den eigenen christlichen. Stellen Sie sich vor, welch ein Stolz und welches Selbstbild damals einen Araber erfüllt haben muss, wenn selbst der Gegner ihn mehr achtete als sich selbst.»

Levy unterbrach. «Diese Kreuzzüge scheinen noch immer tief und vor allem negativ im arabischen Bewusstsein verankert zu sein. Was genau hat es damit auf sich?»

«Sturz, Wiederaufstieg und erneuter Sturz. Die Kreuzzüge wurden auf beiden Seiten mit nahezu den gleichen Waffen geschlagen – Speere, Schwerter und Pfeile. Man begegnete sich zumindest technisch auf dem gleichen Niveau. Den entscheidenden Sieg und damit die Vertreibung des Westens aus Jerusalem gelang Saladin. Ein ..., nein, *der* Held und *das* Vorbild für jeden Araber, auch von Bin Laden und Saddam. Das Selbstverständnis des Arabers war wiederhergestellt.

Dieser Sieg über den Westen war einer der letzten, die auf gleicher Augenhöhe ausgefochten wurden. Alles, was danach folgte, war ein unerbittlicher Niedergang des Ostens. Der Verlust des Öls, die zunehmende Infiltration durch westliche Lebens- und Wertvorstellungen sowie die Erkenntnis, keine Chance auf eine gerechte eigene Entwicklung zu bekommen, resultierten schließlich in dem, was mein Kollege den Zustand des *explosiven Narzissmus* nennt.»

«Ein interessanter Ausdruck.»

«Die Natur strebt nach Harmonie, der Balance von Gegensätzen. Ist sie dauerhaft gestört, kommt es zwangsläufig zu einer Reaktion. Der Narzissmus ist ein Zustand, der uns allen zu eigen ist. Jeder Mensch will geachtet und geliebt werden. Sie haben ja gesehen, was mit dem amerikanischen Selbstverständnis nach den Anschlägen vom 11. September passiert ist. Sie haben, verständlich für eine Nation, die auf Kraft und Überlegenheit gebaut ist, so reagiert, wie wir es alle erlebt haben. Aufgescheucht, bis ins Mark erschüttert, plan- und gedankenlos. Vergeltung musste geleistet werden, um die Balance wiederherzustellen. Wieso sollte gerade ein Araber anders handeln?»

«Für einen Juden sprechen Sie auffallend antiamerikanisch und proarabisch.»

«Nur weil ich Jude bin, muss ich meinen Kopf nicht ausschalten. Eine Aussöhnung mit unseren Nachbarn ist längst überfällig. Dazu gehört allerdings auch, dass sich die arabische Seite bewegt. Mit Bombenterror erreichen sie die Herzen auf unserer Seite aber nicht.»

«Zurück zum explosiven Narzissmus. Was sagt er aus, und wie lässt er sich auf die Anschläge in Deutschland anwenden?»

«Wie es der Name schon sagt: Eine Explosion findet statt, sowohl in der Innen- wie auch in der Außenwelt. Der Betroffene kann dem Druck nicht mehr standhalten, der sich in seinem Inneren angestaut hat. Dieser Vorgang ist durchaus bildlich zu verstehen, einer Bombe gleich, und somit ist die Wahl der Waffen auch schon getroffen. Sozusagen das Gegenteil von stillen und gegen Einzelpersonen gerichteten Techniken.

Der Bomber jedoch will viele treffen, und er will auch, dass es alle mitbekommen. Für jemanden, der unter Erniedrigung leidet, erfüllt die Bombe zweierlei: Ich bin, technisch gesehen, auf Augenhöhe, und indem ich die Bombe einsetze, erhebe ich mich sogar noch über den anderen.

Die Macht über Explosionen ist tief in unserem Selbstverständnis verankert, allerdings ohne dass wir sie in unserer westlichen Welt noch wahrnehmen, da wir uns daran gewöhnt haben.»

«Sie meinen, so wie bei Verbrennungsmotoren in unseren Autos?»

«Ja, genau. Indem Sie den Zündschlüssel umdrehen, beweisen sie einem Schafhirten, der allein auf die Kraft seiner Beine angewiesen ist, wie weit sie ihm überlegen sind – Herr über eine Explosion zu sein und seinen Aktionsradius um ein Vielfaches zu übertreffen.

Neue Autos, neue Waffen, alle neuen Technologien, die einen Vorsprung verschaffen, ziehen weltweit Menschen in ihren Bann. Es ist ein durch und durch menschliches Bedürfnis, das damit befriedigt wird.»

Levy konnte dem zustimmen. Allerdings wiesen die Ausführungen Vogelsangs wieder in Richtung eines arabischen Täters. Aber gab es da nicht auch die westlichen Bombenleger, die die Anschläge von Oklahoma City verübt hatten, oder den berühmten Fall des Una-Bombers, eines amerikanischen Professors, der die Nation jahrelang mit seinen Anschlägen in Atem hielt? Letzterer war vielen seiner Landsleute intellektuell weit überlegen. Der brauchte sich nicht mehr zu beweisen. Wie passte Vogelsangs Theorie auf Täter dieser Art?

«Es scheint», so stellte Vogelsang amüsiert fest, «dass ich Ihnen mehr Fragen als Antworten liefern kann.»

Levy verneinte. «Überhaupt nicht, nein. Es ist sehr interessant, was Sie über das psychologische Gerüst eines Bombers gesagt haben. Ich frage mich nur, inwieweit ich einen anderen Hintergrund als den soeben beschriebenen in meinen Überlegungen berücksichtigen muss.»

«Sie meinen, ob westliche, also nicht arabische oder islamistische, Terroristen für die Anschläge verantwortlich sein können?»

«Ja.»

«Das sollten Sie auf jeden Fall tun. Ich habe Ihnen von den Erfahrungen berichtet, die wir jahrelang in Israel gemacht haben. Es ist traurig zu sagen, dass wir wahrscheinlich weltweit das Land sind, das am längsten und am bittersten unter

Bombenanschlägen leidet. Das heißt allerdings nicht, dass Ihr Mann oder die Tätergruppe aus dem nahöstlichen Umfeld stammen muss.

Ich verfolge die Berichterstattung in dieser Sache seit Anfang an, und ich mag nicht so recht an die radikal-islamistische Theorie glauben.»

«Wieso nicht?»

«Es fehlen die typischen Merkmale derartiger Anschläge – am wichtigsten das Bekennerschreiben und natürlich ein Täteropfer.

Die Frage, die Sie sich stellen müssen, ist, was will dieser Jemand oder diese Gruppe erreichen, wenn er oder sie keine Forderungen stellt? Was ist die Motivation, was sein Ziel?

Außerdem: Mit welcher Art Bomber haben wir es hier zu tun? Er opfert sich auf jeden Fall nicht selbst. Zumindest noch nicht.

Keine Forderung, kein Selbsttötung. Das spricht nicht gerade für einen Täter aus meinem Erfahrungsbereich.»

Levy stimmte ihm zu. «Das sage ich mir auch. Ich bin froh, dass Sie diese Sichtweise teilen. Mein Problem ist, ich kann sie nicht belegen, geschweige denn beweisen. Alle bisherigen Ermittlungsergebnisse verweisen auf eine arabische Täterschaft. Der Sprengstoff, die Ziele ...»

«Auch die Berichterstattung in den Medien?»

«Ob die Medien einen arabischen Täter favorisieren?»

«Nein, das meine ich nicht. Wird die Berichterstattung den Anschlägen gerecht?»

«Ich verstehe nicht, was Sie damit meinen.»

«Bomben und Medien bedingen sich gegenseitig. Ohne eine Berichterstattung verpufft die erwartete Außenwirkung einer Bombe im Nichts – so, als führten Sie eine Sprengung in der Wüste durch. Wenn sie keiner sieht, hat es sie nie gegeben.

Das Medium wiederum braucht die große Schlagzeile, um sich gegen die Konkurrenz durchzusetzen und um die Aufmerksamkeit seiner Nutzer zu gewinnen. Ein Bombenkrater, brennende Häuser, Blutspritzer geben da einiges her.

Nehmen Sie die Bilder aus dem Vietnamkrieg: Die schrecklichen Napalmbomben auf strohgedeckte Hütten und dann das nackte, von Napalm völlig verbrannte Mädchen, das vor den Amerikanern und ihren Bomben flüchtet. Dieses Bild ging um die Welt und hat seinen Teil dazu beigetragen, den Krieg zu beenden.»

«Eine interessante Idee: die Bombenanschläge als Inszenierung.»

«Sicher, sie hatten jeweils ein Ziel – die Tötung eines Menschen oder einer Gruppe, wie im Falle von Clearwater. Doch die eigentliche Wirkung entfalteten sie erst über die Medien.»

22

Levy konnte sich für die Berichte nicht begeistern, die das Team um Michaelis vortrug. Die Inhalte waren ihm mehr oder minder bekannt. Aaliyah war gut informiert. Alles, was sie ihm abends zuvor beim Essen erzählt hatte, traf genau das, was Luansi, Falk, Naima und Alexej in mühevoller Kleinarbeit zusammengetragen hatten.

Lag es tatsächlich daran, dass sie als Journalistin gut informiert sein musste, um ihrer Arbeit nachzugehen, oder war ihr Informationsstand eine Spur zu gut? Wenn sie mehr wusste als die deutschen Ermittlungsbehörden, dann konnte dies nur eins bedeuten: Sie hatte ihre Finger im Spiel.

Welches Spiel, fragte er sich, und wer war alles daran beteiligt?

«Levy?» Michaelis schaute ihn mit erwartungsvollen Augen an. «Bist du noch bei uns?»

«Ja, sicher.»

«Dann kannst du uns von deinem Aufenthalt in Grafenwöhr und dem Gespräch mit dem amerikanischen Sergeant berichten?»

Levy erhob sich und reichte Alexej das Foto, das Cromley ihm gegeben hatte. «Scanne das bitte ein und zeig es auf einem der Monitore.»

Während Alexej damit beschäftigt war, wiederholte er in kurzen Worten, was Huey O'Brien erzählt hatte. Er hielt sich nicht lange damit auf und kam schnell auf das Gespräch mit Cromley über den Blade Runner, Angel Hernandez.

«Wieso glaubst du, dass dieser ominöse Blade Runner etwas mit den Anschlägen zu tun hat?», fragte Luansi.

«Ich weiß es nicht, bisher ist es nur eine Spur, eigentlich noch weniger als das.»

«Wieso verfolgst du sie dann weiter?», fragte Michaelis. «Wir könnten dich hier gut brauchen. Dafür habe ich dich geholt. Die anderen Ermittlerteams beim BKA und Verfassungsschutz konzentrieren sich ausschließlich auf die Gruppe, die sich Shamal nennt.»

«Ich denke, sie spielen ein falsches Spiel», antwortete Levy. «Ich bin mir noch nicht mal sicher, ob sie ihre eigenen Leute über die wahren Hintergründe aufklären.»

«Wie meinst du das?», fragte Naima.

«Eine Verschwörung?», fügte Falk schmunzelnd hinzu.

Levy ließ sich dadurch nicht irritieren. «Bisher will man uns glauben machen, wir hätten es mit jemandem oder einer Gruppe zu tun, die einen radikal-islamistischen Hintergrund hat.»

«Es weist ja auch einiges darauf hin, allein der Sprengstoff TATP ...», sagte Falk.

«Sicher, sicher», unterbrach Levy. «Aber Palästinenser und Iraker sind doch nicht die Einzigen, die mit diesem Sprengstoff arbeiten.»

«Sie sind auf jeden Fall ausreichend verrückt dafür. Meine Leute in Tel Aviv sagen: Man muss entweder ein Vollprofi oder ein Vollidiot sein, um sich mit dem Zeug abzugeben. Meiner Ansicht nach treffen beide Voraussetzungen zu. Und mit dem Vollidioten meine ich die Lebensverachtung, die diese Leute an den Tag legen. Im Krieg gegen den Westen zu sterben bringt sie auf dem direkten Weg ins Paradies. Vergesst das nicht. Ihnen ist nichts heilig, noch nicht mal ihre eigenen Kinder. Sie sind tollwütige Hunde.»

«Jetzt mach mal langsam», protestierte Naima, die Halb-Libanesin. «Ihr habt sie mit eurem verachtenden Kolonialismus in diese Lage gebracht. Wenn ihr nur einen Funken mehr Respekt in den letzten fünfzig Jahren gezeigt hättet, dann hätten wir den ganzen Schlamassel nicht.»

«Wir geben ihnen Arbeit, investieren in ihre Infrastruktur ... wir haben dieses Land erst urbar gemacht. Zuvor hausten sie in Lehmhütten und Zelten.»

Michaelis schritt ein. «Genug jetzt! Setzt eure Nahostpolitik nach Dienstschluss fort.»

«Ich halte diese Diskussion für gar nicht so verkehrt», schaltete sich Levy ein. «Sie beweist, wenn wir uns auf das konzentrieren, was sie uns hinwerfen, verlieren wir uns in unsäglichen Streitereien über den Nahen Osten. Was wir aber dabei übersehen, ist der eigentliche Hintergrund.»

Falk plusterte sich auf. «Oje, ich weiß, was jetzt kommt. Die bösen Amerikaner stecken wieder hinter allem. Egal, wo auf dieser Welt etwas geschieht ... wer war's? Die Amis. Das ist billig.»

«Kein Wunder, dass ein Jude so daherredet», giftete Naima. «Ihr steckt mit ihnen unter einer Decke. Levy, was sagst du eigentlich dazu?»

Levy winkte ab. «Lasst mich mit diesem Unsinn in Ruhe.»

Naima und Falk reagierten gleichzeitig. «Unsinn?!»

«Mein Adoptivvater war ein deutscher Jude», antwortete Levy. «Das ist alles, was mich mit eurem Land verbindet. Ich bin gebürtiger Holländer.»

«Also auch ein Kolonialist», fauchte Naima.

Falk setzte noch einen drauf. «Und einer, der noch nicht mal zu seiner Familie steht.»

Das war ein wunder Punkt. «Halt deine ... Du hast keine Ahnung, wovon du sprichst.»

Betretene Stille trat ein, als sie sich die Ereignisse mit Levy und seinem Bruder Frank in Erinnerung riefen.

Luansi lenkte ein. «Auch wenn es kein Trost für dich ist, der Bruderkrieg hat in meinem Heimatland Angola einen hohen Blutzoll gefordert. Es ist das Schlimmste, was jemandem widerfahren kann.»

Alexej nahm das Feuer aus der Diskussion. «Hier ist der Scan. Besser hab ich's nicht hingekriegt.»

Das Bild erschien auf einem Monitor an ihrer Seite. Es zeigte den fünfköpfigen Trupp um Sergeant Boyle vor einem Humvee mitten in einer flirrend heißen Wüstenlandschaft.

«Danke», sagte Levy. «Diese Diskussion hat gezeigt, wie schnell wir uns in Streitigkeiten verlieren, wenn wir den Blick auf das Eigentliche verlieren. Ich gehe sogar so weit, dass dies durchaus so gewollt ist.»

«Von wem?», fragte Michaelis.

«Ich kann die Person oder die Gruppe noch nicht eindeutig identifizieren. Aber kommt es euch nicht irgendwie seltsam vor, wie sich Sven seit Beginn des Falls verhält? Wir alle haben ihn kennen gelernt. Wir wissen, dass er ein integrer Mann ist. Und dennoch sträubte er sich zu Anfang mit Händen und Füßen gegen unsere Mitarbeit. Dann ein paar Tage später die Kehrtwende.»

«Du unterstellst ihm doppeltes Spiel», mahnte Michaelis.

«Es ist offensichtlich. Oder wie würdest du seine plötzliche Hilfsbereitschaft bei dem Clearwater-Anschlag sonst deuten, nachdem er zuvor alles blockiert hat?»

«Du meinst», fragte Luansi, «er will uns in eine falsche Richtung locken?»

«Ich bin mir nicht sicher, ob es die falsche ist. Aber vielleicht drängt er uns zu einem Nebenkriegsschauplatz, damit wir nicht weiter nach dem forschen, was in seinen Verantwortungsbereich fällt. Es ist wie mit dem faulen Apfel, der auf dem Tisch von einer Person zur anderen geschoben wird.»

«Gib uns ein Beispiel», forderte Naima.

«Der BND-Mann Kevin Raab.»

«Was hat der BND mit dem BKA zu tun?»

«Nennen wir es Amtshilfe, damit sich der BND nicht selbst die Finger schmutzig macht. Mit der richtigen Argumentation war Raab ein nationales Sicherheitsrisiko. Alles, was aber zu Destabilisierung im Inland beiträgt, ist Sache des BKA, auch wenn Raab in Diensten des BND im Ausland tätig war.»

«Du meinst», sagte Falk, «der eine muss auslöffeln, was der andere ihm eingebrockt hat?»

Levy nickte. «Und darf dabei kein Wort nach außen verlieren. Ansonsten brennt die Hütte.»

«Bleibt die Frage: Wieso musste Raab sterben?»

«Habt ihr noch etwas zu ihm in Erfahrung gebracht?»

Michaelis verneinte. «Wir halten uns an die Vorgabe, nicht weiterzuermitteln.»

«Genau das meine ich. Wieso ist Raab tabu?»

«Das fragen wir uns die ganze Zeit auch. Aber was sollen wir machen?»

«Ich habe vor kurzem eine interessante Theorie zu Raabs Wirken im Irak gehört.»

«Er war dort tätig?»

«Bisher ist es nur die Aussage einer Person. Ihrer Meinung nach hat Raab Zielkoordinaten an die alliierten Streitkräfte geliefert, als sie Bagdad zu Kriegsbeginn bombardierten.»

«Er hat was?!», platzte es aus Michaelis heraus.

«Er war quasi die Zielleitstelle vor Ort.»

«Ein deutscher Staatsangehöriger im Dienst des BND hat also einen aktiven Kriegsbeitrag geleistet», brachte es Falk auf den Punkt.

«Ist er einer der beiden verdächtigten BND-Leute, die vor den Untersuchungsausschuss zitiert werden?», fragte Luansi.

Michaelis zuckte mit den Schultern. «Meiner Kenntnis nach nicht. Was aber nicht heißt, dass es bei den zweien bleibt. Weiß der Teufel, wie viele da noch mitgemischt haben.»

«Dann hätten wir schon mal ein Motiv», stellte Naima fest. «Rache der Saddam-Getreuen.»

«Oder einer ganz anderen Gruppe, die bisher noch nicht in Erscheinung getreten ist», warf Levy ein. «Eine Menge dieser vermeintlich hochpräzisen Raketen soll ihr Ziel nicht getroffen haben, sondern in zivilen Wohngebieten niedergegangen sein. Ihr erinnert euch vielleicht noch an die Bilder von den Raketenkratern ...»

«Einzelfälle», widersprach Falk, «so etwas gibt es in jedem Krieg. Das ist nicht zu vermeiden.»

«Blödsinn!», fauchte Naima.

«Schluss jetzt!», befahl Michaelis. «Hört endlich auf damit.» Zu Levy gewandt: «Sprich weiter.»

«Ich will mich nicht über diesen unsäglichen Begriff von Kollateralschäden auslassen, doch wie mir mein Informant sagte, herrscht darüber eine tiefe Verbitterung in der Zivilbevölkerung. Das Bild von den Befreiern hat sich gewandelt.»

Michaelis ahnte etwas. «Wer ist dein Informant?»

«Aaliyah Roshan.»

Bis auf Michaelis konnte niemand etwas mit dem Namen anfangen. Levy berichtete von ihr.

«Ihre Meinung ist gefärbt», stellte Michaelis fest. «Sie ist Araberin.»

«Nein, Perserin. Das ist was anderes.»

Naimas Kopf schoss herum. «Na, und? Soll das heißen ...»

«Nein, natürlich nicht», dämpfte Michaelis, «aber in diesem Fall würde ich mit ihren Informationen vorsichtig umgehen. Sie arbeitet für einen arabischen Nachrichtenkanal.»

«Ein Grund mehr», sagte Levy, «ihr Glauben zu schenken. Sie muss ihr Ohr an der Bevölkerung haben. Und wenn die Stimmung dort so ist, wie sie sie beschrieben hat, dann dürfte ein deutscher BND-Mann, der für den Tod von Hunderten von Zivilisten verantwortlich ist, ein gerüttelt Maß an Hass auf sich ziehen.»

Nun schaltete sich auch Alexej in die Diskussion ein. «Womit wir wieder bei den radikalen Islamisten wären.»

Levy war dankbar für den Zwischenruf. «Nicht unbedingt. Diese Vermutung liegt nahe, vielleicht zu nahe. Es scheint so, als sollten wir genau das glauben.»

«Du wiederholst dich», sagte Falk. «Meinst du wirklich, der BND liquidiert seine eigenen Leute?»

«Der Mossad tut es», antwortete Naima.

Luansi fragte Levy: «Worauf willst du hinaus?»

«Schauen wir uns die anderen Opfer an. Der Zivilist Steve Pratchett. Nur nach intensiven Recherchen habt ihr herausgefunden, dass er für einen Think Tank tätig war, der die amerikanische Regierung beraten hat. Wir alle glaubten, dass er zur falschen Zeit am falschen Ort gewesen war. Ein Unfall sozusagen. Was aber, wenn es ganz anders war, wenn es ein zielgerichteter Anschlag auf diese eine Person gewesen ist, auf einen, sagen wir, Semi-Militär?»

«Dafür der ganze Aufwand von fünf ... sechs Sprengsätzen? Wieso hat der Attentäter nicht eine Pistole oder ein Messer benutzt?»

«Ich gebe zu, darauf habe ich noch keine schlüssige Antwort. Doch lasst uns zu den anderen Opfern kommen. Der amerikanische Soldat, Townsend, der auf der Frankfurter Zeil getötet wurde. Hatte wieder das unselige Schicksal zugeschlagen? Ich glaube es mittlerweile nicht mehr. Er war an psychologischen Operationen, sogenannten PsyOps, des US-Militärs maßgeblich beteiligt. Auch Worte, sprich Lügen, können töten. Das sollten wir angesichts des Stolzes der Iraker nicht vergessen.

Opfer Nummer vier: das Sicherheitsunternehmen Clearwater. Nach allem, was ich über dessen Mitarbeiter gehört habe, wie sie sich als inoffizielle Ordnungsmacht im Irak aufspielen, gibt es keinen Grund, sie zu lieben. Sie verbreiten Angst und Schrecken mit ihrer Unberechenbarkeit. Ihre Mitarbeiter werden durch die Straßen geschleift und an Brücken aufgehängt. Dieser Hass hat eine ganze Etage zum Einsturz gebracht. Zum ersten Mal wurde in dieser Anschlagsserie mehr als eine Person getötet. Es macht den Eindruck, als ob das gesamte Unternehmen getroffen werden sollte.»

Alexej meldete sich zu Wort. «Womit wir erneut ...»

«Danke, Alexej», unterbrach Levy den Hinweis auf militante Islamisten. «Ist euch aber noch nicht in den Sinn gekommen, dass die Taten, die die amerikanische Regierung zu verantworten hat, nicht von allen, und ich meine damit ausdrücklich Amerikaner, gebilligt werden?»

Diese Theorie erstaunte alle.

«Wie ... Moment mal», rätselte Michaelis, «du sagst, die Amerikaner ... haben die Anschläge zu verantworten?»

Falk sagte nichts, sein abschätziger Blick genügte.

Selbst Naima tat sich schwer. «Also, ich weiß nicht. Das scheint mir ziemlich weit hergeholt.»

«Ich bin von unseren *Freunden* ja einiges gewohnt», sagte Luansi, «aber das?»

«Womit wir bei den Amis wären», konstatierte Alexej. «Coole Idee. Hat was.»

«Natürlich meine ich nicht die offiziellen Organe der amerikanischen Regierung damit», stellte Levy klar.

«Sondern?», fragte Falk gereizt. «Guerillas? Amerikanische Revolutionäre, die ihre eigene Regierung im Untergrund bekämpfen?»

«Man könnte sie so nennen, ja.»

Verneinendes Raunen erhob sich. Levy spürte, dass sie seine These für recht abenteuerlich hielten.

Michaelis schritt ein. «Zigarettenpause. Wir sehen uns in fünf Minuten wieder. Levy, komm mit.»

Sie ging voraus, Levy folgte ihr. Auf dem Gang stellte sie ihn zur Rede. «Hat dir das Weib völlig den Kopf verdreht? Was soll der Blödsinn?»

«Es ist eine Theorie, mehr vorerst nicht. Aaliyah hat damit nichts zu tun.»

«So, so, bei *Aaliyah* seid ihr also schon.»

«Sie hat mir wertvolle Informationen gegeben, die wir so nicht bekommen hätten. Wo liegt das Problem?»

«Dass deine Urteilsfähigkeit unter ihrem Einfluss offensichtlich leidet. Sie will eine Story haben, deswegen ist sie hier. Sie betrachtete die Welt aus ihrer ... verquasten Sicht heraus. Das sieht doch ein Blinder. Und das mit den Amis ... mein Gott, schlag dir das ganz schnell aus dem Kopf.»

«Hört das Denken bei den Amis auf? Sind sie tabu?»

«Nein, aber wir sind beweispflichtig. Hast du irgendetwas Handfestes vorzuweisen?»

«Ich arbeite daran.»

«Solange du nichts gegen sie in der Hand hast, bleiben wir bei der Islamisten-Theorie. Die Sache läuft streng nach Vorschrift. Der Innensenator wird mich grillen, wenn er etwas davon mitbekommt.»

Das Gespräch war beendet. Sie war bereits auf dem Weg zurück. «Ach ja, noch eine Sache: Wenn du etwas mit ihr anfängst, bist du aus dem Fall draußen.»

«Wie bitte?»

«Eine Verbrüderung mit der anderen Seite lasse ich nicht zu, schon gar nicht, wenn es sich um eine Reporterin eines arabischen Senders handelt.»

Noch bevor Levy antworten konnte, unterbrach Alexej. «Kommt schnell. Da ist gerade eine seltsame Meldung reingekommen.»

23

Als klar war, dass es sich bei der Getöteten um eine amerikanische Soldatin handelte, übernahm der CID am Unfallort das Kommando. Da die Interessen der Bundesrepublik in dieser Sache nicht betroffen waren, hatten sich die deutschen Beamten ohne Murren aus dem Fall zurückgezogen und der amerikanischen Militärbehörde das weitere Vorgehen überlassen.

Michaelis und Levy trafen am späten Abend in der Pathologie des Militärkrankenhauses in Wiesbaden ein. Colonel Nimrod hatte ihnen eine Zugangsberechtigung erteilt. Er stand diesseits eines Fensters, das den Blick in den Obduktionsraum ermöglichte. An seiner Seite stand, zur Verwunderung Levys und Michaelis', Sven Demandt vom BKA.

Er war nicht der einzige Überraschungsgast. Außer zwei Gerichtsmedizinern verfolgten noch zwei weitere Männer das Geschehen am Obduktionstisch, auf dem Candice Brendall lag. Sie wachten darüber, dass alle sichergestellten Proben aus Candices Körper in einen Behälter gelangten, über den sie allein die Verfügungsgewalt zu haben schienen.

Ihr körperlicher Zustand war auch ohne den langen Schnitt vom Schlüsselbein bis zur Scham desaströs. Die Wucht von vierzig Tonnen, bei einer Aufprallgeschwindigkeit von rund siebzig Stundenkilometern, hatten ähnliche Auswirkungen wie bei einer Fliege, die auf die Windschutzscheibe eines fahrenden Autos schlägt. Einzig der natürlichen Elastizität der menschlichen Haut war es zu verdanken, dass die Katastrophe in ihrem Körperinneren nicht in vollem Ausmaß von außen zu sehen war.

«Colonel», sagte Michaelis mit einem Kopfnicken, das als Begrüßung gemeint war. Demandt tat es ihr gleich. Levy begnügte sich mit Augenkontakt.

Viel interessanter als diese Begrüßungsfloskeln war jedoch das Geschehen in dem Saal jenseits der Scheibe.

Levy blickte über Michaelis' Schulter hinweg zu Colonel Nimrod. Ihm war der Unmut ins Gesicht geschrieben. Er konnte nicht akzeptieren, was hier vor sich ging, obgleich er es geschehen lassen musste.

Demandt hingegen machte auf ihn einen entspannten

Eindruck. Das Bild mit dem faulen Apfel, der im Kreis herumgereicht wird, kam Levy in den Sinn.

Ohne dazu aufgefordert zu werden, gab Nimrod einen vorläufigen Bericht.

«Ihr Name ist Candice Brendall, zweiunddreißig Jahre, Dienstgrad First Lieutenant, Mutter eines zweijährigen Sohnes. Militärische Verwendung: Aufklärung. Sie war vorübergehend in Wiesbaden stationiert.»

«Weswegen?», fragte Levy.

«Zur Ausbildung.»

«Ihrer eigenen, oder hat sie ausgebildet?»

«Mehr müssen Sie nicht wissen», antwortete Nimrod knapp und ohne eine Miene zu verziehen.

Levy sah Demandt lächeln. «Sven», fragte er ihn spitz, «weißt du vielleicht mehr?»

«Nein.»

«Was amüsiert dich dann so?»

«Nichts.»

Michaelis gab Levy einen Schubs, nicht weiter darauf einzugehen.

Nimrod fuhr fort. «Was wir an Zeugenaussagen bisher zusammengetragen haben, beläuft sich auf Folgendes: Lieutenant Brendall wurde ohnmächtig in der Toilette einer Buchhandlung aufgefunden. Sie schien verwirrt, verweigerte aber jegliche Hilfe. Kurz darauf verließ sie den Laden in Richtung einer nahegelegenen Bushaltestelle. Dort bestieg sie die Linie 12.

Der Busfahrer berichtete, dass sie sich während der Fahrt gegen seine Anweisungen verhalten habe. Sie wurde zunehmend hysterisch, bis er sie schließlich an der nächstgelegenen Haltestelle vor die Tür setzte.

Ein weiterer Zeuge sagte aus, dass sich die Frau am Bürgersteig ruhig verhalten habe. Sie sei irgendwie ‹abwesend› gewesen. Schließlich sei sie nach vorn gekippt und von einem heranfahrenden Vierzigtonner erfasst worden. Die Wucht des Aufpralls hat sie zur Seite geschleudert. Todesursache scheint dieser Aufprall gewesen zu sein. Genaueres erfahren wir am Ende der Obduktion.»

Der entscheidende Punkt fehlte jedoch. Denn wegen eines bedauernswerten Unfalls hatte er Michaelis wohl nicht verständigt.

«Was uns Sorgen macht», führte er weiter aus, «ist, dass wir an ihrem Körper eine Vorrichtung gefunden haben, wie sie einer Sprengladung gleicht. Allerdings waren die Taschen, die normalerweise für den Sprengstoff gedacht sind, mit handelsüblicher Knetmasse ausgestopft. Von diesen Attrappen gingen verschiedene Drähte weg. In der Nähe des Unfallortes haben wir ein zerstörtes Handy gefunden. Wir gehen davon aus, dass sie es mit sich geführt hat. Die Spurensicherung kann uns morgen mehr sagen.»

«Klingt nach einem missglückten Terroranschlag», sagte Demandt süffisant. «*Angehörige der US-Streitkräfte kapert Bus.* Tolle Schlagzeile.»

Nimrod war für derartige Späße nicht zu haben. Seine Gesichtszüge bebten vor Zorn. «Herr Demandt, Sie sind nur hier, weil Ihre Behörde darum gebeten hat. Würde das Oberkommando keinen Wert auf eine gute Zusammenarbeit zwischen unseren Dienststellen legen, so kämen Sie nicht mal am Wachpersonal vorbei.»

«Beruhigen Sie sich, Colonel», beschwichtigte Demandt. «Ich kann Ihren Unmut verstehen. Doch diese Angelegenheit, so traurig sie auch ist, entbehrt nicht einer gewissen Komik.»

Nimrod explodierte förmlich. «Komik?! Es wurde eine Frau getötet, die Mutter eines Zweijährigen ist und eine Angehörige der Streitkräfte. Was ist daran komisch?»

«Diese Frau war keine Unbekannte. Sie hat Menschenleben auf dem Gewissen. Und dass sie nicht Auge in Auge gekämpft hat, wie ein anständiger Soldat, sondern hinterlistig und bestialisch Gefangene hingerichtet hat, macht sie nicht gerade zu everybody's darling. Der Lkw-Fahrer, der sie versehentlich gestreift hat, ist zudem ein Iraker. Das entbehrt nicht einer gewissen Ironie.»

«Was meinst du damit?», wollte Michaelis wissen.

«Lieutenant Brendall ist uns durchaus bekannt. Sie hat im Irak, in Rumänien und auch auf Kuba gedient. Und nun rate mal, was diese Länder miteinander verbindet.»

«Du meinst, Sie war an Verhören beteiligt?»

«Sie war sogar für einige verantwortlich. Die Frau hat sich um die Sicherheit der amerikanischen Nation verdient gemacht, hat Auszeichnungen erhalten und in Wiesbaden ihre Nachfolger für den osteuropäischen Raum geschult. Ist es nicht so, Colonel?»

Nimrod bestätigte es durch sein Schweigen. Sein Blick haftete an den Vorgängen im Obduktionssaal.

«Wieso sollte sie einen Bus mit einer Bombenattrappe hijacken?», fragte Levy. «Das passt überhaupt nicht zusammen.»

«Sehr richtig», bestätigte Demandt. «Ich denke, da steckt jemand ganz anderes dahinter.»

«Und wer könnte das sein?», hakte Michaelis nach.

Auch ihr dämmerte es, dass Demandt und Nimrod einen entscheidenden Wissensvorsprung hatten.

Demandt antwortete nicht. Er wartete auf Nimrods Reaktion.

Es dauerte, aber dann lenkte er schließlich ein. «Wir haben ein Problem. Es lässt sich nicht länger verleugnen. Der Grund, wieso diese beiden Herren dort im Saal anwesend sind, ist, dass sich die Army ernsthaft Sorgen um einen ihrer Soldaten macht ...»

«Den Blade Runner», sagte Levy.

Nimrod nickte. «Alle Erkenntnisse zeigen in seine Richtung. Einer unserer Informanten berichtete von einem Amerikaner, der sich auf die Seite der oppositionellen Iraker geschlagen habe. Er war gut ausgebildet, kannte sich mit Sprengstoff und Waffen sehr gut aus. Er war eine große Hilfe für sie. Diese Kenntnisse kosteten viele Amerikaner und alliierte Soldaten das Leben.»

Levy sah, wie sich der Blutdruck von Michaelis mit jedem Wort Nimrods erhöhte. «Und wieso erfahren wir das nicht früher?!»

Nun antwortete Demandt. «Weil wir nicht sicher waren, ob es sich tatsächlich um ihn handelt.»

«Das BKA hat also die ganze Zeit Bescheid gewusst?»

«Wir wissen offiziell nichts. Es geht uns ja noch nicht einmal etwas an. Das ist ein rein amerikanisches Problem.»

«Bis Kevin Raab getötet wurde», setzte Levy den Satz fort.

Demandt nickte. «Das hätte nicht passieren dürfen. Damit zwang er uns auf den Plan.»

Michaelis hakte nach. «Wann hast du gewusst, dass der Tote im Kino Raab war?»

«Relativ schnell. Seine Frau hatte uns angerufen, nachdem sie beim BND abgeblitzt war. Sie erzählte, dass ihr Mann einen Anruf erhalten und sich besorgt über seine Sicherheit und die seiner Frau geäußert habe. Er wollte sich mit jemandem treffen, der ihm aus der Klemme helfen würde.»

«Jemandem von euch?», fragte Levy.

«Zum Teufel, nein. Wir hätten uns die Finger an Raab nicht verbrannt. Das war Sache des BND. Doch die haben ihn fallen lassen. Sie stritten jedwede Beziehung zu dem Antiquitätenschmuggler ab.»

«Wird das im Untersuchungsausschuss zur Sprache kommen?», fragte Michaelis.

«Nicht so lange, bis eindeutige Beweise für seine Informantentätigkeit vorliegen. Die zu beschaffen ist aussichtslos. Vergiss es.»

Levy warf ein: «Der Blade Runner tut es aber nicht. Für ihn hatte sich Raab schuldig gemacht. Durch dessen Informationen sind viele unschuldige Frauen und Kinder getötet worden.»

«Und wieso hast du ... hat das BKA so lange geschwiegen», wollte Michaelis wissen.

«Weil das hier und die letzten Anschläge eigentlich gar nicht stattgefunden haben. Verstehst du? Sie stehen in keinem Zusammenhang mit den Interessen der Bundesrepublik. Wir halten uns aus der Irak-Politik heraus. Das ist allein Sache der Amerikaner. Richtig, Colonel?»

Nimrod nickte zustimmend.

«Hier findet ein Krieg auf deutschem Boden statt», widersprach Michaelis. «Das ist sehr wohl eine deutsche Angelegenheit.»

«Ich habe es Levy gesagt, und ich sage es dir: Halte dich da raus. Die Sache ist eine Nummer zu groß für euch. Hier geht es um internationale Politik. Es gibt nichts zu gewinnen, aber alles zu verlieren. Auch deine Karriere. Hast du das endlich verstanden?»

Michaelis antwortete nicht. Sie blickte nun wie Nimrod in den Obduktionssaal. Wie es schien, war die Arbeit dort erledigt. Die Leiche wurde gewaschen, und die Gerichtsmediziner verließen den Raum.

«Kommen Sie», sagte Nimrod, «lassen Sie uns hören, was die Ärzte zu sagen haben.»

Einer von ihnen betrat den Gang und hielt auf Nimrod zu. «Aufgrund der schweren äußeren und inneren Verletzungen», berichtete er, «lässt sich nicht mehr feststellen, ob ihr vor dem Kontakt mit dem Fahrzeug Verletzungen zugefügt worden sind.»

«Somit bleibt es bei der bekannten Todesursache?», fragte Nimrod.

«Vorläufig ja. Die feinstofflichen Untersuchungen finden morgen statt. Allerdings müssen Sie die Kollegen nach den Ergebnissen befragen», dabei wies er mit einer Kopfbewegung auf die beiden Männer in Zivil, die die Obduktion überwacht hatten. «Ich bezweifle jedoch, dass Sie von denen etwas erfahren werden.»

Nimrod teilte diese Befürchtung und nickte. «Der Sprengstoffgürtel ... ich meine die Attrappe ... wo ist sie geblieben?»

Der Gerichtsmediziner deutete wieder in Richtung Obduktionssaal auf die beiden Zivilisten.

«Dann haben wir also nichts in der Hand?»

Der Mediziner bejahte. «Die Leiche wird heute Nacht noch für den Transport zur Heimatbasis von First Lieutenant Brendall vorbereitet. Die Beerdigung mit allen militärischen Ehren soll bereits in drei Tagen sein, so hat es mir einer der beiden erzählt.

Das ist alles, was ich Ihnen sagen kann. Tut mir leid. Wenn Sie noch Fragen haben, dann richten Sie sie bitte direkt ans Verteidigungsministerium.»

Nimrod bedankte sich mit einem Kopfnicken und ließ den Mann gehen.

«Die Army scheint es mächtig eilig zu haben, ihre Leute unter die Erde zu bekommen», sagte Levy. «Können Sie nichts dagegen unternehmen?»

«Als Soldat habe ich Befehle zu befolgen und sie nicht in Frage zu stellen», antwortete Nimrod knapp. «Egal, ob sie mir gefallen oder nicht.»

«Und als Polizist?», hakte Levy nach.

Nimrod ließ die Frage unbeantwortet. Stattdessen wandte er sich Demandt und Michaelis zu. «Ich denke, hiermit sind die Ermittlungen, die zum Tod von First Lieutenant Candice Brendall geführt haben, offiziell beendet. Wie Sie erfahren haben, ist sie Opfer eines bedauerlichen Unfalls geworden.»

«Und der Sprengstoffgürtel?», widersprach Michaelis.

«Sie meinen die Attrappe? Nun, man könnte sie als geschmacklosen Scherz bezeichnen, oder Brendall hat selbst, ohne Zwang von außen, den Gürtel getragen.»

«Wieso sollte sie das getan haben?», fragte Michaelis. «Hatte sie eine Vorliebe für ausgefallene Unterwäsche?»

Demandt schaltete sich ein. «Lass gut sein, Hortensia. Du hast gehört, was der Colonel gesagt hat. Für die Army und für uns ist der Fall damit abgeschlossen.»

Nimrod pflichtete ihm bei. «Bitte teilen Sie Ihren Vorgesetzten mit, dass wir den Tod einer Angehörigen der U.S. Army auf deutschem Boden bedauern, sowie die Umstände, die dazu geführt haben. Ich bedanke mich im Namen meiner Dienststelle ausdrücklich für die Unterstützung der deutschen Behörden in dieser Sache. Alles Weitere geht nun seinen vorbestimmten Weg.»

Levy war überrascht, wie schnell der Colonel zum offiziellen Blabla eines Angehörigen der US-Streitkräfte übergegangen war. Es schien, als machte er dies nicht zum ersten Mal.

Nimrod begleitete sie zum Ausgang. Auf dem Weg dorthin sagte niemand ein Wort. Obwohl jedem, außer Demandt, der Frust ins Gesicht geschrieben stand, mussten sie sich damit abfinden.

Levy jedoch musste sich keinem Diktat einer übergeordneten Dienststelle beugen. «Ich möchte mit Ihnen sprechen», flüsterte er Nimrod zu. Die beiden gingen hinter Michaelis und Demandt.

Nimrod nickte. «Ich erwarte Sie am Tor.»

24

Im Auto besprachen Demandt und Michaelis, wie es nun weitergehen solle. Levy wartete auf der Rückbank auf den richtigen Moment, sich abzusetzen.

Der verdächtige Blade Runner, Angel Hernandez, war Angehöriger der US-Streitkräfte. Seine bisherigen Opfer waren in der Mehrzahl ausländische Staatsbürger und Soldaten, auf der anderen Seite gab es die Deutschen Kevin Raab, Dennis Massall und vier weitere deutsche Opfer beim Clearwater-Anschlag.

Nach dem Nato-Truppenstatut fielen Angehörige der US-Streitkräfte unter die Gerichtsbarkeit der amerikanischen Behörden – daran war nicht zu deuteln.

Doch wie sollte es mit den deutschen Opfern und deren Recht auf Strafverfolgung ihres Mörders weitergehen? Raab war offiziell tabu, Massall stand in Diensten eines amerikanischen Unternehmens, das vom US-Verteidigungsministerium geschützt wurde. Blieben also noch die vier zivilen Opfer bei Clearwater. Drei Frauen, Büroangestellte, und ein Mann, der für die EDV zuständig war.

Deren Familien äußerten berechtigte Forderungen, den Schuldigen vor Gericht zu bringen. Nur wie konnte man seiner habhaft werden, sofern es sich tatsächlich um Angel Hernandez handelte? Würde ein deutscher Ermittler ihn fassen, so stünde kurz danach die Army in der Tür und würde seine Überstellung fordern. Was mit ihm vor einem amerikanischen Militärgericht passierte, lag jenseits deutscher Einflussnahme.

«Also, was machen wir?», fragte Michaelis.

«Das, was wir immer tun», antwortete Demandt. «Berichte schreiben und sie nach oben geben. Sollen die entscheiden.»

«Du bist ein Herodes», stichelte Levy aus dem Hintergrund.

«Herodes hin oder her», antwortete Demandt, «in unserem Geschäft ist es wichtig zu wissen, wann der Zeitpunkt gekommen ist, um auszusteigen. Und ich denke, er ist jetzt da.»

«Dem Innensenator wird das nicht gefallen», gab Michaelis zu bedenken.

«Auch er wird es noch lernen. Spätestens wenn er aus dem Kanzleramt einen Anruf bekommt.»

«Du meinst, die neugewonnene Freundschaft zwischen Amerika und Deutschland soll nicht gefährdet werden?», fragte Levy. «Ich könnte kotzen, wenn ich sehe, wie sich die Kanzlerin Bush an den Hals wirft. Das ist ja noch schlimmer als bei Schröder und Putin. Einfach ekelhaft. Dabei hätte ich bei einer Ost-Politikerin gerade das Gegenteil erwartet. Anscheinend lebt sie noch immer in der Illusion, dass im Westen alles goldgelb glänzt.»

«Jetzt krieg dich wieder ein», maßregelte ihn Demandt. «Die Beziehungen zwischen den USA und Deutschland haben sich endlich wieder normalisiert. Ich bin froh, dass unsere erfolgreiche Zusammenarbeit fortgeführt werden kann.»

«So wie bei Raab und dem BND?», fragte Michaelis.

«Die Amis hatten die Lufthoheit im Irak, auch die Telekommunikation lag in ihrer Gewalt», antwortete Demandt.

«Aber sie hatten niemanden an den Menschen dran, an den Politikern, Entscheidungsträgern, Militärs. Wir hingegen konnten uns in deren Reihen frei bewegen, schließlich hatten wir über die Jahre hinweg gute Geschäfte miteinander gemacht, und unser Nein zum Krieg hatte auch großes Gewicht.

In diesem Zusammenhang ist es eine völlig normale Angelegenheit, wenn ein befreundeter Dienst, also die CIA oder die Army, auf unsere Vorteile zurückgreift. Daran gibt es nichts zu nörgeln.»

«Nur dürfen die Menschen in diesem Land nichts davon erfahren», widersprach Levy, «ansonsten wird die alte Regierung, die auch Teil der neuen ist, der vorsätzlichen Kriegslüge überführt. Und was wahrscheinlich noch schlimmer ist, dann wird das Volk endlich erfahren, dass es von Anfang an von vorne bis hinten belogen worden ist.

Dieses *Nein* kam über alle Medien und verhalf Schröder zu seiner zweiten Amtszeit, während die Deutschen an allen Fronten verdeckt den Amis zuarbeiteten. Ich nenne das eine bewusste Täuschung der Öffentlichkeit und die aktive Unterstützung eines Angriffskrieges, der im Grundgesetz wortwörtlich verboten ist.»

«Es reicht jetzt», fuhr Michaelis Levy in die Parade. «Politische Reden höre ich ab morgen wieder genug. Lasst uns lieber besprechen, wie wir weitermachen.»

«Weitermachen?», konterte Demandt. «Es gibt nichts weiterzumachen. Schreib deinen Bericht, sag deinem Innensenator, dass uns und auch ihm die Hände gebunden sind. Wir können und dürfen in dieser Sache nichts weiter unternehmen. Sollen sich die Politiker ...»

Das Klingeln seines Handys stoppte ihn. «Demandt.»

Er hörte kurz zu, dann legte er auf und wandte sich an die zwei. «Morgen erscheint eine Meldung in den Medien.

Die Schlagzeile lautet: Der BND hat Journalisten heimlich belauscht, um Maulwürfe in den eigenen Reihen aufzudecken.»

«Bumm!», antwortete Michaelis spontan. Das war mit Sicherheit eine Bomben-Meldung.

Demandt zog bereits Schlüsse. «Dann werden wir uns auf ein ziemlich lautes Stühlerücken einstellen können.»

«Auch bei euch im BKA?», fragte Levy.

Demandt zuckte mit den Schultern. «Sicher gab und gibt es immer wieder Kooperationen zwischen den beiden Diensten, das ist normal und in den Zeiten der Terroristenbekämpfung ein Muss.»

«Hängst du da irgendwie mit drin?», fragte Michaelis.

Demandt startete den Motor. «Keine Ahnung. Ich muss jetzt schnellstens zurück. Kann ich euch mitnehmen?»

Michaelis bejahte, doch Levy öffnete die Beifahrertür. «Fahrt schon mal los, ich hab noch was zu erledigen.»

25

Colonel Nimrod stand diesseits der Absperrung zum Militärkrankenhaus. Er schaute auf die Uhr und fragte sich, wo Levy abgeblieben war. Selbst für einen hochrangigen Soldaten und Angehörigen einer Polizeieinheit war es nicht ungefährlich, sich nachts mit einem Zivilisten zu treffen. Es könnte die Frage gestellt werden: Was hatten Sie mit ihm zu besprechen? Wieso geschah dies nicht zu den sonst üblichen Zeiten auf amerikanischem Terrain?

«Tut mir leid», entschuldigte sich Levy, der vom Parkplatz her auf ihn zugeeilt kam. «Wo können wir reden?»

Nimrod zog ihn vom Tor weg. «Lassen Sie uns ein paar Schritte gehen.»

Hinein in die Nacht, nur durch die schummrige Straßenbeleuchtung erhellt, gingen sie an den Gitterstäben entlang um das Krankenhaus herum.

«Was gibt es?», fragte Nimrod.

Levy begann mit einem taktischen Kompliment. «Ich bewundere es, wie Sie vorhin den Fall Brendall offiziell abgeschlossen haben. Gratulation, ich bin mir nicht sicher, ob ich genauso ruhig wie Sie gehandelt hätte.»

«Täuschen Sie sich nicht», antwortete Nimrod, «Sie haben keine Vorstellung, wie es in mir drin aussieht.»

«Das heißt, Sie wollen sich nicht mit Ihrer eigenen Entscheidung zufriedengeben?»

Nimrod grinste abfällig. «Der Soldat hat dem Befehl gehorcht. Er hat getan, was von ihm erwartet wurde. Doch der Polizist fängt gerade erst an, diesen Schweineladen auszumisten.»

«Was haben Sie vor?»

«Selbst auf die Gefahr hin, dass ich meinen Job verliere und vors Kriegsgericht komme, werde ich nun endlich tun, worauf ich einen Eid geleistet habe. Und das betrifft unter anderem, Schaden vom amerikanischen Volk abzuwenden. Bisher hat sich meine Arbeit auf die unteren Ränge bezogen, also Soldaten, Unteroffiziere, vielleicht auch mal einen Offizier einer Straftat oder einer Verfehlung zu überführen, doch das sind nur die Körner, die mir hingeworfen werden. Die Hand, die dies tut, ist der eigentliche Bad Guy in diesem ungleichen Spiel. Es wird Zeit, dass sie spürt, dass sie dem Feuer zu nahe gekommen ist.»

«Sie sprechen in Rätseln. Was meinen Sie damit?»

«Eine Bande von Verbrechern hat mein Land als Geisel genommen. Diese Gangster scheuen nicht davor zurück, die

Verfassung mit Füßen zu treten, Grundrechte außer Kraft zu setzen und sich hemmungslos zu bereichern. Ich sehe allerorten Verrohung, Arroganz und wie die schlimmsten, niedrigsten Triebe des Menschen ungestraft ausgelebt werden.

Es gibt keine Instanz, die ihnen Einhalt gebieten könnte. Selbst der einfache Soldat kommt damit durch, weil er von seinem Offizier und dieser von seinem Vorgesetzten gedeckt wird. Diese Kette geht bis nach ganz oben.

Wo bleibt die Kontrollinstitution?, könnten Sie sich jetzt fragen.»

Levy nickte.

Nimrod fuhr fort. «Es gibt sie nicht mehr. Und die, die dennoch ihre Stimme erheben, werden entweder niedergebügelt oder verspottet. So geschehen mit der UNO, und zu Hause werden Künstler wie die Dixie Chicks, Susan Sarandon oder Dustin Hoffman öffentlich beleidigt und als Vaterlandsverräter verfolgt.»

«Was ist mit der Presse? Das wäre doch deren Job, auch die Gegenseite zu zeigen.»

«Es gibt keine freie, unabhängige Berichterstattung mehr in meinem Land. Die meisten Medien - Fernsehen, Radio und die Presse - sind in der Hand einer Gruppe von Unternehmen, die an Kriegen verdient. Sei es bei der Kriegsausrüstung, den Rohstoffen der besiegten Länder, mit den Geschäften der neuinstallierten Regimes oder damit, Krieg zum Unterhaltungsprogramm zu machen. Krieg wird von meinem Land nicht mehr wegen einer freiheitlichen Grundhaltung geführt, sondern um der Geschäfte willen. Das ist unser Sündenfall. Vergessen Sie alle amerikanischen Werte, auf die wir so stolz waren. Sie sind an den Meistbietenden verhökert worden.»

«Sie haben aber einen demokratisch gewählten Präsidenten», warf Levy ein.

Nimrod polterte los. «Das ist es ja gerade ...» Er senkte wieder die Stimme. «Allmählich muss ich mich auch für meine Landsleute schämen. Wie kann es sein, dass diese Bande wiedergewählt wurde, und noch überzeugender als beim ersten Mal? Das ist unfassbar. Ich habe keine Erklärung dafür.

Als ich in den Achtzigern in Ihr Land kam, glauben Sie mir, da wuchs ein Unverständnis in mir ... gegen diese undankbaren Menschen, die unsere Standorte belagerten, uns bespuckten und beleidigten ... Uns, die wir euch von den Nazis befreit hatten und gegen die rote Seuche beschützten ... Demokratie? Das war ein Fremdwort für euch. Wir halfen euch dabei, ein anständiges und respektiertes Leben in der Völkergemeinschaft zu leben.

Doch über die Jahre habe ich euch und euer Land schätzen gelernt, auch wenn es noch viele Dinge gibt, die ich nicht nachvollziehen kann. Es ist ein stolzes Land mit wertvollen Menschen, auch wenn ihr zurzeit nicht so recht wisst, was ihr mit eurer neugewonnenen Freiheit anstellen sollt. Das Nein eures Bundeskanzlers hat mich wirklich beeindruckt, und jetzt stellt es sich als Farce heraus.

Ich weiß nicht mehr, woran ich noch glauben kann. Meine Ideale rinnen mir wie Sand durch die Finger.»

«Was gedenken Sie nun zu tun?»

«Ich werde den Blade Runner suchen.»

Levy atmete innerlich auf. Endlich jemand, der keine Berichte schreiben, sondern der Sache gegen alle Widerstände auf den Grund gehen wollte.

«Wieso haben Sie mir bei unserem ersten Gespräch nicht mehr über ihn erzählt?», wollte Levy wissen.

«Es war eine Ahnung, vielleicht noch weniger als das. Irgendjemand aus unseren Reihen konnte hinter den Anschlägen stecken, das war relativ schnell klar. Die Frage war nur, wer und warum. Erst als ich beim Clearwater-Gebäude eingetroffen war und die Verwüstungen sah, dämmerte es mir, dass es jemand ganz Bestimmtes sein musste.»

«Der Blade Runner. Aber wieso gerade er und warum?»

«Ich bin ihm und Sergeant Boyles Trupp ein-, zweimal im Irak begegnet. Wir haben beide großes Leid bei der Bevölkerung gesehen, das von amerikanischer Seite verursacht worden war.»

«Clearwater?»

«Ja. Doch es gab auch oft genug Fehlverhalten einzelner Soldaten und Offiziere, die von oben gedeckt wurden. Ich habe den Blade Runner einmal persönlich erlebt, wie er auf seinen Bataillonskommandeur losgegangen ist, weil dieser die medizinische Versorgung eines verletzten irakischen Jungen verweigerte. Später habe ich erfahren, dass er an dem berüchtigten Midtown Massacre beteiligt war, wo er den befehlshabenden Offizier mit einer Waffe bedroht hat.»

Midtown Massacre ... da klingelte es in Levys Kopf. Cromley hatte es erwähnt. «Was war vorgefallen?»

«Dieser Einsatz amerikanischer Einheiten in der Nähe des Bagdader Flughafens wird sicherlich nicht als Heldengeschichte in die Annalen eingehen. Der Vorfall wurde so gut wie möglich vertuscht. Soldaten, die nicht an diesem Einsatz beteiligt waren, beschimpfen ihre eigenen Kameraden als Mörder und Vergewaltiger.»

«Starker Tobak.»

«Bei einem Hinterhalt irakischer Truppen kam es Anfang April, nachdem Bagdad eigentlich schon gefallen war, zu einem rund sechsstündigen Feuergefecht, bei dem hundert bis zweihundert irakische Kämpfer fielen. Ihre Leichen sollen sich in den Straßen getürmt haben. So ähnlich wie bei den Bandenkriegen im Chicago der dreißiger Jahre.

Nun, dieser Vorfall wäre nicht weiter bemerkenswert,

wenn auf beiden Seiten Opfer zu beklagen gewesen wären. Doch wie durch ein Wunder war kein einziger amerikanischer Soldat während des sechsstündigen Feuergefechts verletzt worden.»

«Es gab nur Tote auf irakischer Seite?»

Nimrod nickte. «In meiner gesamten Militärzeit ist mir noch nie etwas Derartiges untergekommen. Egal, gegen wie viele Feinde man kämpft, eine Kugel, und sei es auch nur eine verirrte, trifft immer jemanden aus den eigenen Reihen.

Stattdessen waren die Straßen voll mit toten Irakern.»

«Was ist da geschehen?»

«Ich weiß es nicht. Niemand der Beteiligten spricht über seine Erlebnisse beim Midtown Massacre. Leider.»

«Und was hatte dazu geführt, dass der Blade Runner den befehlshabenden Offizier bedroht hat?»

«Wie gesagt, ich habe es nur erzählt bekommen. Auf jeden Fall soll es einen Streit zwischen den beiden gegeben haben. Es ging wohl darum, ob der Trupp von Sergeant Boyle einen Bunker überprüfen sollte, in dem sich irakische Kämpfer versteckt hielten.»

«Ich fürchte, ich verstehe nicht, worauf Sie hinauswollen.»

Nimrod blieb stehen. «Kennen Sie die übliche Vorgehensweise im Häuserkampf?»

Levy erinnerte sich an Huey O'Brien, Grafenwöhr und den Death-Check. «Ja, ich habe es mal gesehen.»

«Gut, dann wissen Sie, was mit ‹Überprüfung eines Bunkers› gemeint ist, wenn darin feindliche Kämpfer vermutet werden.»

Levy nickte. Ja, er hatte es gesehen. Zwei in die Brust, eine in den Kopf. Egal, ob der Feind noch am Leben oder bereits tot war. Gefangene wurden nicht gemacht.

Eine traurige Vorgehensweise für ein Volk, das sich auf

die Fahne geschrieben hatte, den Irakern Freiheit und Demokratie zu schenken. Von den international anerkannten Regeln der Kriegsführung, festgelegt in der Genfer Konvention, ganz zu schweigen.

«Und der Blade Runner hat sich gegen den Befehl geweigert, diesen Bunker zu überprüfen?», fragte Levy.

«Möglich, sogar wahrscheinlich. Ansonsten kann ich mir seine weitere Vorgehensweise nicht erklären. Wie gesagt, niemand der Beteiligten will darüber sprechen, alle wollen das Midtown Massacre totschweigen.»

«Nur der Blade Runner nicht. Er will es an die Öffentlichkeit bringen», mutmaßte Levy.

«So scheint es, ja. Deshalb ist er mir als möglicher Attentäter überhaupt eingefallen. Die Befehlsverweigerung gilt in Teilen der Army als mutiger Akt. Er wurde und wird für sein Handeln im Nachhinein verehrt. Für den einfachen, kampferprobten Soldaten ist er das sinnbildliche, verlorengegangene Gewissen ... ein Gewissen, das sie im Irak geopfert haben.»

Mittlerweile hatten Levy und Nimrod eine Runde um das Krankenhaus gedreht und standen nun wieder vor dem Eingangstor.

«Meine Kollegen werden darauf drängen», sagte Levy, «dass die Ermittlungen heruntergefahren werden. Es handelt sich schließlich um eine auswärtige Angelegenheit, die die Interessen unseres Landes nicht berührt.»

«Genau das habe ich erwartet», antwortete Nimrod. «Nichts anderes wird von offizieller Seite bei uns geschehen. Im Hintergrund sind ihm jedoch die Army und die CIA auf den Fersen. Sie werden ihn still und heimlich beseitigen wollen. Auf keinen Fall soll etwas davon an die Öffentlichkeit dringen. Daher muss ich die Sache selbst in die Hand nehmen.»

«Sie wollen den Blade Runner auf eigene Faust stellen und ihn vor ein Militärgericht bringen?»

Nimrod schüttelte den Kopf. «Ich werde ihm eine Chance geben, seine Geschichte zu erzählen ... Sind Sie im Boot?»

«Was meinen Sie?»

«Wollen Sie mir dabei behilflich sein?»

26

Soldatenherz im Blutrausch.

Das Zittern seiner Hände war nur der Vorbote von dem, was noch kommen sollte. Es würde schnell Arme, Beine und schließlich den ganzen Körper erfassen. Seine Augenlider flackerten. Die immer wiederkehrenden Bilder wurden in ein fahles Blau getaucht.

Muhammed lag auf der Pritsche und starrte in das speckige Grau an der Decke. Er hatte den Zeitpunkt verpasst, aufzustehen und sich einen Schuss zu setzen. Nun wurde die Vergangenheit zur Gegenwart.

Der Anruf aus einem irakischen Gefängnis hatte ihnen eines der letzten Widerstandsnester vor den Toren Bagdads gemeldet. Eine Handvoll Fedajin sollte sich dort verschanzt haben. Ihr Trupp sollte sich darum kümmern. Als sie in die Hauptstraße einbogen, schien alles ganz normal. Es war um die Mittagszeit. Die Sonne schien satt, und niemand glaubte, dass dieser Tag in einem Blutbad enden würde.

Fußgänger waren unterwegs, Kinder spielten, Radfahrer und Autos zogen an ihren Humvees vorbei. Dann auf einmal wurde es still. Kein Mensch und kein Fahrzeug weit und breit.

Cromley saß am Steuer, neben ihm Sergeant Boyle. «Hier stimmt was nicht», sagte Boyle. «Haltet euch bereit.»

Die anderen griffen zu ihren Waffen. Der Predator sicherte die linke Flanke, Bad to the Bone die rechte. Der Blade Runner ging hoch ans MG.

Boyle fragte über Funk bei den nachfolgenden Fahrzeugen nach. «Hier vorn ist es verdammt ruhig geworden. Totenstill. Wie schaut's bei euch aus?»

Eine Bestätigung folgte auf die andere. Boyles Humvee lag an dritter Stelle der Kolonne. An der Spitze war Captain Herbert. Er war ein altgedienter Veteran, hatte in Vietnam, Grenada und Afghanistan gekämpft. Auf ihn konnte man sich verlassen. Er wusste, was in solch einer Lage zu tun war.

«Verhaltet euch ruhig», schepperte seine Stimme über Funk. «Noch ist nichts geschehen. Desmond, biegen Sie mit Ihren Leuten in die nächste Seitenstraße rechts ein und checken Sie die Häuser. Seien Sie vorsichtig, wir sind in einem Wohngebiet. Geschossen wird nur bei direkter Bedrohung. Hat das jeder verstanden?

Boyle, Sie übernehmen den Block auf der linken Seite.

Garcia, Sie ...»

«Feindlicher Beschuss!», schrie der Blade Runner vom MG hinunter.

Zu spät. Eine Granate zog eine Rauchspur hundert Meter vor ihnen aus einem der Häuser. Sie zischte auf das Fahrzeug an der Spitze zu. Herberts Humvee machte einen Ruck nach vorn und beschleunigte.

Das Geschoss prallte gegen einen Strommast aus Holz und trudelte wie eine verirrte Silvesterrakete in eine Seitenstraße. Dann die Explosion, gefolgt von einer Wolke aus Staub und Splittern.

«Verteilt euch!», schrie Herbert über Funk.

Die Humvees schwärmten zu allen Seiten aus. Gerade rechtzeitig. Der Beschuss aus den Häusern um sie herum deckte sie wie ein Hagelschauer ein. Die Kugeln ploppten gegen die Panzerungen, durchschlugen Fensterscheiben und surrten als Querschläger durch die Luft.

Cromley raste in einen Seitenweg. Der nachfolgende Humvee schaffte es nicht. Eine Granate detonierte unter der Vorderachse. Die Wucht der Explosion riss das Fahrzeug aus der Spur und legte es auf die Seite. Die Jungs krochen aus dem Humvee und verschanzten sich dahinter.

«Raus», schrie Boyle, «in die Häuser.»

Der Trupp setzte sich, wie tausendmal trainiert, in Bewegung. Der Predator und der Blade Runner traten die Tür ein, Cromley warf die Rauch- und Blendgranaten, Boyle und Bad to the Bone stürmten zuerst rein.

Dünne Lichtstrahlen stachen durch den Rauch und verschafften den Schützen Klarheit, wohin die Mündungen ihrer Waffen in dieser unübersichtlichen Lage überhaupt gerichtet waren.

Aus den umliegenden Häusern drangen kurze Stakkato-Salven herüber. Ta-ta-ta. Immer wieder. Feindkontakt.

Der Adrenalinspiegel jedes Einzelnen stieg rapide. Boyle blieb ruhig. Er verteilte seine Leute mit Fingerzeigen auf die Räume.

Nacheinander hörte er die Bestätigungsrufe. Bis auf den einen Raum vor ihm war alles sauber. Nun war er an der Reihe. Ein kräftiger Tritt gegen das Türschloss, und die Verankerung brach aus dem brüchigen Sand-Lehm-Dung-Mörtel.

Er erkannte den Mann sofort, der am Fenster stand – er feuerte hinaus auf die Straße. Als er Boyle sah, riss er seine AK-47 herum. Ein kurzer Augenblick. Ta-ta-ta. Der Fedajin hatte keine Chance.

Ein kurzer Blick zu den Seiten. Niemand mehr da. Boyle ging zurück, lief Bad to the Bone in die Arme, der die Aktion verfolgt hatte.

«Verdammt, hast du ein Glück», sagte er zu Boyle.

«Wieso?», fragt er zurück.

«Du hast einen erledigt. Mein Raum war leer.»

«Keine Sorge», antwortete Boyle. «Das wird nicht so bleiben.»

Boyle sammelte seine Leute ein. «Alles klar? Niemand verletzt? Gut, dann weiter.»

Sie stürmten hinaus auf die Straße. Um sie herum pfiffen Schüsse, detonierten Granaten, schrien Menschen.

Boyle zeigte auf die gegenüberliegende Tür. Wieder das gleiche Vorgehen.

Die Tür flog auf, die Blendgranate zündete, Boyle und Bad to the Bone gingen als Erste rein, die anderen folgten und verteilten sich auf die Räume.

Volltreffer. Sich überlagerndes Ta-ta-ta aus drei Räumen. Geschrei, berstende Fensterscheiben, splitternde Schränke. Kommandos. Der Predator zeigte zwei Bodycounts an, der Blade Runner nur einen, Boyle war dieses Mal leer ausgegangen.

Bad to the Bone kam aus dem dritten Raum. Er lag am Ende des Gangs. Stolz hob er beide Hände hoch und zeigte eine Acht an.

«Wie viele?»

«Acht.»

Boyle wollte es nicht glauben und sah nach. Er beugte sich hinunter und blickte in ein kleines Zimmer, das mit Nahrungsmitteln vollgepackt war. Und dann sah er sie. Zwei Erwachsene unter schwarzen Burkas lagen der Länge nach über sechs Kindern, darunter zwei Mädchen, von der Größe her drei bis fünf Jahre alt. Die M16 hatte einem den Arm abgerissen, dem anderen das Gesicht zerfetzt. Die Jungen konnte Boyle nur noch an ihren Schuhen erkennen. Aus einem Stumpf pumpte das kleine Herz noch Blut. Es vermischte sich mit dem der anderen in einer Kuhle.

Boyle hustete, kämpfte gegen den aufkommenden Druck seines Magens an. Dann drehte er sich um.

«Du verdammtes Dreckschwein!», schrie er durch den Gang. «Sind das etwa Fedajin?»

Alle, bis auf Bad to the Bone, kamen heran, schauten ins Zimmer.

«Sie hatten eine Waffe», antwortete Bad to the Bone kühl.

«Wo ist hier eine Waffe?!», schrie Boyle.

«Ich habe sie ganz deutlich gesehen. Die Alte hat sie gegen mich gerichtet.»

«Selbst wenn das stimmt, wieso musstest du die Kinder töten?!»

«Es war ein Aufwasch. O Mann, was fickst du mich wegen ein paar verlausten Hadjis an?»

Der Blade Runner konnte sich nicht mehr zurückhalten. Eine Fontäne erbrach sich aus seinem Mund über den Kampfanzug von Cromley, dem Cleaner. «Verdammt, Hernandez. Reiß dich zusammen.»

«Willst du vielleicht mit solchen Weicheiern das Nest hier ausräuchern?», lästerte Bad to the Bone. «Sei froh, dass du mich hast. Ich halt uns den Rücken frei. Also, wie geht's jetzt weiter?»

Boyle half dem Blade Runner auf die Beine, wischte ihm mit dem Ärmel die letzten Brocken vom Mund. «Alles okay?», fragte er ihn.

Der Blade Runner nickte, doch sein Blick haftete auf Bad to the Bone.

Eine Explosion auf der Straße lenkte ihre Aufmerksamkeit nach draußen. Der Predator ging zum Fenster, schaute hinaus. «Bomben», sagte er kühl. «Da, noch eine», und ein lauter Knall bestätigte ihn.

«Wir sprechen uns später», sagte Boyle und befahl den Aufbruch. Ihr Job war noch lange nicht beendet.

Als sie auf die Straße traten, kam ein Funkspruch von Herbert herein. Jeder hörte ihn auf seinem Interkom. Er war kurz und bündig. «Feuer frei. Kein Pardon.»

Bad to the Bone fühlte sich bestätigt. «Na, dann los», gab er das Kommando vor.

Sie stürmten auf die nächste Haustür zu. Diese Straße gehörte ihnen, und sie war lang.

Der Blade Runner und Cromley machten sich bereit, die Tür einzutreten, Bad to the Bone würde als Erster hineinstürmen.

Blade hielt in der Bewegung inne. Da war etwas, unten am Türstock, wo die Tür an der Angel aufgehängt ist. Ein Draht. Er dachte nach. Boyle fragte ihn, was los sei. Blade schaute auf Bad to the Bone. «Vielleicht kann Bad das mal übernehmen», sagte er.

«Pussy, geh zur Seite», antwortete Bad to the Bone und machte sich daran, die Tür einzutreten.

Blade ging zurück, zog Cromley und Boyle mit sich. Doch Boyle weigerte sich. «Du bleibst hier auf der Straße und sicherst uns ab», befahl er Bad to the Bone. «Ich will nicht noch einmal das Gleiche erleben wie gerade eben.»

Nun machte sich Boyle daran, die Tür aufzutreten.

«Nein!», schrie der Blade Runner und zog ihn weg.

«Was ist los?», fragte Boyle.

Blade ging vorsichtig an die Tür, zeigte auf den Draht an der Türangel. Sie verstanden sofort.

Boyle kommandierte seine Truppe in den Hauseingang

zurück, aus dem sie gekommen waren. Dann legte er an, zielte auf die verdächtige Türangel.

Der Schuss sprengte das dünne Metall weg, eine Explosion folgte, die ringsum alles erzittern ließ. Die Druckwelle war so stark, dass ihnen Gesteinsbrocken über die Straße hinweg um die Ohren flogen.

Als sich der Rauch verzogen hatte, blickten sie in ein mannshohes Loch, durch das lässig ein Humvee gepasst hätte.

Diese Tür, vor der sie der Blade Runner gewarnt hatte, war ihr ganz persönlicher Eingang zur Hölle gewesen. Niemand außer ihm hatte den Draht bemerkt, und jeder wusste, dass sie ohne seine Aufmerksamkeit ihre Heimat, ihre Kinder und Frauen nicht mehr gesehen hätten.

«Danke, Blade», sagte Boyle.

Alle anderen, sogar Bad to the Bone, schlossen sich ihm an.

Muhammed riss die Augen auf. Es klopfte an seine Tür. «Öffnen Sie, bitte», hörte er eine Stimme vom Gang rufen.

«Gehen Sie weg», rief er zurück.

«Ist alles in Ordnung mit Ihnen?»

«Ja, verdammt. Was soll sein?»

«Ich mache mir Sorgen. Sie haben so laut geschrien.»

«Was habe ich?»

«Sie haben gerufen: ‹Tu es nicht›, ‹Mörder› und solche Sachen.»

Er war im Delirium, hatte sich nicht mehr unter Kontrolle. Muhammed zwang sich zur Ruhe. «Es ist alles in Ordnung. Ich habe nur schlecht geträumt.»

Die Frau wartete noch einen Moment. Dann: «Wenn Sie Hilfe brauchen, klopfen Sie gegen die Wand. Ich habe das Zimmer neben Ihnen.»

Muhammed krümmte sich. Der Schmerz hatte seinen Körper fest im Griff. Mit letzter Kraft rief er: «Danke.»

Er rollte sich zur Seite, kam mit den Knien auf den Boden. Aufstehen war das Schwerste. Er drückte sich an der Bettkante ab. Seine Beine zitterten unter dem Gewicht.

Vom Bettgestell aus waren es nur zwei Schritte zum Tisch. Der erste gelang, beim zweiten verließ ihn die Kraft. Den Stuhl konnte er gerade noch fassen. Er zog ihn zu sich und setzte sich. Jetzt noch nach der Tischkante greifen und den Tisch heranziehen.

Doch wie sollte er den Löffel ruhig halten, während die Kerzenflamme das Heroin verflüssigte? Disziplin und Kontrolle. Das hatte er bei seinen Jungs gelernt. Selbst unter größten Schmerzen war es möglich. Er musste sich konzentrieren, die verbliebene Kraft auf diesen einen Vorgang fokussieren. Den Schmerz ausschalten, als sei er nicht vorhanden. Der Körper wehrt sich gegen den Verstand, hörte er sich sagen. Zwing ihn, auf deinen Willen zu hören. Er muss gehorchen.

Als das Heroin in seine Venen strömte, hatte er gesiegt. Über sich, seinen Körper und die Angst.

Er löste den Gummischlauch, erhob sich und legte sich zurück auf die Pritsche. Jetzt war vieles leichter. Er schloss die Augen. Ins Schwarze hinein mischten sich wunderschön anzuschauende kleine Explosionen.

Für Bad to the Bone war es der krönende Abschluss eines der schönsten Tage seines Lebens gewesen. Er hatte seinem Kampfnamen alle Ehre gemacht, so wie die anderen auch. Nachdem sie die Häuser in ihrer Straße überprüft hatten, war ihr Bodycount mit Händen nicht mehr zu zählen. Und dieser Tag war noch nicht vorbei. Auf der Hauptstraße war der Kampf noch voll im Gange. Mittlerweile waren über fünf Stunden vergangen, und aus der anfangs gemeldeten

Handvoll Fedajin mussten über hundert, wenn nicht doppelt so viele geworden sein. Auf der Straße türmten sich die toten Leiber der Iraker auf. Nicht nur Männer.

Die Pflicht der GIs war vorüber, der Hinterhalt ausgehoben. Jetzt kam die Kür. Als letzte verzweifelte Gegenwehr schickten die Fedajin Jugendliche mit Sprengstoffgürteln am Leib auf die amerikanischen Stellungen zu. Manche von ihnen schafften nicht einmal die Hälfte der Strecke und explodierten mitten auf der Straße. Die Zünder waren zu kurz eingestellt. Andere hingegen waren von ihrer Sache bis in den Tod überzeugt. Sie trugen den Zünder in der Hand. Sie würden ihn erst auslösen, wenn sie einen Amerikaner erreicht hatten. Genau diese zu allem entschlossenen Halbwüchsigen galt es auszuschalten.

Der Befehl kam direkt von Captain Herbert. Jeder Trupp sollte zwei Mann für diese Aufgabe abstellen, während die anderen weiter nach versteckten Fedajin suchen sollten.

Bad to the Bone meldete sich freiwillig. Boyle ließ ihn ziehen. Auf Cromley und den Predator konnte er nicht verzichten. Sie waren kampferfahren und reagierten zuverlässig. So blieb der Blade Runner übrig.

Die beiden bezogen Stellung in einer ausgebombten Erdgeschosswohnung. Von hier aus hatten sie einen guten Blick auf den Straßenbereich, für den sie verantwortlich waren. Hundert Meter weiter, zu beiden Seiten, hatten sich weitere Kommandos in Stellung gebracht.

Es dauerte nicht lange, bis die erste menschliche Bombe rund vierzig Meter zu ihrer Linken explodierte. Der Junge war aus einer Seitenstraße herausgerannt und hielt auf das Nachbarkommando zu. Kurz bevor er die Straßenmitte erreicht hatte, fiel ein Schuss. Die Kugel traf ihn in den Bauch, dort, wo der Sprengstoffgürtel befestigt war. Die erste Explosion zündete, und der Junge ging zu Boden. Eine zweite folgte, sie verpuffte unter seinem Körper. Das war ein Zeichen dafür, dass der Sprengstoff selbstgebastelt war und nicht auf einen Schlag detonierte.

«Bäng», entfuhr es Bad to the Bone. «Hast du das gesehen, Blade?» Er war begeistert.

Doch Blade konnte keine Freude daran finden. Wieder war ein Kind in diesem Krieg gestorben. Wofür? Der Junge wollte sie töten, seine Befreier. Wieso hatte er so viel Hass in sich, dass er sein junges Leben dafür opferte? War es die Aussicht auf ein Paradies mit Jungfrauen?

Und Blade? Kampf war das Versprechen der Army gewesen. Ja, das hatte sie gehalten. Doch er wollte richtig kämpfen, Mann gegen Mann, auf gleicher Augenhöhe, und nicht durchgedrehten Kids einen Bauchschuss verpassen. Dieses Spiel hatte keinen Reiz für ihn. Das war etwas für Schlächter, nicht für Krieger.

Dann kam das Kommando. Über Funk meldete die Leitstelle einen Jungen, der aus einem Haus rannte. Er hielt genau auf die beiden zu.

Bad to the Bone nahm ihn ins Visier. «Komm näher, kleiner Hadji. Ich will dir in die Augen sehen.»

Er hatte die Straßenmitte erreicht. Von da an waren es nur noch zwanzig Meter.

Nochmal die Leitstelle. «Der Junge kommt direkt auf Sie zu. Schießen Sie endlich.»

Bad to the Bone kostete die Situation aus und wartete, bis er den Gehsteig erreicht hatte. «Hey», rief er ihm zu, «hier bin ich.»

Der Junge erfasste ihn als Ziel. Der Türeingang war weggesprengt, er würde auf kein Hindernis mehr stoßen.

«Schießen Sie!», kam es über Funk.

Dann endlich drückte Bad to the Bone ab.

Klick. Kein Schuss hatte sich gelöst. Noch einmal. Klick.

Der Junge kam vom Gehsteig durch die offene Tür gerannt, den Auslöser in der Hand. Seine Augen mussten sich nach der grellen Sonne erst einmal an den dunklen Raum gewöhnen. Dann erst war er sicher, einen amerikanischen Soldaten vor sich zu haben.

«Blade», schrie Bad to the Bone, «schieß!»

Doch der Blade Runner war nicht mehr da. «Blade?!»

Bad to the Bone ließ sein Gewehr fallen, griff an den Gürtel und zog seine Pistole. Auge in Auge standen sich beide in dem leeren, ausgebombten Raum gegenüber.

«Was ist bei euch los?», hörte er über Funk den Captain. «Warshovsky. Hernandez. Haben Sie ihn getötet?»

Nein, der Junge war noch am Leben. Er ging langsamen Schrittes auf Bad to the Bone zu, der mit gezückter Waffe zurückwich. Eine falsche Bewegung, und sie beide waren tot. Dem Jungen war es egal, dem Soldaten nicht. Mit dem Rücken an der Wand zielte er auf ihn. Der Schuss musste sitzen und durfte die Sprengladung nicht treffen. Und selbst dann bestand die Gefahr, dass der Zünder ausgelöst wurde, wenn er zu Boden ging.

Doch die Entscheidung traf nicht Bad to the Bone. Mit einem Lächeln im Gesicht zog der junge Iraker an der Schnur.

Selbstgebauter Sprengstoff war immer ein Risiko. Oft ging er zu früh hoch oder gar nicht.

Der Junge riss noch einmal an der Schnur.

Als Bad to the Bone klar wurde, dass er soeben ein zweites Leben geschenkt bekommen hatte, lachte er laut und zielte auf die Stirn.

Im Nebenraum saß der Blade Runner am Boden und hielt sich die Ohren zu. Er wollte nichts mehr mit diesem Krieg zu tun haben. Über Funk hörte er den Captain nicht, der sich zu ihnen auf den Weg gemacht hatte. Gleich wollte er da sein.

Dann ein Schuss.

Muhammed öffnete die Augen. Er war vollkommen ruhig. Die letzte Explosion hinter seinen geschlossenen Augenlidern zeigte ihm an, dass es Zeit war, sich auf den Weg zu machen.

27

Von Wiesbaden aus war es nur ein Katzensprung von hundert Kilometern zur Airbase Ramstein in der Nähe von Kaiserslautern.

Colonel Nimrod und Levy hatten sich noch in der Nacht zuvor entschieden, 2nd Lieutenant Caine Warshovsky einen Besuch abzustatten. Wie Sergeant Cromley richtig vermutet hatte, bereitete er sich auf seinen nächsten Einsatz vor. Sie hatten sich mit ihm in der Nähe des Stützpunktes auf einem Freizeitgelände für Angehörige der US-Streitkräfte verabredet.

Warshovsky war sich nicht sicher, so sagte er am Telefon, inwieweit er der Bitte Nimrods entsprechen könne, da er seit der Operation Iraqi Freedom keinen Kontakt mehr zu seinen ehemaligen Kameraden hatte.

«Er war nicht leicht zu überzeugen», sagte Nimrod, der am Steuer saß. Neben ihm Levy, der während der Fahrt in der Akte Warshovskys las, die Nimrod noch am Morgen zusammengestellt hatte. «Natürlich weiß er, wenn der CID mit ihm sprechen will, dass er in die Nähe von Ermittlungen gerät, die seiner weiteren Karriere schaden können. Und wie Sie aus seinen Beurteilungen ersehen können, ist er einen beeindruckenden Weg gegangen.»

«Er gehört zur zweiten Generation einer polnischen Einwandererfamilie», las Levy vor. «Den High-School-Abschluss hat er mit Ach und Krach geschafft, danach folgten kurze, häufig wechselnde Jobs als Hilfsarbeiter in der Industrie, mehrere Anzeigen wegen Körperverletzung mit einer Verurteilung, Arbeitslosigkeit, schließlich der Eintritt in die Army mit der Ausbildung zum Fernspäher in einer Einheit der Marines. Erster Kampfeinsatz Iraqi Freedom, März bis April 2003, bei dem er für seine Leistungen mit der Iraq Campaign Medal und der Marine Corps Expeditionary Medal ausgezeichnet wurde.

Dann scheint ihn der Ehrgeiz gepackt zu haben, und er holte seine fehlende schulische Qualifikation nach, bis er schließlich vor einem Jahr in den Rang eines Lieutenant befördert wurde.»

«Nicht schlecht für einen Underdog aus dem Hafenviertel von Baltimore. Da soll nochmal jemand sagen, dass die Army keine Karriere ermögliche. Interessant wird es, wenn Sie seine psychologische Beurteilung sehen.»

Levy blätterte weiter. Er überflog die einzelnen Stellungnahmen seiner Vorgesetzten und Ausbilder und fasste zusammen: «Aus dem zur Gewalt neigenden Hitzkopf ist mit der Zeit ein verlässlicher, in sich ruhender Stratege geworden, der ein großes Potenzial in sich trägt ... Was bedeutet das bei einem Marine?»

«Dass er ein willfähriger Kandidat für die kommenden Kampfeinsätze ist. Wenn Sie sich die eigentlichen Aufgaben von Fernspähern betrachten und wofür sie letztlich bei der Operation Iraqi Freedom herhalten mussten, so lässt diese Beurteilung einige Schlüsse zu.»

«Die da wären?»

«Späher bei den Marines haben eine Sonderausbildung nach der anderen hinter sich gebracht. Die wenigen, die es bis zum Schluss schaffen, sind mit normalen Maßstäben eigentlich nicht mehr greifbar. Schmerz, physisch wie psychisch, spielt am Ende der Ausbildung für einen Späher überhaupt keine Rolle mehr. Er hat so viel ertragen müssen, dass alles, was danach kommt, ihm wie eine weitere, gewohnte Übungseinheit vorkommt.

Ihr Job ist es, hinter die Linie des Feindes zu kommen, seine Stellungen auszukundschaften und alle notwendigen Informationen für den Angriff an die nachrückenden Einheiten zu melden. Dabei ist jeglicher Feindkontakt zu vermeiden.

Wofür Späher aber überhaupt nicht ausgebildet sind, ist, aus ungepanzerten Fahrzeugen heraus frontal in feindliche Stellungen hineinzufahren und sie in Feuergefechte zu verwickeln.

Und genau das haben sie im Irak getan.»

«Wieso das?»

«Entgegen ihrer Ausbildung, entgegen der Kampftaktik aller anderen Verbände und entgegen den Plänen der Kommandeure hatte sich das Verteidigungsministerium für diese Vorgehensweise entschieden.»

«Was steckte dahinter?»

«Die Idee, eher noch die Notwendigkeit, diesen vermeintlich kurzen Feldzug durch kleine und mobile Einheiten schnell über die Bühne zu bringen. Die dadurch frei gewordenen Ressourcen hielt man in der Hinterhand, um sie für den nächsten Kriegseinsatz zur Verfügung zu haben.»

«Bei einer Kriegsdauer von nur drei Wochen ist dieser Plan ja auch aufgegangen.»

«Kommt drauf an, wie man es sieht. Wenn Sie als Späher entgegen ihrer Ausbildung in feindliche Stellungen getrieben werden, so könnte man Sie auch als Kanonenfutter bezeichnen. Und zum Zweiten erleben wir seit

Jahren, dass wir es nicht geschafft haben, den Irak zu befrieden.

Aber das ist es gerade, was die irakische Zivilbevölkerung von uns, ihren Befreiern, erwartet. Stattdessen haben wir das Land ins Chaos gestürzt. Schlimmer hätte es für uns nicht laufen können. Mittlerweile hat uns dieser Krieg über 300 Milliarden Dollar gekostet, das Vierfache der ursprünglichen Schätzung.»

«Klingt nach einem Fiasko.»

«Das ist es auch. Wie ich gestern erfahren habe, haben sechs Generäle ihre Demission angekündigt, sofern das Verteidigungsministerium nicht schnellstens seine Taktik ändert und ... seinen Chef feuert.»

«Wie bitte?»

«Sie haben richtig gehört. Die Generäle meutern. Sie verlangen einen Wechsel an der Spitze, und sie wollen sich nicht in das nächste Abenteuer treiben lassen. Die Erfahrung im Irak hat ihnen gereicht.

Sie sehen, Herr Levy, es gibt noch Hoffnung für mein Land. Ich fürchte jedoch, dass sie für einige zu spät kommt.»

«Wen meinen Sie damit?»

«Die Kriegsveteranen. Dieser Sergeant Cromley, von dem Sie mir erzählt haben, gehört zu einer traurigen Gruppe von Soldaten, deren Leben zerstört worden ist. Nach meinen Unterlagen leidet jeder fünfte Soldat unter erheblichen psychischen Problemen.»

«Der posttraumatischen Belastungsstörung zum Beispiel.»

«Ja. Und das Ungeheuerliche ist, dass sie von der Army, von ihrem Land, dem sie gedient haben, keine entsprechende Unterstützung erhalten.»

«Cromleys behandelnder Arzt erwähnte es.»

«Das sind tickende Zeitbomben, unkalkulierbar, meist unauffällig, mit Sicherheit tödlich. An jeder Straßenecke, in jedem Supermarkt oder in jeder x-beliebigen Kneipe kann es Sie erwischen. Eine falsche Bemerkung, der falsche Ton, eine schlichte Zurückweisung, und er gerät außer Kontrolle. Nahezu monatlich haben wir mit einem dieser Fälle zu tun. Meistens kommen wir zu spät. Dann ist mindestens ein Mensch tot. Das alles könnte vermieden werden, wenn wir anständig für unsere Jungs sorgen würden. Das haben sie verdient.»

«Wie schätzen Sie diesen Warshovsky ein?»

«Ich kann es noch nicht sagen, aber ich bin sehr gespannt.»

Wenig später passierten sie die Kleinstadt Ramstein mit ihren rund achttausend Einwohnern. Ähnlich wie es Levy bereits im oberpfälzischen Grafenwöhr erlebt hatte, schien der Ort nur durch die Anwesenheit des amerikanischen Militärs eine Bedeutung zu besitzen.

Nimrod gab Levy einen kurzen Überblick zur Bedeutung der Ramstein Air Base. «Sie ist der größte Stützpunkt der Air Force außerhalb der USA und ihr Hauptquartier in Europa sowie NATO-Basis.

Die Air Force nutzt den Stützpunkt hauptsächlich als europäische Drehscheibe für Fracht- und Truppentransporte, aber auch als Ziel von Evakuierungsflügen. Im nahen Landstuhl befindet sich das größte amerikanische Krankenhaus außerhalb der USA. Rund 35 000 Militärangehörige und 6000 Zivilisten arbeiten auf der Basis.»

«Beeindruckend. Ramstein ist mir eigentlich nur durch das Flugzeugunglück in den Achtzigern bekannt und ... war da nicht was mit Gefangenenflügen in letzter Zeit?»

«Ja, leider. Ramstein wird für alles eingesetzt und auch missbraucht. Es war und ist die maßgebliche Drehscheibe für unsere Einsätze im Osten. Die Air Base hatte schon beim

Afghanistan-Krieg eine Luftbrücke für Soldaten, Kriegs- und Hilfsmaterial zwischen der Türkei und Deutschland organisiert.»

Das als *Recreation Area* bezeichnete Gelände lag außerhalb der Air Base und wurde von Soldaten und deren Familien genutzt. Der Sicherheitscheck am Eingang beschränkte sich auf eine simple Sichtkontrolle.

Nimrod parkte den Wagen nah an einer Fitnesshalle mit angeschlossenem Swimmingpool. Kinder und Mütter planschten dort ausgelassen, während ihre Männer Runde um Runde im Becken schwammen.

«Wir treffen ihn in der Halle», sagte Nimrod, «bei den Gewichten.»

Levy folgte ihm. Als sie die Halle betraten, die sich über die Größe eine Fußballfeldes erstreckte und mit einem Tennis- und einem Basketballplatz ausgestattet war, staunte Levy nicht schlecht, als er bei den Bodybuildern eine Frau erkannte, die er an jedem Ort erwartet hätte, nur nicht hier. Sie saß neben einem Mann, Ende zwanzig, Kurzhaarschnitt, muskulöser, nackter Oberkörper, auf einer der Bänke und unterhielt sich mit ihm, während er eine Übung an den Maschinen machte.

Auch sie erkannte Levy schnell, als er auf sie zukam. Doch weit weniger als er war sie von seinem Erscheinen überrascht.

«Hallo, Balthasar», sagte Aaliyah.

«Was machst du denn hier?», fragte Levy.

«Ich unterhalte mich mit Lieutenant Warshovsky», antwortete sie und zeigte auf den Mann neben ihr. «Darf ich vorstellen? Kriminalpsychologe Balthasar Levy und ...», sie las den Namen Nimrods von seiner Uniform ab, «Colonel Nimrod. CID, wie ich sehe.»

«Sie kennen sich gut mit militärischen Rängen aus», antwortete Nimrod.

«Durch die andauernde Präsenz der US-Streitkräfte in meiner Region hatte ich genügend Zeit, sie zu studieren.»

Eine kurze Pause trat ein. Der Mann mit dem nackten Oberkörper stellte seine Übung ein und stand auf. Er reichte Nimrod nicht die Hand, verhielt sich aber der Situation angemessen. Mit einem Kopfnicken und einem knappen «Sir» begrüßte er Nimrod.

Jener grüßte zurück und bedeutete ihm, sich zu entspannen. «Wo können wir uns ungestört unterhalten?»

«Wenn es Sie nicht stört, Sir, dann möchte ich den Pool vorschlagen.»

Nimrod nickte. Warshovsky nahm Handtuch und T-Shirt und ging voran. «Wir können unser Gespräch anschließend weiterführen?», fragte er Aaliyah.

«Sicher», antwortete sie.

Levy gab Nimrod ein Zeichen, dass er nachkommen würde, zuvor wollte er mit Aaliyah sprechen.

Sie hatte es offenbar erwartet und bot ihm an, neben ihr Platz zu nehmen.

«Darf ich fragen, was du mit Lieutenant Warshovsky zu besprechen hast?», fragte Levy. «Und sag jetzt bitte nicht, du recherchierst für deine Hintergrund-Story zu den Anschlägen in Deutschland.»

Aaliyah lächelte. «Wieso nicht? Du bist nicht der Einzige, der herausfinden will, wer dahintersteckt.»

«Und wie kommst du gerade auf Warshovsky?»

Wieder ihr typisches Lächeln, das mehr verbarg, als es offenbarte. «Ich habe meine Informanten.»

Wer konnte das sein?, ging es Levy durch den Kopf. Dann fiel ihm ein, von wem er den Namen erhalten hatte.

«Du hast mit Cromley gesprochen.»

Sie antwortete nicht, schaute ihm geradewegs in die Augen. Ein Anflug von Verlegenheit huschte über ihr Gesicht.

«Du hast mir den Zettel mit seinem Namen gestohlen, nicht wahr?»

«Gestohlen», antwortete sie vorwurfsvoll, «er lag am Boden herum. Ihn nicht zu sehen, wäre schwieriger gewesen.»

«Dann hattest du also einen triftigen Grund, mich in dieser Nacht zu besuchen.»

«Das stimmt so nicht. Ich ...»

«Und dein Interview mit dem Lagerkommandanten in Grafenwöhr war auch nur eine Lüge. Du wolltest eigentlich mit O'Brien sprechen. Richtig? Nur zu dumm, dass ich dir zuvorgekommen bin. Dann musstest du schnell reagieren. ‹Taxi gefällig?› Nicht schlecht, Frau Reporterin. Das nenne ich vollen Einsatz fürs Vaterland.»

«Hör auf, Balthasar», protestierte sie. «Die Nacht mit dir war nicht geplant.»

«Oh, vielen Dank.»

«Es hat sich ergeben. Ganz ohne Hintergedanken.»

Levy glaubte ihr nicht. Er schaute ihr in die Augen, suchte zu ergründen, woher diese Kaltschnäuzigkeit kam. Ihre Hand berührte seine. Er zuckte zurück. «Lass das.»

Er stand auf, für ihn war die Unterhaltung beendet. Bis auf eine Frage: «Wer hat dir die Namen genannt? Nimrod?»

Sie verneinte. «Ich gebe zu, die Geschichten um den mysteriösen Blade Runner sind nicht ganz so erfunden, wie ich dir glauben machen wollte. Es hat ihn tatsächlich gegeben.»

«Das ist kein Geheimnis.»

«Das meine ich nicht. Entscheidend ist die Rolle, die er beim Aufbau des Widerstandes im Irak gespielt hat.»

Levy setzte sich wieder. «Wovon sprichst du?»

«Meine Informanten sagen ...»

«Wer sind deine *Informanten*?»

«Irakische Widerstandskämpfer.»

«Terroristen.»

«Meinetwegen auch das. Auf jeden Fall schreiben sie ihm eine maßgebliche Rolle zu, wo und wie die Amerikaner zu treffen sind.»

«Er hat sie ausgebildet?»

Sie nickte. «Im Bombenbau, in der Auswahl und Organisation von Anschlägen. Er kannte die Strukturen der Army und wusste, wo er Informationen über ihre Planungen herbekam.»

Levy dachte nach. «Das würde bedeuten, dass es amerikanische Offiziere gab, die ihm diese Informationen zugänglich gemacht haben.»

«Nicht nur Offiziere. Auch die Verwaltung und Geschäftsleute sind betroffen. Schmiergelder, Waffen- und Drogengeschäfte, Schmuggel von Kulturgütern, Prostitution, Unterschlagung von Wiederaufbauhilfe ... was auch immer, er wusste, wo er anzusetzen hatte.»

«Davon habe ich nie etwas gehört.»

«Kein Wunder. Es wirft nicht gerade ein gutes Licht auf die Militärbehörden. Vor kurzem erst wurden ein amerikanischer Verwaltungsbeamter und ein Bauunternehmer der Veruntreuung von Geldern überführt. Der Irak ist zu einem El Dorado der Kriminalität verkommen. Die Medien zeigen nur die Gewalt auf den Straßen, Bombenanschläge, Sunniten gegen Schiiten, brennende Moscheen. Das passt alles sehr gut in die öffentliche Wahrnehmung. Nur was jenseits dieser Bilder passiert, oben auf der offiziellen Ebene, das bleibt im Dunkeln.»

«Bist du deswegen hier?»

«Ja. Ich will ein Interview mit dem Blade Runner.»

«Wieso hat er den Irak verlassen? Wieso verübt er diese

Anschläge in Deutschland, und wie passt das in sein Konzept?»

«Ich weiß es nicht. Aber es stimmt, ein seltsamer Wandel hat sich in seiner Strategie vollzogen.»

Levy dachte nach. «Was hat dir Warshovsky gesagt?»

«Er hatte vor einem halben Jahr mit ihm Kontakt. Der Blade Runner hatte ihn angerufen und wollte sich mit ihm treffen.»

«Wo?»

«Irgendwo im Irak.»

«Was hat er ihm geantwortet?»

«So weit kamen wir nicht. Ihr habt uns unterbrochen.»

«Dann wollen wir ihm die Frage nochmal stellen.»

«Kann ich mit?»

So wie die Dinge lagen, konnte sie ihm bei der Suche nach dem Blade Runner behilflich sein. Er stimmte zu.

Sie fanden Warshovsky und Nimrod an einem Tisch am Pool. Sie setzten sich dazu. Nimrod zeigte sich durch die Anwesenheit Aaliyahs überrascht, doch Levy nickte es ab.

«Er machte auf die ‹guten alten Zeiten›», sprach Warshovsky weiter. «Natürlich wusste ich, dass er mich ködern wollte. Es gab sie nicht, diese Zeiten. Sie waren weder gut noch alt. Er und ich hatten nichts miteinander gemein.»

«Sie saßen im selben Humvee?», fragte Nimrod.

«Das war auch die einzige Gemeinsamkeit, und wenn es nach mir gegangen wäre, dann wäre Hernandez schneller vom Bock geflogen, als er hineingekommen war.»

«Was hatten Sie gegen ihn?», frage Levy.

«Er war vollkommen untauglich für die Army und erst recht für die Marines.»

«Obwohl er die Ausbildung als Späher geschafft hatte?», hakte Levy nach.

«Diese Ausbildung besagt gar nichts, außer dass man sie

überstanden hat. Ja, dieses ganze Macker-Gehabe hatte er genauso drauf wie wir alle. Entscheidend aber ist das Verhalten vor dem Feind. Und da hat er kläglich versagt.»

«Beschreiben Sie es», sagte Nimrod.

Warshovsky suchte nach einem Beispiel. «Sie haben vom Midtown Massacre gehört?»

Nimrod nickte.

«Alles, was darüber geschrieben und gesagt wurde, ist Blödsinn. Es war kein Massaker. Wir hatten einen klaren Befehl, und der lautete, das Widerstandsnest auszuräuchern. Häuserkampf ist keine schöne Sache. Jeder, der jemals darin verwickelt war, weiß das. Doch es hilft nichts, Befehl ist Befehl, und dem hat sich Hernandez widersetzt.

Wir beide waren dazu eingeteilt, die Hadjis auszuschalten, die mit Sprengsätzen am Bauch in unsere Stellungen gerannt sind. Sie hatten das klare Ziel, uns zu töten. Und wir hatten den Auftrag, sie davon abzuhalten. Es ist keine schöne Sache, auf einen Zwölfjährigen zu schießen, ich weiß das, denn ich habe es gemacht. Ich wollte, wie jeder andere, diesen Krieg überleben.

Nur Hernandez war dem nicht gewachsen. Er ist zusammengebrochen, hat sich heulend in eine Ecke verzogen und mich im Regen stehen lassen. Das verzeihe ich ihm nie. Im Kampf muss ich mich auf meinen Partner verlassen können, ansonsten habe ich einen zweiten Feind – den an meiner Seite. Richtig, Colonel?»

Nimrod antwortete nicht. Als Soldat musste er ihm zustimmen, als Polizist war er nicht bereit, das Feuer auf Kinder zu eröffnen.

«Gab es Konsequenzen für sein Verhalten?», fragte Levy.

«Der Kommandeur schickte ihn wegen Befehlsverweigerung vors Militärgericht. Er wurde degradiert und wanderte in den Bau.»

«Wie lange?»

«Keine Ahnung. Ich war froh, dass er endlich verschwunden war. Wie sich herausstellte, hatte er damit noch Glück gehabt. Der Predator wurde zwei Wochen später bei einem Bombenanschlag in Bagdad getötet, und Sergeant Boyle beging Selbstmord. Ich hätte nie gedacht, dass er sich so gehenlassen würde.»

«Dann blieben nur noch Sie und Sergeant Cromley übrig?», fragte Nimrod.

Warshovsky nickte. «Nachdem unser Trupp bis auf zwei geschrumpft war, wurden wir auf andere Trupps verteilt. Cromley wechselte in eine andere Kompanie, ich blieb in der zweiten. Ich habe ihn danach nicht mehr gesehen.»

«Und Hernandez? Was geschah mit ihm?», fragte Levy.

«Ein Kamerad erzählte mir, dass er den Rest seiner Army-Zeit als Fahrer in einer Kampfeinheit abgesessen hat. Ich glaube, er hat noch an der Operation Phantom Fury teilgenommen, quasi als Abschiedsgeschenk.»

«Was ist die Operation Phantom Fury?»

Statt Warshovsky antwortete Nimrod. «Nach der Belagerung der Stadt Falludja, einer Hochburg der Rebellen, im April 2004, wurde sie im November schließlich durch unsere Streitkräfte erobert. Sarkawi wurde dort vermutet.»

Aaliyah schaltete sich nun ein. «Obwohl der Rat der Ulema, das sind die religiösen Führer der Stadt, schwor, dass er sich nicht in der Stadt befände, erklärte die Army, Falludja in jedem Fall ‹auszuräuchern› und ‹keine Gefangenen zu machen›. Das war eines der größten Kriegsverbrechen, die es jemals gegeben hat.»

«Natürlich war er dort», widersprach Warshovsky.

«Woher wollen Sie das wissen? Sie haben ihn nicht gekriegt.»

«Weil er uns durch die Finger gerutscht ist.»

«Blödsinn.»

«Es reicht», schritt Nimrod ein. Dann, zu Warshovsky gewandt: «Nach Falludja haben Sie nichts mehr von ihm gehört?»

«Nein, bis eben vor knapp einem halben Jahr. Keine Ahnung, was er in der Zwischenzeit gemacht hat und warum er sich noch im Irak aufhielt. Er war ja Zivilist.»

«Sie sind sicher», fragte Levy, «dass er sich zum Zeitpunkt des Anrufs tatsächlich im Irak aufgehalten hat?»

«Ich habe es angenommen. Er wollte sich ja dort mit mir treffen.»

«Er könnte Sie aber genauso gut von Deutschland aus angerufen haben?»

«Möglich. Die Telefonverbindung war aber so schlecht, als stünde er an einer irakischen Straßenecke.»

«Ist er konkret geworden, ich meine, hat er präzisiert, was er von Ihnen wollte?»

«Nein, nicht in diesem Gespräch. Er wollte alles Weitere bei unserem Treffen besprechen.»

«Sie aber haben abgelehnt.»

Warshovsky nickte. «Ich habe ihm klargemacht, dass ich auf seine Bekanntschaft verzichten kann.»

Enttäuschung machte sich breit. Nimrod, Levy und Aaliyah sagten eine Weile nichts. Erneut war die Suche nach dem Blade Runner in einer Sackgasse geendet.

«Ich hörte, Sie haben Probleme mit Bombenanschlägen in Deutschland», sagte Warshovsky.

Levy nickte. «Ja, und wir befürchten, dass sie nicht von radikal-islamistischer Hand durchgeführt wurden.»

«Sondern?»

«Eine mögliche Spur führt zu Ihrem ehemaligen Trupp.»

Warshovsky lachte. «Ihr Attentäter soll einer von uns gewesen sein? Ich bin es auf jeden Fall nicht.»

«Und Hernandez? Würden Sie es ihm zutrauen?»

«Möglich. Aber dazu müsste er sich entscheidend verändert haben. Er wollte nichts mehr mit der Army und dem Krieg zu tun haben.»

«Fällt Ihnen vielleicht jemand ein, zu dem Hernandez Kontakt hatte?», fragte Levy. «Ich meine, der uns etwas zu seinem Aufenthaltsort sagen kann?»

Warshovsky dachte nach. «Nein, tut mir leid.»

Er schaute auf die Uhr. «Mein Dienst beginnt in einer Stunde, und ich möchte noch duschen. Konnte ich Ihre Fragen so weit beantworten?»

Nimrod nickte und bedankte sich.

«Dann wünsche ich Ihnen noch einen schönen Tag», sagte Warshovsky und verschwand in den Umkleidekabinen.

«So ein Mist!», rutschte es Levy heraus.

«Es war einen Versuch wert», antwortete Nimrod.

«Kaufst du ihm die Geschichte ab?», fragte Aaliyah und meinte Levy.

«Wer sind Sie eigentlich?», kam ihm Nimrod zuvor.

«Darf ich vorstellen: Aaliyah Roshan», antwortete Levy, «Reporterin eines Senders aus Dubai. Sie verfolgt die gleiche Spur wie wir.»

Nimrod war sich nicht schlüssig, was er davon halten sollte. «Was wollen Sie vom Blade Runner?»

«Ich will, dass er über seine Erlebnisse im Irak berichtet.»

«Welche neuen Erkenntnisse erhoffen Sie sich davon?»

Levy schaltete sich ein. Er wollte keine Grundsatzdiskussion führen. «Colonel, können wir das später im Auto besprechen? Ich denke, es wird Zeit, dass wir aufbrechen.» Und zu Aaliyah: «Willst du mitfahren?»

«Nein, ich bin mit meinem eigenen Wagen da. Danke.»

«Gut, wir sehen uns.»

«Wann?»

Levy zuckte mit den Schultern. Er wusste keine Antwort. Ohne ein weiteres Wort machte er sich mit Nimrod auf den Weg zum Auto. Der Gedanke, vielleicht auch der Wunsch, dem Blade Runner trotz des negativen Berichts von Warshovsky nahe gekommen zu sein, ließ Levy nicht los.

«Was beschäftigt Sie?», fragte Nimrod, als sie im Wagen Platz genommen hatten.

«Ich weiß nicht, irgendetwas ist da, was ich noch nicht erkannt habe.»

«Können Sie es umschreiben? Vielleicht fällt mir dazu etwas ein.»

«Nach all dem, was wir wissen, konzentrieren wir uns auf eine Person, die Erfahrung mit Sprengstoff hat. Sie scheint wider alle sonstigen Erkenntnisse in diesem Blade Runner zu liegen. Er war Teil eines Trupps von ... fünf Mann.»

«Woher wissen Sie das?»

Levy erinnerte sich an Cromley und dessen Bericht. Und an das Foto, das er ihm gegeben hatte. Wo war es noch? Levy kramte in seinen Taschen.

«Hier», sagte er, als er es in der Brusttasche gefunden hatte. Er zeigte es Nimrod.

«Was ist das?»

«Eine Aufnahme, die mir Cromley gegeben hat. Sie zeigt den Trupp von Sergeant Boyle.»

Nimrod studierte die Aufnahme aufmerksam. «Wo wurde das Bild gemacht?»

«Keine Ahnung. Irgendwo in der Wüste, so wie es aussieht.»

«Sehen Sie irgendwelche Spuren von Reifen?»

Levy schaute nach. «Nein. Sie?»

Auch Nimrod nicht. «Also, wenn die Aufnahme nicht von einem anderen aus einem zweiten Humvee gemacht worden ist, dann stellt sich die Frage, wer den Auslöser betätigt hat.»

«Vielleicht hatte die Kamera einen Selbstauslöser.»

«Dann muss sie auf einem Stativ gestanden haben. Die Aufnahme ist aus der Höhe von mindestens eineinhalb Metern gemacht worden. Also entweder stand da ein Stativ, oder ...»

«... es gab einen sechsten Mann.»

Levy nahm das Bild und stieg aus.

«Wo wollen Sie hin?», fragte Nimrod.

«Warshovsky muss es wissen. Kommen Sie.»

Vorbei am Swimmingpool betraten sie die Fitnesshalle. Die Duschen waren zu ihrer Rechten ausgeschildert. An der Tür stand Aaliyah.

«Was machst du denn noch hier?», fragte Levy.

«Ich warte auf Warshovsky. Mal sehen, vielleicht krieg ich noch etwas aus ihm heraus.» Sie lächelte.

Dann erfasste eine Druckwelle die Tür, gefolgt von einem infernalischen Knall. Splitter der Glastüren schwirrten durch die Luft. Aaliyah wurde geradewegs in die Arme Levys geschleudert.

Der Blade Runner war hier.

28

Einfach, präzise und tödlich war die Sprengladung in Caine Warshovskys Spind angebracht worden.

Dazu hatte Muhammed nicht einmal dessen Tür aufbrechen müssen. Er hatte schlicht vom rückwärtigen Spind aus ein Loch in das Blech geschnitten, den Sprengsatz angebracht und mit einem Entlastungszünder die Tür verbunden. Die Explosion beim Öffnen der Tür war damit auf diejenige Person gerichtet gewesen, die die Kombination in das Zahlenschloss eingegeben hatte.

Levy und Nimrod schauten durch das faustgroße Loch, das die beiden Spinde miteinander verband. Um sie herum suchten die Sprengstofftechniker nach Spuren, die der Blade Runner hinterlassen hatte.

«Selbst wenn sich noch jemand in der Umkleide aufgehalten hatte», mutmaßte Nimrod, «hätte er kaum bemerkt, was unser Mann hier machte.»

Levy stimmte ihm zu. «Der Blick war durch die enge Spindöffnung verwehrt. Mit einer Blechschere war das Loch ohne viel Lärm schnell geschnitten. Der Rest war unauffällige Präzisionsarbeit. Er musste nur noch den vorbereiteten Sprengsatz mit der gegenüberliegenden Tür verbinden.»

«Eine perfekte Bombe. Sieht also ganz nach unserem Mann aus.»

«Das denke ich auch. Und ich wette, er war die ganze Zeit über hier und hat uns beobachtet. Er musste sichergehen, dass die Bombe tatsächlich hochging. Wird das Gelände videoüberwacht?»

Nimrod verneinte. «Die Wachmannschaft am Tor ist zwar angehalten, die IDs aller Besucher zu kontrollieren, aber wie Sie gesehen haben, reicht eine Uniform aus, und man kann bedenkenlos passieren.»

«Wieso ist die Army so arglos? Sonst sieht man doch überall Mauern, Zäune und Kameras?»

Aus dem Hintergrund trat Aaliyah hinzu. Am Hals trug sie einen Verband.

«Wie geht es dir?», fragte Levy.

«Ganz okay. Den Glassplitter haben sie mir gleich rausgezogen. Er ging, Gott sei Dank, nicht tief. Nur die

Kopfschmerzen werde ich wohl noch 'ne Zeitlang behalten.»

«Wieso gehst du nicht ins Krankenhaus, wie es die Sanis dir empfohlen haben?»

«Ich habe schon Schlimmeres überlebt. Keine Sorge. Gibt es was Neues vom Blade Runner?»

«Das Gelände wird noch abgesucht», antwortete Nimrod. «Aber ich befürchte, er ist uns gleich nach der Explosion durch die Lappen gegangen. Beim Verlassen des Geländes gibt es keine Kontrolle. Wie sind Sie eigentlich hier reingekommen?»

«Ich war angemeldet. Warshovsky hatte Bescheid gesagt. Wo ist er jetzt?»

«Die Leiche ging sofort in die Pathologie des US-Krankenhauses. Die Gerichtsmediziner sind verständigt. Sie werden ihn sofort nach seiner Ankunft obduzieren.»

«Er sah ziemlich scheußlich aus. Was glauben Sie, was sie bei der Obduktion noch feststellen können?»

«Außer der Todesursache wahrscheinlich nicht viel. Ich erhoffe mir mehr vom Bombing Team.»

«Wie lange wird das dauern?», fragte Levy.

«Sie sind technisch auf dem neuesten Stand. Ich denke, heute Abend sollten wir eine vorläufige Einschätzung erhalten.»

«Wieso seid ihr eigentlich nochmal zurückgekommen?», fragte Aaliyah. «Ihr wart doch schon auf dem Weg nach Hause.»

«Deswegen», sagte Levy und zeigte ihr das Foto. «Warshovsky sollte uns sagen, wer damals die Aufnahme gemacht hat.»

Aaliyah betrachtete das Bild. «Ich sehe fünf US-Soldaten vor einem Humvee in der Wüste. Wisst ihr, wo und wann die Aufnahme gemacht wurde?»

Levy verneinte. «Drei dieser Männer sind mittlerweile tot, einer ist verschwunden, und der fünfte liegt schwer depressiv im Krankenhaus. Stellt sich die Frage, ob es noch einen sechsten Mann an Bord gegeben hat, der uns unter Umständen weiterhelfen kann.»

«Dann lassen Sie uns das schnell herausfinden, bevor auch Cromley nicht mehr ansprechbar ist», schlug Nimrod vor.

Er griff zu seinem Handy und ließ sich mit dem Army-Krankenhaus in Würzburg verbinden. Er fragte direkt nach dem Patienten Jason Cromley, wurde aber mit dem behandelnden Arzt verbunden. «Major Tomlin hier», hörte er.

«Colonel Nimrod vom CID Mannheim. Ich möchte mit Sergeant Cromley sprechen.»

«Das geht leider nicht.»

«Major, ich ermittle ...»

«Sergeant Cromley hat sich letzte Nacht erhängt. Die Securities haben ihn bei Tagesanbruch im Park gefunden.»

Nimrod fluchte still in sich hinein. «Wie ist es dazu gekommen?»

«Er hatte von uns unbemerkt seine Medikamente nicht mehr genommen. Die Nachtschwester hat sie zufällig in seinem Bettschrank gefunden, als sie nach ihm sah. Wir haben bis zum Morgen auf allen Stationen nach ihm gesucht. Doch da war es schon zu spät. Tut mir leid, Colonel.»

«Mir auch.» Nimrod dachte nach. «Lassen Sie bitte umgehend seine Sachen packen und schicken Sie einen Kurier damit in die Pathologie nach Landstuhl. Ich warte dort auf die Lieferung.»

Er klickte das Gespräch weg und informierte Levy und Aaliyah.

«So ein Mist», sagte Levy, «noch einer weniger. Dann bleibt nur noch Hernandez übrig.» Zu Nimrod gewandt: «Gibt es was Neues von der Fahndung?»

«Das Bild aus seiner Akte ist an alle Dienststellen verteilt. Bisher gibt es keine Rückmeldung. Es stellt sich aber die Frage, ob er heute noch genauso aussieht wie damals vor drei Jahren.»

«Dann stammt die Aufnahme von der Operation Iraqi Freedom?», fragte Aaliyah.

«Ich nehme es an», antwortete Nimrod. «Nach meinen Recherchen ist der Trupp damals in dieser Zusammenstellung erstmals aufgetreten. Es waren bis auf Sergeant Boyle alles junge Soldaten, die gerade ihre Ausbildung hinter sich gebracht hatten und zu ihrem ersten Kampfeinsatz in den Irak befohlen wurden.»

«Ist es den kämpfenden Einheiten nicht untersagt gewesen, Kameras und elektronische Geräte mitzuführen?»

«Sicher. Doch das konnte niemand kontrollieren. Die Soldaten ...»

Levy hörte Nimrods Worte nicht mehr. Er starrte auf das Bild, während ihm der Begriff Operation Iraqi Freedom immer wieder durch den Kopf ging. Dann sah er Aaliyah an. Auch in ihrem Kopf schien sich eine ganz bestimmte Erkenntnis zu entwickeln.

Schließlich schlug er sich gegen die Stirn und seufzte: «Ich Idiot. Wieso ist mir das nicht früher aufgefallen?»

«Denkst du, was auch ich denke?», fragte Aaliyah.

29

Die erlösende Nachricht kam geradewegs aus dem Pentagon. Mit Spannung wurde das Ergebnis der Präsidentschaftswahlen im November 2004 erwartet. Die Truppen standen seit Tagen einsatzbereit vor den Toren Falludjas. Nervosität hatte sich in allen Rängen breitgemacht, und die Frage war aufgeworfen worden, wie zu verfahren sei, falls die Demokratische Partei den neuen Präsidenten stellen würde. Die Kommandeure wollten endlich den Job erledigt haben, und nun mussten sie darauf hoffen, dass sich das amerikanische Volk erneut für einen Republikaner entschied. Selten sah man sie derart machtlos.

Als das *Go* schließlich kam, fiel ihnen ein Stein vom Herzen. Die geplante Aktion war nun legitimiert – das Volk hatte zu ihren Gunsten entschieden. Die Stadt war seit Tagen hermetisch abgeriegelt worden. Niemand konnte hinein, niemand heraus. Frauen und Kinder sollten vorher evakuiert werden, was aber nicht vollständig gelang. Das schien niemanden weiter zu stören, denn sie stellten nur einem Mann nach – Sarkawi. Ihn zu fassen würde jedes noch so große Opfer rechtfertigen.

Innerhalb weniger Stunden schlugen sie zu. Eine Angriffswelle folgte auf die nächste. Aus allen Seiten und aus der Luft beschossen sie die Stadt der blauen Moscheen und der Wissenschaften. Wer jetzt noch aus der Stadt flüchtete, zu Fuß oder im Auto, hatte keine Gnade mehr zu erwarten. Frauen, Kinder und Männer liefen in nicht aufhören wollendes Maschinengewehrfeuer, das eine tödliche Grenze zwischen den beiden Welten zog.

Als die Nächte über Falludja hereinbrachen, wollte es

nicht dunkel werden. Raketenbeschuss und explodierende Bombenteppiche warfen grelle Lichtfetzen in die Stadt. Das sollte den Widerstand der irakischen Kämpfer nicht brechen. Sie waren durch Häuser und Bunker weitgehend geschützt. Als letzte Waffe blieb der Häuserkampf, Mann gegen Mann. Doch so weit war es noch nicht. Es gab noch eine letzte Waffe, die den gleichen Kampf auf Augenhöhe vermied.

Angel Hernandez raste mit einem Lastwagen die Straße zwischen den Fronten entlang. Auf der Ladefläche zig Kisten mit Munition, neben ihm Jeff Weingarten in einer geliehenen Uniform von Hernandez und mit einer Kamera in der Hand. Er filmte aus dem fahrenden Fahrzeug heraus. Diese Bilder würden keinen Zweifel mehr offenlassen. Was hier geschah, war eindeutig ein Verbrechen gegen die Menschlichkeit.

Um sie herum pfiffen Schüsse und stürzten Häuser unter Mörserbeschuss ein.

«Wenn jemand bemerkt, dass ich hier rumkurve», sagte Hernandez, «dann bin ich endgültig geliefert.»

«Was wollen sie dir noch anhängen?», beruhigte ihn Jeff, der zur Fensterscheibe hinausfilmte. «Offizier wirst du sowieso nicht mehr.»

«Der Knast hat mir gereicht. Und auf Offiziere ist geschissen.»

Über einen Lautsprecher, der alle Fahrzeuge im Einsatz miteinander verband, hörten sie Hernandez' Vorgesetzten: «Hernandez, wo bleibst du? Die Vierte braucht Nachschub.»

Hernandez griff zum Mikrofon. «Ich bin auf dem Weg. Ich muss eine andere Strecke nehmen, da ihr mir die Heimfahrt völlig zerbombt habt.»

«Quatsch nicht, drück aufs Gas.»

Hernandez steckte das Mikro in die Halterung zurück. «Ich hoffe, diese Scheiße lohnt sich.»

«Keine Sorge. Wenn wir den Pulitzer für diese Aufnahmen bekommen, dann darfst du mit auf die Bühne.»

«Hey, das ist das Mindeste, Mann. Außerdem will ich bei CNN eingeladen werden und diesen ausgemusterten Generälen kräftig in den Arsch treten.»

«Versprochen.»

«Glaubst du eigentlich, dass sie diese Scheiße überhaupt senden?»

«Nicht in Amerika, das ist wohl klar.»

«Wo dann?»

Hernandez steuerte den Truck um eine Häuserecke, gerade rechtzeitig, rund fünfzig Meter hinter ihnen schlug eine Granate ein und zerstörte eine Häuserfront.

«Verdammte Scheiße», schrie er, «jetzt wird's eng. Sie schießen sich ein.»

Jeff lachte. «Yeah, euer schlimmster Feind ist noch immer die eigene Artillerie.»

Auch Hernandez lachte, doch eine Explosion vor ihm zwang ihn, in die Eisen zu gehen. Die Granate detonierte inmitten eines Ladengeschäftes. Töpfe, Pfannen und Lebensmittel flogen umher.

«Das war knapp», stöhnte Hernandez, der den Truck zum Halten gebracht hatte. Ächzend gab die Fassade nach, Steinbrocken und Inventar ergossen sich über die Straße. Hernandez reagierte schnell und würgte den störrischen Rückwärtsgang rein.

«Verdammt!», schrie er. «Schau dich nach einer Abzweigung um, damit wir hier rauskommen.»

Doch Jeff reagierte nicht. Er hatte ein viel lohnenderes Motiv im Auge. Aus dem Loch vor ihnen torkelten Menschen heraus. Sie schienen verwundet.

«Da sind Frauen dabei», schrie Jeff.

«Na und?», blaffte Hernandez zurück. «Hast du etwas anderes erwartet?»

«Ihr wolltet sie doch vor dem Angriff evakuieren.»

«Träum weiter.»

Wieder meldete sich der Lautsprecher über ihnen, dieses Mal war es eine andere Stimme, die des Kommandeurs. «Alle Einheiten zurück. Whiskey P in fünf Minuten ...»

«Mist», fluchte Hernandez.

«Was ist Whiskey P?», fragte Jeff.

«Das schlimmste Zeug, das du dir vorstellen kannst. Wenn du einen Knaller für deine Reportage brauchst, dann nimm es jetzt auf, die Meldung kommt nochmal und wird bestätigt.»

So war es auch. Erneut warnte dieselbe Stimme vor dem Einsatz von Whiskey P. Jeff hielt das Mikro der Kamera direkt an den Lautsprecher.

«Hast du's drauf?», fragte Hernandez.

«Jeden Seufzer.»

«Okay, und jetzt weg hier.»

Der Truck ratterte über Löcher und Gesteinshaufen. Sie mussten schnell aus diesem Viertel raus. Die Brücke hinüber zu den eigenen Linien war noch ein paar Häuserblocks entfernt.

«Was ist Whiskey P?», wiederholte Jeff seine Frage.

Noch bevor Hernandez antworten konnte, hörten sie das Wummern von Helikopterrotoren über ihnen.

«Scheiße, verdammte Scheiße!», schrie Hernandez nahe an der Verzweiflung. «Die werden uns rösten.»

«Was ist denn?!»

Kaum waren die Helikopter an ihnen vorbeigeflogen, erhielt er seine Antwort. Vom Himmel fielen helle, weißlich glühende und wunderschön anzusehende Lichtschweife.

Sie entfalteten ihre ganze Pracht, als sie in einem gleißenden Lichtball am Boden explodierten. Sie zerstörten keine Häuser und sprengten keine Straße, sondern verwandelten diese rußschwarze Nacht in ein Silvesterfeuerwerk, wie er es selten zuvor gesehen hatte. Er nahm seine Kamera zur Hand und hielt diese Bilder fest. Silvester über Falludja, und das im November, dachte er.

Hernandez hingegen hatte für die Festbeleuchtung nicht das Geringste übrig. Mit Vollgas schoss der Truck über die zerbombte Straße. Hin und wieder glaubte er Menschen am Boden liegen zu sehen. Doch für die war es ohnehin zu spät. Und wenn sie nicht schnellstens diese Brücke erreichten, dann war es auch für sie die letzte Fahrt gewesen.

«Fahr langsamer», rief Jeff, der sich aus dem Fenster hinausbeugte, «die Aufnahme verwackelt.»

Doch Hernandez antwortete nicht, ihm lief der Schweiß übers Gesicht.

Da, noch einer dieser schönen Sternenschweife am Himmel. Ein Helikopter feuerte ein paar hundert Meter von ihnen entfernt einen Fächer hinaus. Die Lichtbahnen verteilten sich in alle Richtungen, und der Innenraum des Humvee tauchte in das farbenfrohe Licht einer Silvesterfeier.

Hernandez reagierte schnell, schloss die Lüftungsschächte der Heizung und hoffte auf sein Glück.

Als er sah, dass Jeff noch immer zum offenen Fenster hinausfilmte, schien es ihm, als würde alles um ihn herum in Stille und Bewegungslosigkeit verfallen. War das die Stunde seines Todes? Fühlte er sich so an?

Den Truck hob es in voller Fahrt aus der Spur, er kippte auf die Beifahrerseite und schlitterte ungebremst in einen Haufen aus Sand und Gestein. Irgendwo war eine Wasserleitung gebrochen. Der Strahl hüllte sie in einen Nebel aus Dreck und Feuchtigkeit.

«Soll ich einen Arzt verständigen?», fragte der Mann über ihm.

Muhammed öffnete die Augen. Er sah in ein unrasiertes und verschwitztes Gesicht.

Er streckte die Hand aus, und der Mann half ihm angeekelt aus dem Gras auf.

«Nur ein kleiner Schwächeanfall», sagte Muhammed. «Es geht schon wieder. Danke.»

Er ging zu seinem Wagen, setzte sich hinein und reinigte sich mit einem Erfrischungstuch. Blutig Erbrochenes klebte auf der Kleidung.

Dann startete er den Wagen und beschleunigte auf die Einfädelspur.

Im Rückspiegel sah er den Mann, der ihm aufgeholfen hatte, in das Klohäuschen gehen.

Er musste sich zusammenreißen, sagte er sich. Es hätte auch ein Polizist sein können. Nur noch diesen einen, letzten Job musste er erledigen, dann war die Sache ausgestanden.

Als er auf die Autobahn einscherte, zeigte das Schild in sechsunddreißig Kilometern Entfernung Stuttgart an.

30

Insgesamt hatten sich über viertausend Journalisten aus aller Herren Länder zu Kriegsbeginn im Irak aufgehalten. Hinzu kamen einige Dutzend, die das zweifelhafte Vergnügen hatten, im Zuge des sogenannten Embedded-Programms des US-Verteidigungsministeriums kämpfende Einheiten auf ihren Feldzug nach Bagdad zu begleiten. Darunter waren Reporter der großen amerikanischen und britischen Sendeanstalten wie auch ausgesuchte freie Journalisten, die als vertrauenswürdig galten und für wichtige Medien arbeiteten.

Colonel Nimrod hatte auf die Namen derjenigen Journalisten Zugriff, die über das Pentagon gekommen waren.

Nun musste er diese Liste mit der überprüfen, die Aufschluss gab, welchen Einheiten sie zugeteilt worden waren. Im Fokus stand der Trupp von Sergeant Boyle.

Levy und Aaliyah hatten die gleiche Idee gehabt: dass das Bild, welches den Blade Runner und die anderen in der Wüste zeigte, womöglich von einem *embedded journalist* gemacht wurde. Und wenn sie ganz großes Glück hatten, dann war dieser Journalist auch mit ihnen ins Feld gezogen. Dieser Mann oder diese Frau könnte ihnen etwas zum Blade Runner sagen.

Gespannt starrten sie auf den Monitor in Nimrods Büro. Namen und Bezeichnungen von Kampfeinheiten huschten in Kolonnen über den Schirm.

Schließlich stoppte der Computer und warf zwei Namen aus: Jeff Weingarten, Reporter des amerikanischen TV-Senders Koxx News, und Richard Freytag, sein Kameramann. Hinter dem letztgenannten Namen stand ein Zeichen – ein kleines Kreuz.

«Was hat das zu bedeuten?», fragte Levy.

Nimrod klickte auf den Namen und las den Eintrag vor. «Beim Einmarsch in Al Kut, das war eine heftig umkämpfte Stadt im Irak», erklärte er, «unter feindlichem Beschuss getötet.»

«Und dieser Weingarten?», fragte Aaliyah.

Nimrod klickte sich durch den Datensatz. «Ihr Fahrzeug wurde zerstört. Weingarten fuhr anschließend in Boyles Humvee mit.»

«Bingo», platzte es aus Levy heraus. «Haben Sie eine Akte über ihn?»

«Sicher», antwortete Nimrod, «alle Journalisten wurden gründlich überprüft. Außerdem mussten sie ein Training absolvieren, das sie mit dem militärischen Gerät und den Gefahren vertraut machte.»

Zwei Klicks später erschienen Weingartens Datensatz und sein Bild. Levy rief überrascht: «Den kenne ich.»

Auch Nimrod war er bekannt. «Verdammt, ja.»

«Woher glaubt ihr ihn zu kennen?», fragte Aaliyah die beiden.

Levy antwortete als Erster. «Als ich Cromley im Militärkrankenhaus in Würzburg aufgesucht habe, war er mit ihm im Gespräch. Auf dem Bild hier hat er etwas längere Haare und wirkt fülliger, aber er ist es, zweifellos.»

Dann kam Nimrod: «Ich war mit ihm in einem irakischen Gefängnis, von dem ich erfahren hatte, dass dort Folterungen stattfanden.»

«Und?»

«Es wurde gefoltert, und er hat heimlich Aufnahmen davon gemacht.»

Dass ein amerikanischer Colonel dies zugab, verblüffte die beiden. Nimrod fuhr fort: «Es war der einzige Weg, den Skandal aufzudecken. Der Tipp kam von Weingarten selbst. Ich wollte es zu Anfang nicht glauben, doch als alle meine Bemühungen scheiterten, die Vorkommnisse zu stoppen, sah ich keinen anderen Ausweg, als ihn hineinzuschleusen.»

«Kompliment», lobte Aaliyah, «ich wünschte, mehr von Ihnen würden diesen Mut aufbringen.»

«Was ist mit den Aufnahmen passiert?», fragte Levy.

«Sie wurden niemals veröffentlicht.»

Aaliyah zeigte sich erstaunt. «Wieso nicht?»

«Ich verlor Weingarten aus den Augen, anders gesagt, es war besser für mich, keinen Kontakt mehr zu ihm zu haben. Er hatte das Material seiner Sendeanstalt angeboten, die aber weigerten sich, es auszustrahlen. Kurz darauf tauchte die CIA bei ihm auf. Er war nicht zu Hause, und sie stellten die Wohnung auf den Kopf. Der Film verschwand.»

«Typisch», entrüstete sich Aaliyah, «wieso ist er damit nicht zu uns gekommen. Wir hätten ...»

«Einen Teufel hätten Sie», fuhr ihr Nimrod in die Parade. «Glauben Sie im Ernst, Al-Dschasira oder irgendein anderer arabischer Sender hätte das damals getan? Das hätte den Irak endgültig zum Kochen gebracht. Sie haben ja gesehen, was Monate später passiert ist, als die Fotos der beiden Wärter aufgetaucht sind. Ein Video hätte die tausendfache Explosionskraft besessen. Zu dieser Zeit wäre das völlig unverantwortlich gewesen, sowohl für einen amerikanischen Sender als auch für einen arabischen.»

«Wieso haben Sie die Aufnahmen dann überhaupt zugelassen?»

«Wir wollten sie als Druckmittel gegen das Pentagon einsetzen. Nur dort konnte der Wahnsinn gestoppt werden. Niemals hätte ich meine Zustimmung gegeben, dass das Material im Fernsehen gezeigt wird.»

«Aber Weingarten hatte andere Pläne», sagte Levy.

«Anzunehmen.»

«Was ist mit ihm passiert?»

«Ich weiß es nicht. Ich habe nie mehr von ihm gehört. Er ist wahrscheinlich untergetaucht, nachdem er die CIA auf den Fersen hatte.»

Levy dachte nach. «Könnte er später in den Irak zurückgekehrt sein?»

«Möglich», antwortete Nimrod. «Dort unten geht ohnehin alles drunter und drüber. Da fällt ein Journalist mehr oder weniger nicht weiter auf.»

«Mit seinem Presseausweis würde er auch durch die Kontrollen kommen?»

«Sicher, besonders wenn er von einer amerikanischen Sendeanstalt kommt. Er kannte sich ja auch gut aus, hatte Kontakte, wusste, wen er ansprechen musste. Deshalb hat er sich damals ja überhaupt bei mir gemeldet.»

«Wir haben mit Jeff Weingarten also einen kriegserfahrenen Reporter, der auf eigene Faust im Irak recherchiert, die Freiheiten eines Pressemannes auszunutzen weiß und nicht davor zurückschreckt, seine Finger in die Wunde zu legen.»

«Ein richtiger Journalist», pflichtete Aaliyah ihm bei. «Respekt. Dann gibt es doch noch Hoffnung für die amerikanische Presse.»

«Wenn er auf der Fahndungsliste der CIA steht», fragte sich Levy, «wie könnte er es dann geschafft haben, nach Deutschland einzureisen?»

«Ob er immer noch zur Fahndung ausgeschrieben ist, weiß ich nicht, ich habe keinen Zugriff auf diese Dateien. In der offiziellen Liste, die uns zur Verfügung steht, ist er nicht drin.»

«Gesetzt den Fall, es wird nach ihm gesucht. Wie würden Sie es anstellen?»

Nimrod überlegte. «Mit seinen Kenntnissen und Fähigkeiten ... er kennt viele Leute ... die Passkontrollen an den Flughäfen sind auf jeden Fall zu gefährlich. Bleibt der Landweg. Dann weiter mit Bussen und der Eisenbahn. Das ist eine aufreibende Reiseroute über zig Grenzen, mit einem hohen Erkennungspotenzial. Einfacher wäre es, wenn er an den offiziellen Kontrollen vorbeikäme, dann stünde ihm der Luftweg offen. Also, ich würde schauen, dass ich auf einen der Transporter der Army käme. Die verkehren täglich nonstop zwischen dem Irak und Deutschland. Ja, das wäre der schnellste und einfachste Weg. Und wenn er noch im Schutze eines ehemaligen US-Soldaten reist, wie zum Beispiel Angel Hernandez, dann sollte das gut möglich sein.»

«Wo landen diese Transporter?»

«In Ramstein. Dort befindet sich die Drehscheibe für alle Truppen- und Nachschubbewegungen in Europa.»

«Können Sie herausfinden, ob Hernandez und Weingarten auf einem dieser Flüge waren?»

«Das sollte möglich sein.»

«Als Nächstes sollten wir die Fahndung von Hernandez auf Weingarten erweitern. Wenn Sie mir die Fotos zur Verfügung stellen, leite ich sie nach Hamburg weiter. Von dort aus gehen sie in die nationale Fahndung.»

Nimrod nickte und versprach das gleiche Vorgehen bei allen Dienststellen der US-Militärpolizei in Deutschland.

«Und was mache ich?», fragte Aaliyah.

«Wir beide fragen mal bei deinen Kollegen von der Presse nach. Vielleicht hat er zu einem von ihnen Kontakt aufgenommen.»

31

Jeff Weingarten legte seinen Presseausweis auf den Tresen. Die junge Frau nahm ihn und tippte alle notwendigen Informationen in den Computer ein.

«Für welches Medium berichten Sie, Mr. Weingarten?», fragte sie, ohne vom Bildschirm aufzuschauen.

«Ich bin freier Journalist», antwortete er.

«Aufgrund der Sicherheitsvorkehrungen möchte ich Sie bitten, rechtzeitig zu Beginn des Symposions anwesend zu sein. Ein späterer Einlass in den Kongresssaal ist nur in Ausnahmefällen gestattet.»

«Natürlich.»

«Haben Sie einen Fotografen oder Kameramann dabei?»

«Nein.»

«Gut, der hätte ansonsten eine Stunde vorher mit seiner Ausrüstung durch den technischen Sicherheitscheck gehen müssen.»

Jeff nickte.

«Sofern Sie während des Symposions einen Fotoapparat oder ein Aufnahmegerät benutzen wollen, finden Sie sich bitte vorher ein. Die Geräte müssen alle überprüft werden.»

«Auch meine Taschen?»

«Ja. Sofern Sie keine verdächtigen Gegenstände mit sich führen, können Sie Ihre Tasche direkt vor dem Kongresssaal überprüfen lassen.»

Sie griff zur Seite, überreichte ihm die Pressemappe und druckte seine Presse-Kennkarte aus. «Wenn Sie weitere Fragen haben, das Presse-Center befindet sich am Ende des Gangs links. Der Informationsschalter ist ständig besetzt. Des Weiteren stehen Ihnen rund dreißig Computer zur Verfügung, Faxgeräte und Telefone in gleicher Anzahl. Aus Sicherheitsgründen ist das Telefonieren mit Ihrem Privat-Handy während des Symposions untersagt. Noch Fragen?»

Jeff nahm seine Unterlagen entgegen. «Mit wem kann ich Interviewtermine abstimmen?»

«Herr Gärtner aus unserem Haus ist der zentrale Ansprechpartner. Sie finden seine Kontaktdaten in den Unterlagen.»

«Vielen Dank.»

Jeff wandte sich um, hielt aber inne. «Mrs. Walker. Wo kann ich sie finden?»

«Sie meinen Patricia Walker, unseren Gast beim Symposion?»

«Richtig.»

«Tut mir leid, wir dürfen keine privaten Informationen herausgeben.»

«Verstehe. Ich meinte nur, weil ich im Sheraton einchecke, und dann wäre es ja nur ein Katzensprung, wenn sie zufällig dort auch ...?»

«Tut mir leid.»

32

Es ist nicht so, dass überhaupt nichts veröffentlicht wurde», sagte Aaliyah, «doch man muss nach einer alternativen Berichterstattung regelrecht suchen.»

Levy saß mit ihr vor einem Computer in der Lobby eines Hotels, wo sie die Nacht verbringen wollten – jeder für sich.

Sie hatten die Akten zu Weingarten und Hernandez studiert. Nun wollten sie herausfinden, ob sie im Internet Hinweise zu deren Verbleib finden würden.

Gleich die erste Anfrage nach Jeff Weingarten erbrachte beeindruckend viele Treffer. Sie reichten bis ins Jahr 2002 zurück, als Weingarten als kommender *Anchor Man* – der Nachrichtenmann zur besten Sendezeit – bei Koxx News gehandelt wurde. Er verkörperte die Stimme des weißen Amerikaners aus der Mittelschicht wie kein anderer. Seine Reportagen zur Lage der Nation wurden mehrmals ausgezeichnet, sie brachten ihm aber auch den Vorwurf der unausgewogenen Berichterstattung ein, da er für die Belange der Zielgruppe des Senders auffallend viel beizutragen hatte, Gegenpositionen jedoch wenig Raum einräumte.

Das änderte sich, als seine Kriegsberichterstattung im Laufe des Feldzugs gegen den Irak auf unabhängigen Nachrichtenkanälen im Internet erschien. Sein Heimatsender Koxx News ließ ihn daraufhin fallen.

«Das ist das Problem in einer monopolisierten Medienwelt, die von einer Handvoll Unternehmen gesteuert wird», sagte Aaliyah, «Informationen, die nicht zur Firmenphilosophie passen, haben keine Chance.»

«Was ist mit den staatlichen Sendeanstalten? Die haben doch einen öffentlichen Auftrag zur ausgewogenen Berichterstattung?»

«Sicher, doch auch hier gilt: Was nicht zu meinen Interessen passt, bleibt draußen.»

«Na, ich weiß nicht. Gehst du da nicht ein bisschen zu weit? Schließlich sitzen in den Aufsichtsräten unterschiedlichste Gruppierungen.»

«Ach ja? Wie kommt es, dass von der umfangreichen Beteiligung Deutschlands am Irakkrieg nichts oder nur sehr wenig zu hören und zu sehen war?»

«Das stimmt nicht. Es gab Meldungen.»

«Im gleichen Umfang wie beim Einsturz des World Trade Centers? Oder wie täglich von Bombenanschlägen aus dem Irak berichtet wird?

Ich wette, wenn diese Brainwash-Maschinerie genauso die Patrouillen-Dienste der deutschen Seestreitkräfte für den amerikanischen Nachschub am Horn von Afrika zum Ziel gehabt hätte oder die deutsche Beteiligung an der AWACS-Aufklärung, die Truppen- und Nachschubtransporte der amerikanischen Streitkräfte von deutschem Boden aus, was glaubst du, wie sich die öffentliche Meinung dann gestaltet hätte?

Das deutsche Nein zum Irakkrieg hingegen war in aller Munde und wurde durch die Medien ständig wiederholt. Im Hintergrund lief die bewährte Zusammenarbeit zwischen Deutschland und den USA in gewohnter Weise.

Es ist ein ehernes Gesetz in der Kommunikationsbranche, dass nur die andauernde Wiederholung eine Nachricht in die Köpfe der Menschen bringt. Ansonsten bräuchten Werbespots ja nur ein einziges Mal gesendet zu werden. Es ist diese ständige Befeuerung, die aus einer Lüge Wahrheit macht.»

«Wem gehört eigentlich der Sender, für den du in Dubai arbeitest?»

«Shujaat Al-Dscharim, dem Bruder des Emirs.»

«Womit macht die Familie ihr Geld?»

«Früher hauptsächlich mit Öl, mittlerweile sorgen sie für die Zeit danach vor. Warum fragst du?»

«Nur so, ich wollte wissen, von wem dein Emir abhängig ist.»

«Du meinst, wegen seiner Geschäfte?»

«Sicher. Gelten die Spielregeln, die du aufgestellt hast, für den Osten nicht?»

Aaliyah antwortete nicht darauf. Sie widmete sich wieder der Trefferliste zu Jeff Weingarten. «Hier ist eine Meldung von einem Kollegen von mir. Sie besagt ... dass Weingarten während des Feldzugs in Ungnade gefallen ist, da seine Berichte nicht mehr ins Senderprofil gepasst hätten ... und hier: Koxx News entlässt Weingarten – das FBI ermittelt gegen ihn.»

«Aus welchem Grund?»

Aaliyah überflog die Meldung, die in Arabisch geschrieben war. «Es ging wohl um die nationale Sicherheit, was auch immer das bei den Amis bedeutet. Darunter fällt wohl auch eine US-kritische Berichterstattung.»

Levy wollte das nicht glauben. «Mach mal langsam. Kritische Berichterstattung wird nicht durch eine Polizeibehörde verfolgt. Selbst in Amerika nicht.»

«Wenn sie unter den Deckmantel der Gefährdung nationaler Sicherheitsinteressen fallen, schon. Denk mal an Tariq Ayoub, Reporter von Al-Dschasira in Bagdad, oder an die Beschießung des Palestine Hotels durch einen amerikanischen Panzer, bei dem mehrere Journalisten getötet und schwer verletzt wurden. Diese *versehentlichen* Angriffe auf die Pressefreiheit besitzen die Qualität gezielter Mordanschläge. Ganz im Sinne von ‹Entweder seid ihr für uns oder gegen uns›.» Aaliyah klickte weiter. «Hier ist was zu Falludja ...»

Es handelte sich um einen Videostream mit dem Titel *The Hidden Massacre,* das von der italienischen RAI zur Verfügung gestellt wurde.

«O Gott», sagte Aaliyah, «das habe ich schon mal gesehen. Schrecklich.»

Sie wollte schon weiterklicken, als Levy sie stoppte. «Aber ich noch nicht. Worum geht es darin?»

«Eine der größten Sauereien der US-Streitkräfte. Es geht um den Einsatz des Napalm-ähnlichen Kampfstoffes Weißer Phosphor gegen irakische Widerstandskämpfer, aber auch gegen die Zivilbevölkerung in Falludja, einer Stadt rund fünfzig Kilometer westlich von Bagdad. Warshovsky hatte es kurz erwähnt – Operation Phantom Fury. Sie waren auf der Suche nach Sarkawi, den sie dort vermuteten. Doch er war es nicht, wie sich später herausstellte. Zu spät für Hunderte von Menschen, die von den Amerikanern gezielt getötet wurden.»

«Napalm ist mir bekannt. Aber was ist Weißer Phosphor?»

«Es wird als Brandstoff, als Beleuchtungsmittel, aber auch

in Granaten verwendet, die schnell große Nebelwände erzeugen.

Im Zweiten Weltkrieg hat die britische Luftwaffe ein Gemisch aus Weißem Phosphor und Kautschuk für ihre Brandbomben eingesetzt. Durch den Kautschuk bleibt die zähflüssige Masse kleben und verursacht auf der Haut der Opfer nicht zu heilende Wunden. Noch heute werden an der Ostsee Munitionsreste angespült, da sie nach dem Krieg von den Alliierten einfach im Meer entsorgt wurden.

Das Zeug ist hinterhältig. Auf den ersten Blick sieht es aus wie Bernstein. Nimmt man es in die Hand, kann es unlöschbar bis auf den Knochen brennen.»

«Ja, ich hab mal was darüber gelesen. Brennenden Phosphor darf man nicht mit Wasser löschen, da die Gefahr besteht, dass der Phosphorstaub in die feinen Ritzen der Haut gespült wird und nach Verdunsten des Wassers sich von selbst wieder entzündet. Am besten nimmt man Sand oder Morast.»

«Sofern er zur Hand ist. Eine Person, die damit in Kontakt kommt, wird versuchen, die brennenden Stellen auszuschlagen. Das ist die normale Reaktion. Doch durch das Kautschuk-Gel bleibt es an der noch nicht brennenden Hand haften, und so verteilt es sich weiter. Wie hinterlistig und menschenverachtend kann man eigentlich noch sein?»

«Dieses Zeugs kam in Falludja zum Einsatz?»

«Ja, obwohl die Amerikaner es im Nachhinein bestritten haben. Erst als sie nicht mehr anders konnten, gaben sie es zu. Allerdings behaupten sie noch immer, dass es nur gegen die Rebellen eingesetzt wurde. Als könnte man den Einsatz von Weißem Phosphor überhaupt zielgenau und begrenzt steuern.»

«Hatte Warshovsky nicht von der Evakuierung der Zivilbevölkerung aus Falludja berichtet?»

«Kann sein. Aber entscheidend ist doch, dass durch die Zusatzprotokolle der Genfer Konvention der Einsatz von Weißem Phosphor gegen Menschen untersagt ist. Und rate mal, wer diese Vereinbarung nicht unterschrieben hat?»

«Die USA?»

«Genau. Sie rechtfertigen den Einsatz damit, dass er als Beleuchtung gegen gegnerische Kämpfer benutzt werde und dass Weißer Phosphor nicht als chemische Waffe zu bezeichnen ist. Der Unterschied zwischen Napalm, das definitiv zu den weltweit geächteten chemischen Waffen gehört, und Weißem Phosphor liegt aber nur darin, dass anstatt Benzin Kerosin zum Einsatz kommt. Wie wir alle wissen, brennt Kerosin weitaus schneller und stärker als Benzin.

Die Amis haben Saddam den Besitz von chemischen Waffen vorgeworfen, aber nicht er, sondern sie selbst haben sie zum Einsatz gebracht. So wie auch Clusterbomben, die Tausende von Menschen getötet oder zu Krüppeln gemacht haben, und abgereichertes Uran in Panzermunition.

Das ist alles eine einzige Farce. Massenvernichtungswaffen werden bei den anderen nicht geduldet, nur die Vereinigten Staaten dürfen sie einsetzen. Und das, ohne Konsequenzen fürchten zu müssen.»

Levy konnte dem schwer etwas entgegensetzen. Mit normalem Verstand war all das nicht nachvollziehbar.

«Wollen wir uns das Video anschauen?», fragte er.

«Ich warne dich. Die Aufnahmen sind sehr drastisch.»

Levy betätigte den Play-Button.

Nach fünf Minuten wusste er, dass er es besser hätte bleiben lassen. Nach dreißig Minuten kämpfte er gegen einen kaum zu unterdrückenden Brechreiz an.

Derart schreckliche Bilder hatte er nie im Leben zuvor gesehen. Da hingen Fleischfetzen von Gesichtern und Leibern, geschmolzene Körper ließen kein Geschlecht mehr erkennen, bis auf die Knochen waren Menschen von der Hitze des Phosphors verbrannt. Abgeschossen wurde es von Hubschraubern aus, und wenn es wie behauptet zur Beleuchtung des Kampfgebietes dienen sollte, stellte sich die Frage, wieso es in Richtung Boden und nicht in die Luft geschossen wurde. «Sie zünden eine Lampe ja auch nicht unter dem Bett an, wenn Sie einen Raum ausleuchten wollen», lautete ein provokanter Satz in dem Bericht.

Neben zwei ehemaligen Marines, die an den Kampfhandlungen teilgenommen hatten und die den Einsatz von Weißem Phosphor, unter den Soldaten auch Whiskey P oder Willy Pete genannt, gegen die Zivilbevölkerung ausdrücklich bestätigten, kamen zwei italienische Reporterinnen zu Wort. Eine von ihnen war die berühmt gewordene Giuliana Sgrena, die von vermeintlich irakischen Kämpfern entführt, aber später wieder freigelassen wurde. Sie sprach von gezielten Tötungsversuchen gegen Journalisten, die auf eigene Faust in Falludja recherchierten, damit das Ungeheuerliche nicht an die Weltöffentlichkeit kommen würde.

Die andere berichtete von einem Journalisten, dessen Aufnahmen von der CIA aus seiner Wohnung geraubt wurden.

«Wer ist dieser Mann?», fragte Levy.

«Keine Ahnung. Auf jeden Fall hat der sein Leben lang nichts mehr zu lachen.»

«Könnte es unser Mann sein, ich meine, Jeff Weingarten?»

«Möglich. Dazu müssten wir diese Journalistin sprechen.»

«Kennst du sie?»

«Nein, nicht persönlich. Aber ich könnte sie kennen lernen. Ich ruf mal in der Redaktion an.»

Levy nickte und klickte sich auf der Internetseite zurück. Sie waren über den Suchbegriff Jeff Weingarten überhaupt erst zu diesem Video gekommen, obwohl er im Nachspann nicht auftauchte. Wo war die Verbindung?

Der Treffer führte ihn zu einem englischsprachigen Diskussionsforum im Internet. Dort tauschten sich vorwiegend amerikanische Soldaten untereinander aus. Neben Sex, Drugs und Rock & Roll spielten der Irak und ihre Erlebnisse dort die zentrale Rolle. Falludja und der Link zu diesem Video wurden heftigst diskutiert. Die einen befürworteten den Einsatz von Whiskey P, andere bereuten ihr Mitwirken bei der Operation Phantom Fury. Es sei unentschuldbar, was dort geschehen ist und ... da tauchte plötzlich der Name Jeff Weingarten auf. Er sei Seite an Seite mit dem Blade Runner in Falludja unterwegs gewesen. Als der Befehl zum Einsatz von Whiskey P über Funk kam, sei die Verbindung mit dem Blade Runner abgebrochen. Später, als die Einheiten ins Kampfgebiet vorrückten, haben sie den verunglückten Truck gefunden. Der Blade Runner und Freebird waren nicht mehr im Fahrerhaus. Auf der Straße jedoch lagen bis auf die Knochen verbrannte Menschen. Zwei von ihnen in Uniform.

«Woher kommt plötzlich dieser Freebird, und wer ist er?», fragte Levy.

Aaliyah hörte ihn nicht. Sie telefonierte mit der Redaktion der italienischen Reporterin. «Wo? In Stuttgart? ... Stimmt, das habe ich völlig vergessen. Danke.»

Sie klickte das Gespräch weg und wandte sich an Levy.

«Morgen findet ein Symposion in Stuttgart statt. Diese Valeria Cheghini ist dorthin unterwegs.»

«Was ist so wichtig an diesem Symposion?»

«Patricia Walker ist eingeladen.»

«Wer ist Patricia Walker?»

«Levy, langsam reicht es mir mit dir. Das war *die* Pressefrau aus dem Pentagon, die uns den Irakkrieg verkauft hat.»

33

Bis spät in der Nacht saß Jeff Weingarten im Sessel seines Hotelzimmers und betrachtete sich Videoaufnahmen der damaligen Ereignisse. Er hatte sich einen Schuss gesetzt und dämmerte vor sich hin.

«Good morning Baghdad!»

20. März 2003. Bagdad, 5.34 Uhr Ortszeit.

Aus dem dunklen, stillen Nachthimmel heraus, kein feindliches Flugzeug ist zu hören oder zu sehen, schlagen unvermittelt Bomben in der irakischen Hauptstadt ein. Sie entladen sich in alles vernichtende und überwältigend anzuschauende gelb-rote Feuerpilze, gefolgt von einem erschütternden Grollen. Der sogenannte Enthauptungsschlag, *Shock & Awe*, gegen Saddam und seine Söhne hat begonnen.

Die ganze Welt ist live dabei. So auch alle wichtigen Fernsehanstalten Amerikas – CNN, FOX, abc, NBC, CBS und Koxx News.

Zur besten Sendezeit rattern Bilder und Kommentare wie Maschinengewehrfeuer über Millionen von Fernsehbildschirme.

«An amazing site. Just like out of an action movie ... but this is real!»

«Smart bombs ... live from Baghdad.»

Tomahawk, cruise missile, GPS, warhead.

«It's captivating to see the technology at work.»

Revolutionary coverage. Comprehensive, up to the minute, exclusive.

Military analysts. General, Admiral: «Yes, sir.»

«I am willing to give the president and the military the benefit of any doubt.»

«We've hit, we've struck and you can't do anything about it.»

Der Moderator auf Koxx Breaking News:

«Wir schalten nun direkt zu unserem Berichterstatter an die Front, Jeff Weingarten. Er wird für uns eine Einheit der Marines auf dem Weg nach Bagdad begleiten. Jeff, seid ihr bereit?»

Der Bildschirm teilt sich. Auf der linken Seite laufen die Bombeneinschläge in der Schleife, auf der rechten steht Jeff vor einem Humvee. Es ist finstere Nacht. Die Zuschauer können nicht erkennen, wo sich der Reporter befindet. Die blassgrüne, körnige Aufnahme verrät jedoch, dass der Ort geheim sein muss und dass kein Licht die Position der Truppen verraten darf.

Jeffs Augen glühen weiß, wie bei einem Tier, das in der Nacht gefilmt wird. Auf dem Kopf trägt er einen Stahlhelm. Das Mikrofon hält er nahe an die Lippen, er spricht leise.

«Wir befinden uns an der Grenze zum Irak. Wo genau, darf ich nicht sagen, um die Operation nicht zu gefährden. Wir haben, wie die Zuschauer auch, erst in diesem Moment erfahren, dass der Krieg begonnen hat. Wir sind alle sehr erleichtert. Das Warten ist nun zu Ende.»

«Gott sei es gedankt. Wir alle fiebern mit euch. Wie ist die Stimmung in der Truppe?»

«Sehr gut, jetzt, wo es endlich losgeht. Viele Tage haben wir hier in der Wüste ausgeharrt, ständig darauf vorbereitet, dass Saddam uns angreift. Sandstürme, eine unerträgliche Hitze tagsüber und in der Nacht arktische Temperaturen haben uns alles abverlangt. Wir warten nun auf den Befehl, die Motoren zu starten und ...»

Jenseits des Bildes wird etwas geschrien, es klingt dringend. Der Kameramann versteht zuerst. Er reißt die Kamera zur Seite, und Jeff verschwindet vom Bildschirm. Im Lichtkegel erkennen die Zuschauer einen Soldaten, der beide Arme zur Seite ausgestreckt hat und mit den Fingerspitzen abwechselnd auf seine Schultern fährt.

Im Off hört man eine Stimme: «Gas. Gas ...»

Dann bricht die Aufnahme ab.

Jeff konnte nur noch mit Mühe die Augen offen halten. In seinem Kopf wirbelten Bilder und Stimmen wild durcheinander.

«Moto», stöhnte er, «fucking moto.»

Sein Kopf kippte nach hinten weg, und er träumte wieder von jener Nacht vor sechs Monaten im Irak.

Die Nachricht hatte ihn tags zuvor in Istanbul erreicht, und er hatte sich sofort auf den Weg gemacht. Er solle sich beeilen, hieß es, es ginge mit Angel zu Ende.

Spät in der Nacht war er im Wüstendorf angekommen. Sie hatten sich alle versammelt, hielten Wache, wollten ihn auf seiner letzten Reise nicht allein lassen. Als Jeff die Hütte betrat, sah er Angel auf der Pritsche liegen. Er hatte alle Haare verloren und war bis auf die Knochen abgemagert. Am Boden und auf der Decke erkannte er Blut. Eine Frau nahm es mit einem Tuch auf, wenn er es im Todeskampf erbrach.

Die Phosphorvergiftung, die sie sich in Falludja zugezogen hatten, würde Angel als Erstem von ihnen das Leben nehmen. Es war ein schleichender, zermürbender und gnadenloser Tod. Angel hatte keine Chance. Er musste dem Verfall seiner Knochen und Zellen wehrlos zusehen. Die Blutungen hatten vor zwei Monaten eingesetzt und waren nicht mehr zu stoppen. Jedes Mal, wenn er gegen die Lungenentzündung anhustete, spuckte er einen Teil des Organs zusammen mit Blut und Schleim aus.

Jeff setzte sich auf den Rand der Pritsche und nahm seine dünne Hand in die seine. Er konnte nicht sagen, ob Angel ihn noch erkannte, er war mehr tot als lebendig.

Jeff hatte ihm ein Geschenk mitgebracht, etwas, das ihm den Weg hinüber erleichtern sollte. Er setzte Angel einen Kopfhörer auf und startete den Player. Die sphärischen Klänge von Vangelis – der Soundtrack von *Blade Runner* – fanden einen Weg zu ihm. Ein zartes Lächeln huschte über das ausgezehrte Gesicht.

Stumm saß Jeff an Angels Seite.

Draußen vor der Tür zog Wind auf. Ein Wüstensturm, der Shamal, kam näher.

In dieser sturmumtosten Nacht starb der Blade Runner in Freebirds Armen.

Als der Morgen erwachte, begrub er ihn in der Wüste. So hatte er es sich gewünscht.

Die Iraker, die Angel bis zum Schluss gepflegt hatten, bauten nun ihre ganzen Hoffnungen auf Jeff, den sie fortan nur noch Muhammed nannten.

34

Die Fahndung nach Angel Hernandez als dringend Tatverdächtigtem und Jeff Weingarten als Zeugen war in der Nacht zuvor bundesweit angelaufen. Alle Dienststellen der deutschen und amerikanischen Behörden waren mit Bildern und Beschreibungen versorgt worden.

Für Levy hieß das warten. Das war so ziemlich das Letzte,

was er vorhatte. Stattdessen begleitete er Aaliyah nach Stuttgart. Sie hatte sich mit der italienischen Reporterin Valeria Cheghini auf dem Symposion verabredet.

Eigentlich wollte Levy noch Michaelis kontaktieren, doch beim Gedanken daran, wie sie reagieren würde, wenn er mit Aaliyah unterwegs war, ließ er es bleiben.

Atommacht Iran – wie wird der Westen reagieren?, lautete das Motto des Symposions. Geladen waren neben Vertretern aus Politik und Wirtschaft auch zahlreiche Journalisten.

Als Levy und Aaliyah den Konferenzsaal betraten, war die Diskussion auf der Bühne bereits im Gang. Vor einer riesigen Multiplexwand, die Videozuspielungen der letzten Ereignisse aus dem Iran zeigten, hatten sich im Halbrund sechs Personen versammelt, unter ihnen eine Frau.

«Das ist Patricia Walker», flüsterte Aaliyah Levy ins Ohr.

Sie suchten sich einen der wenigen freien Stühle im rund vierhundert Personen zählenden Auditorium. Kameras in den Gängen zeichneten die Veranstaltung auf und sendeten sie hinaus in die Welt.

«Ich habe sie mir anders vorgestellt», sagte Levy.

Während der Fahrt hatte Aaliyah ihm erklärt, um wen es sich bei dieser zarten, blonden Frau in den Dreißigern handelte.

Sie war ein wichtiger Faktor bei der Vorbereitung des Irakkriegs gewesen. Laut Aaliyah war ihr vom Pentagon die Umsetzung des sogenannten Embedded-Journalists-Programms aufgetragen worden. Sie war diejenige, die die Reporter auswählte, sie den entsprechenden Truppenteilen zuwies und psychologisch steuerte, wenngleich keiner der beteiligten Reporter das damals zugegeben hätte.

Doch wie es bei Geiselnahmen mitunter vorkommt, hatten viele Journalisten sich mit ihren kämpfenden Kameraden verbrüdert. Kein Wunder, wenn man in lebensgefährliche

Situationen gerät. Eine ausgewogene und kritische Berichterstattung war damit nicht mehr möglich gewesen. Diesen Geniestreich durfte sich Patricia Walker auf die Fahnen schreiben.

Nun hatte sie sich der Diskussion gestellt. Aus den damals abhängigen Journalisten in einem Kampfverband waren mittlerweile wieder kritikfähige Reporter geworden, die unter ihrem Versagen litten.

Aaliyah rief einen der Saaldiener zu sich. Sie drückte ihm einen Zettel in die Hand, den er Valeria Cheghini zukommen lassen sollte.

Wenig später tauchte sie neben ihnen auf.

«Aaliyah Roshan?», fragte eine dunkelhaarige, etwa vierzigjährige Frau.

Aaliyah stand auf. Gemeinsam gingen sie vor die Tür. Levy folgte.

«Vielen Dank, dass Sie so kurzfristig Zeit gefunden haben, unsere Fragen zu beantworten», sagte Aaliyah.

«Womit kann ich Ihnen helfen?», fragte Cheghini. Sie war etwas nervös, konnte nicht einschätzen, mit wem sie es zu tun hatte.

Aaliyah zeigte ihr ihren Presseausweis und umriss den Hintergrund des Treffens. Dann stellte sie Levy vor.

«... und so erhoffen wir uns, über Jeff Weingarten mehr zum Blade Runner zu erfahren. Wissen Sie, wo er sich aufhält und wie wir Kontakt zu ihm aufnehmen können?»

«Ich weiß nicht», antwortete Cheghini zögerlich, «ich kenne Sie nicht.»

Levy versuchte, ihr die Zweifel zu nehmen. «Es liegt nichts gegen ihn vor. Wir wollen wirklich nur mit ihm über den Blade Runner sprechen.»

«Das wird nicht möglich sein.»

«Warum?»

«Der Blade Runner, Angel Hernandez, ist tot.»

Levy und Aaliyah reagierten gleichzeitig. «Tot?»

«Er ist vor rund einem halben Jahr im Irak verstorben.»

«Woher wissen Sie das?», fragte Levy.

«Jeff hat es mir erzählt. Wir haben uns für meine Reportage über Falludja in Istanbul getroffen, als die Nachricht ihn erreichte, dass der Blade Runner im Sterben liegt.»

«Sie sind sicher, dass er tatsächlich gestorben ist?», hakte Aaliyah nach.

«Ja, Jeff hat mich ein paar Tage später angerufen und es bestätigt. Er sagte, er sei an den Nachwirkungen der Phosphorvergiftung gestorben, die sie sich in Falludja eingehandelt haben.»

Levy horchte auf. «Beide haben sich vergiftet?»

Cheghini nickte. «Während des Beschusses von Falludja mit MK-77, der militärischen Bezeichnung für Weißen Phosphor, haben sie etwas davon abgekriegt. Es gelangte über die Haut in ihren Organismus. Gerade so viel, dass es für ein monatelanges Martyrium ausgereicht hat. Wenn sie es über den Mund aufgenommen hätten, dann wären sie innerhalb weniger Tage gestorben. So jedoch hat es sie Stück um Stück von innen her aufgefressen. Der Tod muss eine Erlösung für Hernandez gewesen sein.»

«Das heißt, Jeff Weingarten ist noch am Leben?»

«Wie man es sehen mag. Er ist mehr tot als lebendig. Er hat vielleicht noch ein paar Wochen. Sterben wird er auf jeden Fall.»

«Woher wissen Sie das?», fragte Aaliyah.

«Weil er es mir gesagt hat.»

«Wann?»

«Vorhin, beim Einlass.»

«Er ist hier?»

«Sicher.»

«Zeigen Sie ihn uns», bat Levy Cheghini und führte sie in den Konferenzsaal zurück.

«Dort», sagte Cheghini und deutete auf einen Mann, der inmitten des Auditoriums stand und mit den Gästen auf der Bühne diskutierte.

Levy schaute zweimal hin. War das der Mann, den er bei Cromley gesehen hatte?

Auf die Entfernung hin könnte er es sein. Die Statur und sein Gesicht waren ähnlich schmal. Doch dieser Mann hatte weit mehr Haare auf dem Kopf. Es könnte eine Perücke sein, dachte Levy. Als der Mann seine rechte Hand hob, um gegen eine Äußerung von der Bühne zu protestieren, erkannte Levy die verletzte Hand, an der zwei Finger fehlten.

Eine seltsam gespreizte Fingerhaltung hatten die Spurensicherer festgestellt, nachdem sie das Gefäß untersucht hatten, das der ominöse Promoter der Kassiererin Wieczorek überreicht hatte. Oder aber dem Täter fehlte ein Finger.

«Sind Sie sicher, dass das Jeff Weingarten ist?», versicherte sich Levy bei Cheghini.

Sie bestätigte es.

Was geht hier vor, fragte er sich. Hernandez sollte laut Cheghini seit einem halben Jahr tot sein. Somit war der Letzte aus Sergeant Boyles Trupp gestorben. Es blieb nur noch eine Person übrig, die engen Kontakt zu ihnen gehabt hatte. Jeff Weingarten.

Könnte er der Bombenleger sein? Verfügte er über die notwendigen Kenntnisse?

«Wo hat er sich in den letzten Jahren aufgehalten?», fragte Levy Cheghini.

«Überwiegend im Osten.»

«Genauer bitte.»

«In der islamischen Welt. Er reiste zwischen Ramallah, Kabul, Bagdad und Damaskus umher.»

«Weswegen?»

«Er recherchierte für ein Buch, das er schreiben wollte.»

«Worum ging es dabei?»

«Hauptsächlich um den amerikanischen Einfluss in der Region und dessen Folgen. Er beschäftigte sich aber auch mit den sozialen Problemen der Bevölkerung und ihrem Kampf um Selbstbestimmung.»

«Ich nehme an, er kam dabei mit allen möglichen Leuten in Kontakt.»

«Sicher. Er lebt überwiegend im Irak, in einem Dorf nahe der Wüste. In einem Widerstandsnest. Ebenso selbstverständlich bewegt er sich unter den Militärbehörden in Bagdad. Er kennt alle, schließlich lebt er seit der Operation Iraqi Freedom im Land. Seine Kontakte und Informationen sind sehr geschätzt. Deshalb bin ich überhaupt auf ihn aufmerksam geworden.»

Sie hatten also die ganze Zeit ein Phantom gejagt, wurde Levy klar. Dieser Jeff Weingarten besaß alle Voraussetzungen für die Anschläge – die Informationen über die Opfer, die Kenntnisse im Bombenbau und vor allem ein Motiv. Eine amerikanische Waffe hatte sein Leben besiegelt. Nicht irgendeine, sondern eine ganz besondere. Diese Art von Waffen waren die offizielle Begründung für den Einmarsch im Irak gewesen. Bei Saddam waren sie zwar nie gefunden worden, dafür hatten die Befreier sie zum Einsatz gebracht.

Deshalb richtete sich Weingartens Hass nun gegen die eigenen Landsleute, genauer gegen diejenigen, die sich am Krieg gegen den Irak beteiligt und in seinen Augen schuldig gemacht hatten.

Opfer Nummer eins war Steve Pratchett gewesen, der die US-Regierung zum strategischen Vorgehen in der Region beraten und politischen Entscheidungen damit den Weg geebnet hatte.

Opfer Nummer zwei: Robert Townsend arbeitete maßgeblich an der Desinformationspolitik der US-Regierung mit. Der *blow back* hatte die Weltöffentlichkeit über die wahren Ereignisse im Irak getäuscht.

Opfer Nummer drei: Der BND-Mann Kevin Raab war für den Tod zahlreicher Zivilisten verantwortlich. Seine Zielleitkoordinaten lenkten amerikanische Bomben in die Häuser unschuldiger irakischer Familien.

Opfer Nummer vier: Dennis Massall und das Sicherheitsunternehmen Clearwater. Das menschenverachtende Vorgehen seiner Mitarbeiter war gefürchtet. Dass ihre brutalen Taten straflos blieben, musste jeden Iraker provozieren.

Opfer Nummer fünf: Candice Brendall hatte blutige Verhöre geleitet. Waren Abu Ghureib und Guantánamo Ausnahmen, oder gab es solche Zustände auch in anderen Gefängnissen? Vielleicht, vielleicht auch nicht. Zumindest hatte er sie verschont.

Opfer Nummer sechs, Caine Warshovsky, Kampfname: Bad to the Bone. Stand er exemplarisch für das Versagen des amerikanischen Soldaten im Irak, für das Ausleben der niedrigsten Triebe eines Menschen, ohne eine Bestrafung fürchten zu müssen? Das Midtown Massacre ließ einiges befürchten.

War die Aktion damit beendet, fragte sich Levy, oder stand der nächste Anschlag bevor?

Falls ja, gegen wen würde er sich richten?

«Mutig, mutig», sagte Aaliyah und zollte der Rede Weingartens Respekt.

Levy war ganz in seinen Überlegungen versunken und hatte nicht darauf geachtet, was sich um ihn herum abspielte. «Worum geht's?», fragte er.

Aaliyah antwortete mit einem Fingerzeig auf Weingarten. «Hör mal zu.»

Jeff Weingarten stand inmitten von vierhundert Politikern, Managern und Journalisten und führte seine Anklage.

«Wir alle, die wir hier sitzen, haben uns schuldig gemacht. Die Politiker, die trotz ihres Neins zum Irakkrieg den amerikanischen Truppen halfen, wo sie nur konnten. Das betrifft die Überflugrechte genauso wie die Aufklärung und den Schutz ihrer Basen. Die Manager, die vor, während und nach dem Krieg Geschäfte gemacht haben. Doch was mit am schlimmsten ist: Meine eigenen Kollegen von der Presse haben sich mit dem Aggressor verbrüdert ...»

Ein Raunen ging durch die Reihen. «Gerade ihr, dic ihr zu Wahrheit und Aufklärung verpflichtet seid, habt das größte Verbrechen begangen ...»

Buhrufe waren zu hören. «Ihr habt die Wahrheit wissentlich verleugnet und Lügen verbreitet. Was kann schlimmer sein? Nein, nicht der Tod. Er ist die Erlösung für viele geworden. Die Lüge ist es, die ihr Leben verrät ...»

Einige Journalisten sprangen auf und beschimpften Weingarten.

«Mr. Weingarten», sprach ein Mann auf der Bühne ins Mikrofon, «ich weiß wirklich nicht, wie uns Ihre haltlosen Anschuldigungen weiterbringen sollen.»

Unbeeindruckt von den Schmährufen und Tumulten nahm Weingarten seine Perücke vom Kopf und zog Jackett und Hemd aus.

Auf seinem ausgemergelten Oberkörper und am nun haarlosen Schädel waren Verätzungen und Brandwunden zu erkennen, die viele im Raum erschaudern ließen. «Ich war in Falludja in dieser Nacht», sprach Weingarten. «Was mir widerfahren ist, ist nur ein winziger Teil dessen, was die Menschen dort erlebt haben. MK-77, das gegen die vermeintlich Aufständischen und gegen die Zivilbevölkerung eingesetzt wurde, ist eines der größten Kriegsverbrechen, das die amerikanische Regierung zu verantworten hat. Und ihr, Kollegen, habt bis heute darüber geschwiegen. Damit seid ihr Teil dieses Mordes geworden. Wer die Wahrheit nicht ausspricht, macht sich der Lüge schuldig.»

Wieder erhoben sich laute Zwischenrufe aus den Reihen der Journalisten. Einer schrie: «Wir konnten aus Falludja nicht berichten. Nur was die Prüfung des Militärs bestand, ging durch.»

Ein anderer warf ein: «Der Death-Check in der Moschee war das Äußerste, was sendefähig war.»

«Blödsinn!», hielt Weingarten dagegen. «Ihr habt mit dem Militär gemeinsame Sache gemacht. Ihr wolltet eure Story haben und euch den Titel *Kriegsberichterstatter* an die Wand nageln, sonst wärt ihr da überhaupt nicht reingekommen. Der Preis, für den ihr euch verkauft habt, war die Story ... und eure Ehre.»

Ein Zwischenruf erinnerte Weingarten an seine eigene Geschichte. «Wer ist denn an vorderster Front fünfmal am Tag auf den Fernsehbildschirmen aufgetaucht?»

«Richtig. Auch ich habe mich verführen lassen. Viel zu spät habe ich erkannt, dass ich nur ein Teil dieser Inszenierung war.»

«Na also. Was willst du dann?»

«Dass ihr wieder auf den Weg eines seriösen Journalismus zurückkehrt und die Machenschaften dieser Regierung hinterfragt, anstatt ihr um den Bart zu gehen. Erinnert euch an Watergate. Ohne uns hätte es eine Aufklärung der Affäre nie gegeben. Oder an den Krieg in Vietnam. Unsere Bilder und unsere Reportagen haben ihn beendet.»

«Die Zeiten sind andere geworden.»

«Mehr denn je müssen wir hinterfragen, kritisieren und aufdecken, was hinter unserem Rücken oder in unserem

Namen geschieht. Das ist unsere verdammte Pflicht als Journalisten. Selbst wenn wir uns dafür in Gefahr begeben müssen ... wir dürfen denen nicht kampflos das Feld überlassen. Wenn wir schweigen, verlieren die Schutzlosen dieser Welt ihre Stimme.

So wie in Falludja, wo Kinder, Frauen, Alte und Verletzte einen sinnlosen, niederträchtigen und schmerzvollen Tod erleiden mussten. Wenn wir schweigen, hat es dieses Massaker nie gegeben, und die Schuldigen kommen ungestraft davon.»

Nun meldete sich Patricia Walker, die den Auftritt Weingartens bisher still verfolgt hatte, zu Wort. «Der Einsatz von MK-77 ist längst von uns zugegeben worden. Er diente einzig der Beleuchtung des Kampfgebietes. Unter Umständen gab es einige wenige Kollateralschäden. Das lässt sich während Kriegshandlungen nicht vermeiden und tut uns natürlich leid.

Jeff, ich weiß wirklich nicht, was diese ganzen haltlosen Vorwürfe hier bringen sollen.»

«Kollateralschäden», antwortete Weingarten, «ihr habt Hunderte von Menschen vergast, gegrillt und geschmolzen. Unschuldige, die sich keines Verbrechens schuldig gemacht haben. Ihr habt ihnen Freiheit versprochen. Gebracht habt ihr ihnen Elend, Hunger und Leid.»

«Sarkawi war dort», hielt Walker dagegen, «ihn galt es zu fassen.»

Weingarten ergriff das Wort. «Rechtfertigt der bloße Verdacht, dass sich ein Terrorist in der Stadt aufhält, einen Massenmord?»

«Wer, außer dir, spricht hier von Mord?»

«Ich tue es», rief eine Stimme von hinten. Die Menschen drehten sich zu ihr um. Es war Valeria Cheghini.

«Meine Dokumentation hat gezeigt, dass MK-77 unzweifelhaft als Waffe gedient hat und nicht, wie vom Pentagon behauptet, zur Beleuchtung des Kampfgebietes. Die MK-77-Granaten wurden aus Hubschraubern verschossen. Von oben nach unten und nicht umgekehrt.»

«Ich kenne Ihren Film», rechtfertigte sich Walker. «Es ist zu keiner Zeit ersichtlich, wo die Aufnahmen gemacht wurden. Sie können genauso gut von einer Übung in einem menschenleeren Gebiet stammen. Aber, wie gesagt, wir haben MK-77 nur zur Beleuchtung eingesetzt.»

«Und die Opfer, die später gefunden wurden? Sie waren bis auf die Knochen verbrannt, andere waren nur noch ein Klumpen verkohltes Fleisch.»

«Ich weiß nicht, wer diesen Menschen das angetan hat und wie es zustande gekommen ist», entgegnete Walker.

«Lügnerin!», schrie Weingarten.

«Das sind haltlose Anschuldigungen», setzte sie sich zur Wehr. «Wo ist der Beweis?»

Weingarten griff in eine Tasche am Boden und förderte ein Videoband zutage, das er für alle sichtbar in die Luft hielt.

«Hier ist er.»

«Was soll das sein?», fragte Walker.

«Sind Sie bereit, sich der Wahrheit zu stellen?», fragte er.

Sie ahnte nichts Schlimmes. Alles, was es an belastendem Material gegeben hatte, war durch die Sicherheitsbehörden in den letzten Jahren beschlagnahmt worden. Es gab keine anderslautenden Meldungen. «Sicher, nur zu.»

Ein Saaldiener nahm das Band und brachte es in den Technikraum. Die Atmosphäre war von Spannung geprägt.

«Was hat er vor?», fragte Levy.

«Ich weiß es nicht», antwortete Aaliyah.

«Er wird die Bombe hochgehen lassen», befürchtete Cheghini.

«Welche Bombe?»

«Es ist das Originalband aus Falludja, das bisher nicht zur Ausstrahlung gekommen ist.»

«Wieso nicht?»

«Was glauben Sie, was auf den Straßen der Welt los sein wird, wenn diese Bilder ausgestrahlt werden? Das würde selbst die letzten arabischen Regierungen destabilisieren, wenn ihre Bevölkerung nach Vergeltung schreit.»

Levy nahm es unwidersprochen hin. Was hatte Weingarten vor, fragte er sich. Wenn er nicht etwas Überzeugendes zu bieten hatte, würde man ihn auslachen. Levy beobachtete ihn, wie er Hemd und Jackett anzog und darauf wartete, dass das Video auf die Leinwand projiziert wurde. Patricia Walker telefonierte. Ihr Gesichtsausdruck war verkrampft-freundlich, siegesbewusst. Doch ihr Blick, der auf Weingarten haftete, zeigte Unsicherheit.

«Was hat er vor?», wiederholte Levy die Frage.

«Du glaubst doch wohl nicht, dass er hier was anstellen wird?», fragte Aaliyah. «Du weißt schon, was.»

Levy griff zum Handy. «Wir müssen mit allem rechnen.»

Er wählte die Nummer der Stuttgarter Polizei und verlangte die Festnahme von Jeff Weingarten als dringend Tatverdächtigem der Anschläge der vergangenen Wochen.

Über die Lautsprecher erklang unterdessen die Stimme eines Technikers. «Wir sind so weit.»

Ruhe kehrte ein. Weingarten gab eine Einführung zu den nun folgenden Aufnahmen jener Nacht in Falludja, als er und Angel Hernandez durch die zerbombten Straßen fuhren, um den Angriff auf die Zivilbevölkerung in Bild und Ton festzuhalten. Dann gab er das Zeichen.

Aus dem fahrenden Truck heraus aufgenommen, zeigten die Bilder eine atemlose Flucht, bei der Hernandez und Weingarten den detonierenden Granaten um sie herum zu entgehen versuchten. Häuser explodierten und katapultierten Steine durch die Luft, Feuerwände taten sich unversehens auf, und Leuchtspurmunition tackerte über ihren Köpfen.

Auf der Straße liegende Leichen tauchten kurz im Scheinwerferlicht auf, und man erkannte, dass unter ihnen nicht nur Männer waren, sondern auch Kinder und Frauen.

Ein Raunen ging durch die Reihen des Auditoriums.

Über die Lautsprecher hörte man nun die Stimme Hernandez'. Er betete, dass sie bald die Brücke erreichten, die sie aus dem Schussfeld hinüber zu den eigenen Einheiten brachte.

«Hören Sie nun genau hin», rief Weingarten in den Saal.

Das Mikro seiner Kamera hatte den Funkspruch in ausreichender Qualität aufgenommen. «Whiskey P in einer Minute», krächzte es über die Lautsprecher im Saal.

Kurz darauf kamen Rückfragen aus den Einheiten. «Negativ, Sir. Im Zielgebiet sind noch immer Zivilisten.»

Die Antwort folgte sofort. «Ich wiederhole: Whiskey P in einer Minute.»

«Aber, Sir ...»

«Major, haben Sie meinen Befehl verstanden?!»

«Ja, Sir.»

«Dann halten Sie die Klappe. Ich wiederhole: Whiskey P ab jetzt in dreißig Sekunden. Räuchert das verdammte Nest aus!»

Unruhe und Empörung erfasste einige Journalisten im Saal.

Hubschrauber donnerten heran, die kurz darauf MK-77-Granaten abschossen. Fächerartig, einen hellen Schweif hinter sich herziehend, fielen sie vom Himmel und verteilten sich über die Stadtviertel.

Eine dieser leuchtenden Spuren erhellte nun das Bild,

und die Kamera schien sich in einem Looping zur Seite zu drehen, bis sie aus dem Fahrzeug geschleudert wurde und in einer Straßenrinne liegenblieb. Die letzten Aufnahmen zeigten brennende Menschen, die auf die Straßen taumelten, zu Boden stürzten und schließlich in grotesk wirkenden Posen erstarrten.

«Der Einsatz von MK-77 in Falludja war eindeutig auch gegen Zivilisten gerichtet», rief Weingarten in den Aufruhr hinein, der sich unter den Anwesenden breitgemacht hatte. Stühle kippten um, manche verließen den Saal mit dem Handy am Ohr, und die Teilnehmer der Gesprächsrunde verschwanden.

Weingarten holte zum finalen Schlag aus. «Ich habe Kopien dieses Bands anfertigen lassen. Sie liegen am Infoschalter bereit ... Macht euch an die Arbeit.»

An Levy, Aaliyah und Cheghini vorbei eilten Journalisten auf den Gang.

«Lasst uns rausgehen», schlug Levy vor, «bevor hier noch etwas passiert.»

Er rechnete damit, dass Weingarten mit seinen Enthüllungen noch nicht am Ende angekommen war.

«Gute Idee», bestätigte Aaliyah.

Als sie ebenfalls den Saal verließen, erkannte Levy noch, wie Weingarten etwas aus seiner Tasche nahm. Es sah nach einem Gürtel mit Taschen aus. Er band ihn sich um. Dann kam er auf sie zu.

Cheghini und er suchten im Empfangsbereich eine ruhige Ecke und unterhielten sich. Levy kam es vor, als ob Weingarten Abschied nahm, Cheghini begann zu weinen, legte ihre Arme um seine Schultern und küsste ihn.

Levy ging auf die beiden zu.

«Wo willst du hin?», fragte Aaliyah.

Er antwortete nicht. Sein Blick war auf Weingarten gerichtet, genauer gesagt, auf das, was er sich umgeschnallt hatte.

«Ich würde Sie gern sprechen», sagte er, als er vor ihm stand.

Weingarten blickte auf. Er erinnerte sich an ihr kurzes Treffen im Militärkrankenhaus in Würzburg. «Sie sind der Kriminalpsychologe, nicht wahr?»

Levy nickte. «Und Sie der sechste Mann aus Sergeant Boyles Trupp.»

Weingarten lächelte. «Der letzte noch lebende.»

«Ich glaube, wir haben einiges zu besprechen.»

«Sicher. Es gäbe sehr viel, was ich Ihnen berichten könnte. Doch dafür ist es jetzt zu spät.»

Levys Blick richtete sich auf die deutliche Ausbuchtung in Weingartens Jackett. «Das wollen Sie doch nicht hier zünden?»

«Machen Sie sich keine Sorgen. Das ist nur für mich und eine ganz bestimmte Person bestimmt. Niemand sonst wird zu Schaden kommen.»

«Das kann ich nicht zulassen.»

«Das dachte ich mir schon.»

Weingarten löste sich aus dem Gespräch und schaute über Levys Schulter hinweg. «Die Zeit drängt. Ich muss Sie nun bitten, das Haus räumen zu lassen. Ich habe noch eine Verabredung.»

Er schob sich an Levy vorbei, doch der hielt ihn am Arm fest. Sofort ging Weingartens Hand zum Gürtel. «Lassen Sie das. MK-77 kann sehr schlimme Folgen haben, besonders wenn es in einer Menschenmenge gezündet wird.»

«Was haben Sie vor?»

Weingarten lächelte. «Zeit zu sterben.»

Er befreite sich mit einem Ruck aus Levys Griff und ging zu den Aufzügen. Dort stand Patricia Walker. Sie sah ihn nicht kommen, sondern blickte zu den Eingangstüren, wo sie jemanden zu erwarten schien.

Anstatt untätig mit anzusehen, was sich gleich ereignen würde, eilte Levy zum Informationsschalter und bahnte sich einen Weg durch die Journalisten.

«Räumen Sie sofort das Haus», sagte er zu einer Angestellten, «und informieren Sie Polizei und Feuerwehr.»

«Warum?», fragte die ahnungslose Frau.

«Bombenalarm.»

«Wie bitte?»

«Tun Sie es einfach! Schnell.»

Die Frau griff zum Mikrofon.

«Wohin fahren die Aufzüge?», fragte Levy ihre Kollegin.

«In die Tiefgarage.»

«Sonst nirgendwohin?»

«Nein.»

Während die Aufforderung zum schnellen Verlassen des Gebäudes über die Lautsprecher kam, suchte Levy nach Weingarten und Walker.

An den Aufzügen standen sie nicht mehr. Eine Anzeige oberhalb einer Tür blinkte.

«Sind Sie der Mann, der uns verständigt hat?»

Levy drehte sich um und blickte einem Polizisten in die Augen. «Ich habe den dringenden Verdacht, dass gleich eine Bombe hochgehen wird. Riegeln Sie alles ab, besonders die Tiefgarage. Es handelt sich um ein hochgiftiges und ätzendes Gemisch. Weißer Phosphor.»

Für den Polizisten ging das alles zu schnell. «Moment. Wer sind Sie und ...»

Aaliyah eilte zu ihnen. «Levy, schau.»

Sie deutete auf die Treppen, die nach unten führten.

Ein Einsatzkommando der US-Armee stürmte soeben die Tiefgarage.

«Los, raus hier», sagte Levy und zog sie mit sich.

«Was ist hier los?», fragte der Polizist.

«Verschwinden Sie!», schrie Levy ihn an.

Draußen im Freien hatten sich die Menschen versammelt, die meisten aufgeschreckt, ahnungslos, in welcher Gefahr sie sich befanden.

Levy rief ihnen zu: «Verschwinden Sie. Schnell. MK-77 kommt zum Einsatz.»

Durch Weingartens Video gewarnt, schalteten sie schnell und rannten in alle Richtungen davon.

Aus der nahegelegenen Zufahrt der Tiefgarage ertönten Schüsse. Gewehrsalven. Dann ein gleißendes Licht, gefolgt von Rauchschwaden.

Levy und Aaliyah drehten sich nicht um. Sie rannten, so schnell sie nur konnten.

35

Es hatte mehrere Stunden gedauert, bis Feuerwehrmänner und Bombenspezialisten in Spezialanzügen die Tiefgarage betreten konnten. Die ersten herbeigeeilten Feuerwehrleute, die sich von einer Gasmaske geschützt glaubten, fanden einen schrecklichen Tod. Niemand hatte ihnen gesagt, dass MK-77 seinen Weg durch den Gummi ihrer Masken fand. Es drang über die Atemwege und die Haut in den Körper ein und verbrannte die Menschen von innen her. Die Leichen fielen regelrecht in sich zusammen – verbrannt und skelettiert.

Die Lüftung der Tiefgarage hatte bei der Explosion des MK-77 auf Hochtouren gearbeitet. Sie verteilte die tödliche Fracht durch die Abluftschächte in die angrenzenden Wohnbezirke. Einem todesmutigen Feuerwehrmann, der in den Schaltraum geeilt war und die Anlage abschaltete, war es zu verdanken, dass sich die Ladung nicht noch weiter ausgebreitet hatte. Zu spät für einige Passanten, die sich zu dieser Zeit in der Nähe der Kongresshalle aufgehalten hatten. Ihre Körper lagen regungslos auf den Gehwegen.

Ein Meer aus tanzenden Blaulichtern tauchte das abgesperrte Gebiet noch lange in ein gespenstisches Licht. Eine chemische Massenvernichtungswaffe, die nach der Genfer Konvention keine war, hatte ihre tödliche Wirkung in einem Land fern der aktuellen Kriegsgebiete entfaltet. Nicht nur die Einsatzkräfte standen unter Schock, als die Bilder über die Ü-Wagen der TV-Stationen ins Land getragen wurden.

Die Macht der Bombe hatte sich abermals mit der Macht der Medien verbunden.

Levy und Aaliyah saßen unter Atemmasken und mit Decken um den Schultern in einem der unzähligen Rettungswagen. Gleich neben ihnen berichtete ein Reporter in die Kamera. Er hatte Mühe, das Geschehene in Worte zu fassen, so ungewohnt war dieser Einsatz für ihn. Er würde bald dazulernen. Denn ein Wort hatte sich in den letzten Minuten zur aktuellen Berichterstattung gesellt: Haditha. Vierundzwanzig unschuldige irakische Zivilisten – Alte, Frauen und Kinder – sollen von Einheiten amerikanischer Marines in einem Racheakt getötet worden sein. Manche sprachen von regelrechten Hinrichtungen. Die US-Armee widersprach in einem ersten Statement dieser Version. Es handelte sich nach deren Angaben um eine korrekte militärische Aktion, die auf Terroristen zielte. Die Army hätte sich nichts vorzuwerfen.

«Hört das denn nie auf?», fragte Aaliyah müde.

«Hass gebärt Hass», antwortete Levy. «Dort, wo die Kommunikation endet, beginnt meistens die Gewalt. Wir müssen wieder lernen, aufeinander zu hören, ansonsten sehe ich schwarz.»

«Sag das mal den Amis.»

«Und du deinen arabischen Brüdern.»

«Abgemacht.»

Levy legte die Beatmungsmaske und die Decke beiseite. «Komm, lass uns gehen.»

Gemeinsam gingen sie in die Nacht hinaus. Nach ein paar Schritten klingelte das Handy.

«Levy.»

«Hier ist Dr. Felsenberg.»

Sein Pulsschlag beschleunigte sich.

«Ich habe gute Nachrichten. Ihr Bruder, Frank de Meer, ist aus dem Koma erwacht.»

Levys Herz stand eine Minute lang still.